NF文庫
ノンフィクション

重巡洋艦の栄光と終焉

修羅の海から生還した男たちの手記

寺岡正雄ほか

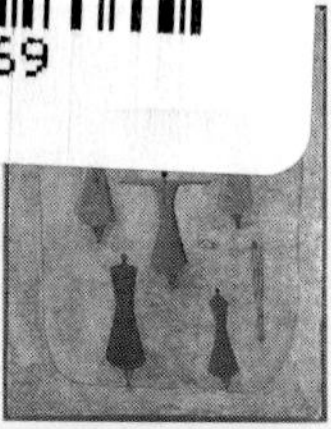

潮書房光人社

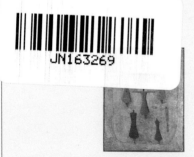

重巡洋艦の栄光と終焉——目次

写真提供／各関係者・「丸」編集部・米国立公文書館

重巡洋艦の栄光と終焉

修羅の海から生還した男たちの手記

日本重巡十八隻の戦歴

戦史研究家　大浜啓一

日本海軍は、水上艦艇に二つの型をもっていた。魚雷を主兵装として大砲を副とするものと、その反対のものである。駆逐艦が第一のもので、重巡が第二の型を代表していた。米国は重巡に雷装をもっていなかった。それは大砲の射程が十五マイルあるから、魚雷の射程内に入るということはあまり考えなかったのだ。

日本海軍は夜戦に重点を置き、大型艦も近接戦闘を得意とした。戦前の米国の重巡の用法が災いして、第一次ソロモン海戦では、四隻がたちまち海底に葬られるという不覚をまねいたのである。

日本の重巡は水上戦闘、砲撃、護衛任務のほとんどを一手に引き受けた。水上戦闘は戦艦部隊が行なうのが建て前であったが、太平洋戦争ではその機会はほとんどなく、海上戦闘のすべては重巡部隊が中心となって行なわれた。

初期（昭和十六年十二月〜十七年五月）

太平洋戦争の当初は、十八隻の重巡と四隻の高速戦艦が日本帝国の膨張に積極的な役割を果たした。そして、駆逐艦部隊の支援をうけながら、太平洋のなかば以上の水域でわがもの顔に活躍したのである。

巡洋艦部隊が五隊と、これにしたがって、また支援のために五つの部隊が編成された。この五部隊の中の二つには、それぞれ二隻の高速戦艦がふくまれていた。この強力な部隊は、陸上基地航空部隊と空母航空部隊の掩護をうけて、日本の進撃の最高潮期に、その推進力となったのである。

昭和十七年三月までに、三隊の重巡部隊、合計十一隻が太平洋上の上陸作戦を支援した。第七戦隊（最上、三隈、鈴谷、熊野）はマレー、スマトラおよび西部ジャワ方面の護送に従事した。

第五戦隊（那智、羽黒、妙高）はフィリピン、セレベスおよび東部ジャワ方面で活躍した。また、第六戦隊（青葉、古鷹、加古、衣笠）はグアム、ウェーキおよびラバウル輸送を護衛した。

これらの重巡が間接護衛を行なったので、わが輸送船団はほとんど敵艦影を認めなかった。当時は連合国海軍が弱体だったので、

日本重巡部隊の編成

第４戦隊	高雄　愛宕　摩耶　鳥海
第５戦隊	那智　羽黒　妙高
第６戦隊	青葉　衣笠　加古　古鷹
第７戦隊	最上　三隈　鈴谷　熊野
第８戦隊	利根　筑摩
第16戦隊（昭和18年）	青葉　足柄　軽巡２隻
第21戦隊（昭和17年）	那智　足柄（摩耶）　軽巡２隻

輸送船団は無人の境を行くようなものだった。巡洋艦の任務も平穏なものだった。

スラバヤ沖海戦

那智と羽黒が四十一隻の輸送船団を護衛中のことである。日本部隊とドールマン少将の指揮する寄せ集めの連合国部隊との間に水上戦闘が展開された。昭和十七年二月二十七日午後四時のことである。後日の戦闘（たとえばアッツ沖海戦）でもそうであったが、昼間の長距離砲戦は日本側には苦手で、二時間の射撃で英国重巡一隻（エクゼター）を落伍させたにすぎなかった。

ソロモンをゆく重巡部隊。愛宕より高雄、摩耶、妙高を望む

二十八日の真夜中、距離九五〇〇メートルで発射した酸素魚雷が二隻のオランダ巡洋艦を撃沈させて、勝利は日本側に帰した。七時間以上の戦闘で、デロイテルをはじめ連合国部隊はさんざんに撃破されたからである。

このときは輸送船団には異状なかったが、他の二つの戦闘——マカッサル海峡海戦とバタビヤ沖海戦では、間接護衛は完全にはいかなかった。前者では、米国駆逐隊が日本の輸送船団に突入してかなりの損害をあたえたが、そのとき護衛の巡洋艦部隊は北方にいて、現場に着いたときには敵は影も形もなかった。また、米重巡ヒューストンと豪巡パースがジャワ海を脱出しようとしたときも、輸送船団は四隻を撃沈された。重巡最上、三隈および駆逐隊がこの二隻を結局仕止めたが（三月一日のバタビヤ沖海戦）、このときは間に合わなかった。

通商破壊任務

当時、世界で最も強力だった日本の空母部隊は高速戦艦四隻、重巡六隻をふくむ有力な掩護部隊をもっていた。四月に空母部隊がセイロンを攻撃したとき、第七戦隊（最上級四隻）はある使命をおびてベンガル湾に進出したが、それは珍しく通商破壊のためだった。この部隊は英国商船の九隻（五万トン）を海底に葬った。

太平洋戦争の最初の半年間は、日本の重巡は東奔西走したが、あまりパッとしないものだった。重巡戦隊は敵の水上部隊の攻撃から攻略部隊を護ったが、その相手が弱小だったので、別にいてもいなくてもよかったのだ。この期間に妙高一隻だけがB17の爆撃をうけて損傷し、佐世保で修理にあたった。

ミッドウェー海戦

日本はミッドウェー作戦（アリューシャン作戦も含む）に、その持っている海上兵力全部を

愛宕の連装機銃、探照灯、カタパルト越しに、後続の高雄、摩耶、妙高を見る

投入した。空母八隻、高速戦艦四隻、巡洋艦十八隻（重巡十三隻）、駆逐艦六十隻、潜水艦三十隻というふうに。また連合艦隊長官山本大将は、大和の檣《しょう》頭《とう》に将旗をひるがえして六隻の戦艦まで繰り出した。

初期の重巡の二つの任務である空母の直接護衛と間接護衛が、双方ともこの作戦では果たされた。第二艦隊の主力である戦艦金剛、比叡および第四戦隊の愛宕、鳥海と第五戦隊の妙高、羽黒が攻略部隊の中心であった。

空母群にたいする支援は、高速戦艦榛名、霧島および第八戦隊の利根、筑摩がこれにあたった。ダッチハーバー攻撃に向かった二隻の空母――龍驤、隼鷹にたいしては、第四戦隊の残り高雄と摩耶《まや》がこれを支援した。

ガダルカナル作戦では当然のことになったが、このとき実施された新戦法は、高速砲撃部隊の出現であった。これは攻略部隊の支援隊として第七戦隊（熊野、鈴谷、最上、三隈）と駆逐艦二隻で編成されたもので、上陸準備として飛行場を砲撃するものだった。

結果からいえば、戦艦二隻と重巡二隻の空母群の支援部隊の任務は失敗したといえる。ただ、その搭載水上機によって偵察と対潜哨戒をやり、空母ヨークタウンを発見報告した利根機が、間接にその撃沈に寄与したことは認められる功績である。もっとも一足お先に、日本の空母三隻が攻撃をうけて撃沈されたのであるが。

空母戦闘の行なわれた日の夜おそく、第七戦隊は予定されたミッドウェー砲撃に急行した。しかし、この行動は失敗した。最上型四隻は六月六日午前二時に砲撃を開始する予定だったが距離が遠く、砲撃開始は日の出後になりそうだった。ともかくミッドウェーに近づいた。

栗田中将は、午前三時すぎに砲撃中止の命令をうけたので、反転しようとした。その直後、旗艦熊野は敵潜水艦（タンボア）を認めた。四隻の重巡は一斉に左舷に転舵したはずだったが、四番艦の最上は三番艦三隈の横腹を艦首で衝いてしまった。この損傷をうけた二隻の艦は、後退のさい空母機の空襲をうけ、三隈は沈没し、最上は大破した。

空母群全滅の悲報を手にした近藤中将は、輸送船団を後退させ、その支援部隊をひきいて戦場に急行した。

彼は空母部隊の支援隊である戦艦二隻、重巡二隻の協同を得て夜戦をやろうと計画した。しかし、それは空しい望みとなった。戦場に到着する前にミッドウェー作戦が中止されたからである。もし、近藤艦隊が夜戦に成功したら、日本側が有利だったろう。というのは、米国側の水上部隊兵力は七隻の重巡が主力で、戦艦を持っていなかったからである。

ガダルカナルをめぐる諸海戦

昭和十七年八月はじめ、戦局は変わって、米軍ははじめて、日本軍の守備地区に反攻をこころみた。それ以後というものは、ガダルカナル確保のため、日本海軍はあらゆる艦種を、高速戦艦から潜水艦にいたるまで、注ぎこんだのである。その中でも、恐らく重巡部隊ほどはなばなしい働きをしたものはなかろう。

この間、重巡部隊と高速戦艦部隊は、二種類の戦闘、すなわち空母をふくむ対水上部隊攻撃と陸岸砲撃にもちいられた。

第一次ソロモン海戦

昭和十七年八月八日、三川軍一中将は旗艦重巡鳥海のあとに軽巡二隻、駆逐艦一隻をひきいてラバウルを出撃した。そしてセントジョージ岬の沖合で第六戦隊の重巡四隻と合同した。この部隊の目的は、ガダルカナルおよびツラギの敵の輸送船団を撃滅することだった。

八月九日の夜半、この八隻の日本部隊は連合軍の重巡五隻をみごとに粉砕したが、それは日本の重巡部隊の戦闘のうちで、最も輝やかしい成功をおさめた例である。その戦法は簡単だったが、効果は偉大なものだった。彼らは米国の初期のレーダーで捕捉される前に連合軍部隊に近寄り、アッという間に魚雷を発射し、至近距離で砲火をひらいた。

巡洋艦の雷撃、砲撃によって大戦果をあげたのであるから、駆逐艦は必要でなかった。その八インチ砲は一マイル以内の至近距離で砲撃を開始したのだから、その猛威はおよそ想像できる。鳥海と青葉は敵からの攻撃によって小破したものの、日本側の勝利は明白である。帰途、翌日カビエンの入口で、加古《かこ》が潜水艦S44に撃沈されたが、重巡四隻撃沈、一隻大破の功績にくらべれば取るに足りない。

この海戦の襲撃法は、日本海軍の典型的なものを示している。それ以後も、同じような大胆な襲撃が計画され、試みられたが、この海戦のようにうまく行ったことはない。

第二次ソロモン海戦

第二次ソロモン海戦および南太平洋海戦における二回の空母対空母の戦闘では、別の襲撃法が採用された。この場合、目標は空母だったので、輸送船団より逃げ足も早く、かつ危険な相手だった。というのは、昼間、空母

加古の前部20センチ主砲塔と艦橋。
加古は一次ソロモン海戦の帰途、米潜に撃沈された

から発見されるのは、巡洋艦にとっては不運なことだからである。逆に、この相手と戦闘を交えることはめったにないことだが、それをやっつけることは一層重要なことだった。

第二次ソロモン海戦で、高速戦艦比叡、霧島、および重巡熊野、鈴谷、筑摩を中心として水雷戦隊（軽巡一、駆逐艦九）をふくむ部隊は、前衛として空母機動部隊とは別行動をとった。接敵運動のさいは、この部隊は予想される敵の水上部隊の攻撃から空母部隊を護るように行動した。

八月二十五日、筑摩の水上機がサラトガおよびエンタープライズよりなる機動部隊を発見したとき、夜戦によって空母を撃沈しようとしたが、敵を捕捉できず襲撃は成功をおさめなかった。

南太平洋海戦

この海戦では、同様なことがさらに大規模にこころみられたが、今度は高速戦艦四隻が全部使用された。そして前進部隊と機動部隊の前衛に二隻ずつ配備された。すなわち、その組み合わせは、前者が戦艦金剛、榛名に重巡愛宕、高雄、摩耶（第四戦隊）、妙高の六隻、後者が戦艦比叡、霧島に利根、筑摩（第八戦隊）、鈴谷の五隻という豪華版だった。

これらの攻撃部隊は第二次ソロモン海戦のときと同様、空母群めがけて突撃し、肉迫することに成功した。このとき、機動部隊の前衛部隊たる筑摩が敵艦上機の集中攻撃をうけ、四発の命中爆弾により一六〇名余の戦死者を出した。これにより空母への被害拡大をおさえ、作戦成功の一因となった。

以上の二つの海戦と第一次ソロモン海戦は、ソロモン水域における日本の重巡部隊の用法の一つの型であった。

第二の型は、ガ島のヘンダーソン飛行場砲撃である。それはある場合は、飛行場を使用不能にする目的を持ち、あるときは「東京急行」を支援して、揚陸作業を容易にするためであった。

十月十一日のサボ島沖夜戦は、飛行場砲撃の企図が米国巡洋艦部隊によって阻止されたときに起こったものであり、十月十三日の金剛、榛名の砲撃、つぎの夜の鳥海、衣笠の行動は、思いきった飛行場砲撃を主眼とするものだった。

第三次ソロモン海戦

こんな砲撃が最高潮に達したのは十一月になってからで、大規模な船団を送りこみ、のるか反《そ》るかの上陸作戦を支援するための飛行場砲撃が計画された。

第一回は十二日から十三日にかけて、二隻の戦艦（比叡、霧島）と軽巡一隻、駆逐艦十五隻の攻撃隊が参加した。この砲撃を阻止しようとした米巡洋艦部隊は大損害をうけ（軽巡三、駆逐艦四沈没）、日本側も比叡と駆逐艦二隻を失った。

つぎの夜、日本の新手の砲撃部隊、重巡鈴谷、摩耶が飛行場を砲撃したときには、魚雷艇が反撃しただけだった。砲撃は成功したが、翌朝、重巡衣笠は空母機と海兵隊機に沈められ、鳥海、摩耶も損傷をうけた。最大の損失は六隻の輸送船が沈められたことだった。

十五日には、戦艦霧島、重巡愛宕と高雄を主力とするガダルカナル攻撃隊と、戦艦サウスダコタおよびワシントンを中心とする戦艦部隊との間に夜戦が起こった。二隻の重巡は霧島と協同してサウスダコタに四十発の命中弾をあたえたが、撃沈はできなかった。二日前に、米重巡サンフランシスコとポートランドが、比叡に対して善戦したのと同じだった。この戦艦群の夜戦で、日本軍は霧島と駆逐艦綾波を失い、米軍は三隻の駆逐艦を撃沈された。

ガダルカナルをめぐる諸海戦に、日本海軍はあらゆる夜戦兵力を投入した。高速戦艦四隻もすべて参加した。十六隻の重巡のうち、戦闘可能な十四隻は相ついで戦列に加わった。損害もしたがって大きく、貴重な高速戦艦はその半数を失い、第六戦隊の三隻——衣笠、加古、古鷹は沈没、青葉は大破した。筑摩も大損害をうけた。

その代わり、サボ島沖では一挙に連合国重巡四隻を撃沈し、さらに軽巡四隻を沈めた。撃破したものは戦艦二隻、巡洋艦六隻にのぼった。駆逐艦の喪失は、日本の五隻に対し米国九隻であった。

しかし、ガダルカナル奪回の望みはついに放棄せねばならなかった。

中期（昭和十七年末〜十九年五月）

第三次ソロモン海戦後、重巡部隊はのこらず中部太平洋に後退し、集中して第二艦隊の主力部隊となって待機した。

ただし、那智、摩耶、青葉および足柄《あしがら》だけは別の部隊に配属された。すなわち、最初の二艦は軽巡多摩、阿武隈とともに第五艦隊の主隊（第二十一戦隊）としてアリューシャン方面を行動した。

残りの二隻は、軽巡大井および鬼怒とともに第十六戦隊を編成して、南太平洋の作戦に従事した。これらの部隊の主任務は船団護衛で、水上戦闘が起こりそうな場合には、第二艦隊が来援することになっていた。

アッツ島沖海戦

昭和十八年三月二十六日、第二十一戦隊は敵部隊と交戦した。これはいままでにない戦闘だった。那智、摩耶を主力とする日本部隊は、折りから三隻の輸送船団を護衛してアッツに向かいつつあったが、重巡一、軽巡一、駆逐艦四の米国部隊を発見して砲火をひらいた。昼戦である。

日本側は砲力において米側の約二倍であった。二〇サンチ砲において、重巡ソルトレークシティの八門に対して二十門、軽巡リッチモンドの一五サンチ十門に対してわが方は一四サンチ十四門。つまり十八門に対して三十四門であった。駆逐艦は日本の四隻に対し米国も四隻。

ところが、三時間半もかかって命中弾は米重巡にたいして四発、駆逐艦にたいして一発を得たにすぎない。発射弾数は一八〇〇発にのぼった。魚雷戦の方も総計四十三本射って、一本も命中しなかった。この海戦は、日本の重巡の戦闘で最もまずいものだったといわれる。しかも、日本側はアッツ増援も断念して引きあげてしまったのだから取り柄《え》がなかった。一方、米側は「天にましますす神が、われわれにその恵みの御手をさしのべたことに対して心からの感謝を捧げた」という。

後日、アッツ救援のために妙高と羽黒が第五艦隊に増強され、さらに強力な機動部隊の増援が計画されたが、その実現の前にアッツ島守備隊は玉砕の運命をたどった。

ブーゲンビル島沖海戦

昭和十八年十一月一日、米軍がブーゲンビルのエンプレス・オーガスタ湾に上陸したさい、日本の重巡部隊は久しぶりに戦闘に参加することになった。第五戦隊（妙高、羽黒）はアッツ救援の代わりに、北部ソロモン方面に進出することになった。

十一月一日、大森少将は重巡二隻のほかに軽巡二隻、駆逐艦六隻をひきいて出撃した。その任務はかつて第一ソロモン海戦の三川部隊とまったく同じであったが、結果は全然ちがったものとなった。というのは、米国海軍は日本の夜戦に対応する方法をすっかり呑みこんでいたからである。

有効なレーダーを持たない日本側は、さっぱり敵情がつかめないうちに敵駆逐隊の襲撃をうけ、混乱のうちに軽巡川内《せんだい》は撃沈された。駆逐艦五月雨《さみだれ》と白露は衝突事故を起こし、さらに妙高と初風も衝突し、初風の方はたちまち撃沈された。

重巡の八インチ砲も米艦の六インチよりとくに強力というわけでもなく、軽巡二隻を撃沈したにすぎなかった。魚雷も十本発射したが命中せず、戦闘を中止してラバウルに後退してしまった。米軍の上陸は順調にすすみ、この基地の建設は日本軍の大脅威となった。

ラバウル第一次空襲

日本軍は、米軍の急速な進撃をくいとめるため、航空部隊をトラックからラバウルの五つの飛行場に展開した。それと同時に、久しく待機していた第二艦隊の全巡洋艦部隊を進出させた。

すなわち、重巡九隻、水雷戦隊二隊が南下してきた。しかし、その中には戦艦はふくまれていなかった。十一月三日のことであった。途中、鳥海は駆逐艦二隻とともに損傷タンカーを護衛のうえ、トラックに引き返した。

五日朝早く、シンプソン湾に投錨した部隊が、燃料補給をはじめようとするところに、空母サラトガとプリンストンの艦載機一〇〇機が殺到した。重巡八隻のうち、たちまち六隻が損傷をうけた。うち四隻（愛宕、最上、高雄および摩耶）は内地修理を必要とした。鈴谷と筑摩の二隻だけが無傷だった。このころ、妙高と羽黒はラバウルをすでに引きあげていた。

十一日、ラバウルはふたたび空母五隻の空襲をうけ、駆逐艦一隻が沈没し、軽巡二隻その他が損傷し、基地としての価値はほとんど失われた。

ギルバート攻略

昭和十八年十一月、米軍がギルバート諸島を攻略したとき、日本海軍が中部太平洋に持っていた無傷の重巡はわずかに三隻、全体としても就役中の十四隻のうち六隻しか使用できなかった。その虎の子の三隻というのは鳥海、筑摩および鈴谷であり、この三隻がギルバート方面に陽動したが、所在の米海軍部隊と一戦を交えるにはあまりにも劣勢であった（米軍部隊は、駆逐艦以上約一〇〇隻だった）。

ラバウル在泊中、日本の重巡部隊が大損害をうけたということは、この艦種は航空攻撃にもろく、予期される決戦においてその重要性が減少したことを示した。そこで次に、高速戦艦以外の戦艦が登場することになった。

アッツ島沖海戦。高雄型４番艦の摩耶から見た米艦隊

マリアナ沖海戦

昭和十九年三月、空母部隊を主力とする第三艦隊と、戦艦、重巡を基幹とする第二艦隊は、第一機動艦隊を編成することになった。その目的は二つの艦隊を統一指揮する便宜と、水上部隊の全能力を発揮させることだった。つまり、第二艦隊の兵力は空母部隊の補助という見方であった。重

巡部隊は第二艦隊に十隻配されて、三つの戦隊——第四、五、七——を編成していた。

マリアナ沖海戦の第一日の六月十九日、約十七機の水上機が戦艦と巡洋艦から射出されて索敵を行なったが、ほとんど帰投しなかった。その日に発進した空母機も同様だった。十九日に起こったいわゆる〝マリアナの七面鳥狩り〟の悲劇は、空母機によって海軍力の優越を維持しようとした日本海軍の悲願を粉砕してしまった。

しかし、一方に五隻の戦艦と十一隻の重巡（三艦隊付属一隻を含む）が健在であり、水上戦闘を強行しようとこころみた。この兵力は世界で最強力な超大戦艦二隻をふくみ、重巡兵力でもいままでのうち最大のものを提げて、二十日の夜戦を企図したのである。

敵の空母群からの攻撃も、その計画をまったく妨害するものではなかったが、偵察がうまくいかず、ついに取り止めとなった。米第五十八任務部隊の正確な位置をつかめなかったからである。暗闇の中をあてもなくうろつきまわることは、自殺行為にひとしかった。夜明け前に攻撃ができなければ、相手から致命的な航空攻撃をうける恐れがあった。その場合、日本部隊を防衛する直衛戦闘機は残されていなかったからである。

レイテ沖海戦

この最後の大海戦において、第二艦隊はいままでにない重要な役割を引き受けることになった。マリアナ沖ではその任務は補助的なものであった。きわめて貴重な潜在力をもったものではあったが、主役ではなかった。ところが、今度は空母部隊の方が副次的な存在になってしまった。マリアナ沖では空母部隊が突撃したが、今回は第二艦隊が水上特攻となってレイテ湾に突入し、輸送船団を撃滅する任務を負わされた。

パラワン沖の悲劇

第二艦隊には第十水雷戦隊の一部と第二戦隊の旧式戦艦山城、扶桑および重巡最上が編入された。重巡那智と足柄を主力とする第五艦隊は、第二艦隊と協同することになった。この艦隊は西村部隊と同じようにスリガオ海峡を突破して、レイテ湾に突入することになっていた。

第二艦隊の主力部隊は、サンベルナルジノ海峡を通ってレイテ湾に進撃する予定であった。海戦の当初から、十四隻の重巡は困難な状況に直面した。十月二十三日、パラワン水道を通航中に第二艦隊は米潜水艦に襲撃された。潜水艦ダーターはたちまち愛宕を撃沈し、高雄を撃破した。デースは摩耶を血祭りにあげた。午前のわずかな時間のことである。

約三年間にわたって活躍し、一隻も損害を出さなかった武運めでたい第四戦隊は、ここで実質的に潰滅してしまった。ただ一隻残った鳥海は第五戦隊に編入されることになった。

その翌日、妙高はシブヤン海において空母機の雷撃をうけ、艦尾が大破してシンガポールに後退を命ぜられた。その前日、青葉はレイテへの輸送部隊の準備のためにマニラ湾に入港しようとして潜水艦の雷撃をうけ、大損害をこうむった。

こうしてレイテ湾の海戦のために出撃した十四隻の重巡のうち五隻までが、敵に近接する前に撃沈されるか損傷をうけてしまった。

スリガオ海峡海戦

十月二十四日から二十五日にかけてスリガオ海峡に突進した西村部隊は、運悪くも米第七艦隊のまっただ中に飛び込んでしまった。しかし、最上は他の各艦よりもまだ幸運だった。どうにかこうにか撃沈されずに引き返すことができたからである。

このころ、第五艦隊の那智、足柄その他が続航してきて、重巡部隊として最後の魚雷発射をおこなったが、効果はなかった。そのうえ、那智は炎上している最上と衝突してしまった。那智は艦首を大破して、敵に後ろを見せて引き返してしまった。この重巡は、過ぐるアッツ島沖海戦においても、敵に後ろを見せたことがあった。

サマール沖海戦

栗田部隊は、サンベルナルジノ海峡を通ってサマール東岸沿いに南下し、そこで千載一遇の好機に出会った。いままでのどの海戦でも実現しなかった、敵空母群がその眼前に現われたのである。

六隻の重巡は空母に肉迫しようとした。ところが熊野は駆逐艦の雷撃をうけて落伍し、鈴谷も損傷をうけた。残りの四隻は戦闘を続行して次第に敵を圧迫し、八インチ砲弾をあびせかけた。鳥海と筑摩は空母機の反撃をうけて戦列を離れたが、利根と羽黒はますます敵に近迫し、栗田中将から呼びもどされたときには、空母をほとんど追い詰めていた。そして魚雷発射を行なったが、それまでの一七五本の魚雷と同じように命中しなかった。こうして、レイテ沖海戦は終わった。

レイテ沖海戦を終えて

日本の重巡部隊にとっては、その後も戦闘がつづいた。鈴谷は空母機の攻撃をうけて炎上し、自沈した。鳥海と筑摩も同じ地点で空母機に撃沈された。最上は爆撃をうけて大破し、放棄せねばならなかった。

利根も損傷をうけた。那智は無事にマニラにたどりついたが、艦首を修理するためにそこに留まっていた。そして十一月五日、空母機の攻撃をうけて沈没した。熊野はマニラ北西岸のサンタクルーズに、損傷のままで避泊していたところを、十一月二十五日、空母機に発見されて撃沈された。

要するに、レイテ沖海戦中、日本の重巡は六隻が撃沈され、その後、引き続いて六隻が沈められた。日本海軍の重巡戦隊は完全にバラバラになってしまったが、戦隊別について述べれば、つぎの通りである。

第四戦隊は使いものにならない高雄一隻だけが残った。第五戦隊は羽黒と雷撃された妙高が生き残り、第七戦隊は爆撃された利根が生きのびた。

第十六戦隊と第二十一戦隊とは、それぞれ一隻ずつ残った——雷撃された青葉と幸運にも損傷をうけなかった足柄である。

海戦後に生き残った重巡のうち、利根と青葉は呉に回航することになったが、それはだいぶ後のことだった。妙高、高雄および羽黒はシンガポールに向かい、足柄は仏印に向かった。

末期（昭和十九年末〜終戦）

昭和十九年末から終戦までは、日本の重巡はまったく防勢に立っていた。というより、身をかくして攻撃をうけないようにこれ努めていた。しかし、最後の一隻にいたるまで、しらみつぶしにつぎつぎと沈められていく哀れな運命をたどった。

日本に回航された二隻の重巡——利根と青葉はその後の戦闘にほとんど寄与しなかった。

南方地区にいた四隻は、シンガポールを根拠地とする第十艦隊に編入され、その二隻（足柄、羽黒）は輸送任務に従事した。その地区では、他と同じように輸送船舶が極度に不足していたからである。

足柄の最期。妙高型４番艦の足柄は昭和20年６月８日、英潜の雷撃により沈没

妙高は後部を削りとられていたので、就航できなかった。高雄もやっと自分で動けたが、あまり良好な状況ではなかった。そこで、羽黒と足柄だけが高速輸送艦として役に立った。

羽黒は二十年五月十六日、ペナン沖で四隻の英駆逐艦群に包囲され、魚雷、砲撃をうけて撃沈された。そのとき、甲板には糧食を山のように積み上げていて、大砲も使えないほどだった。足柄は、翌六月八日、シンガポールの南東方で、英国潜水艦トレンチャントの雷撃をうけて撃沈された。当時、千二百名の陸兵輸送に従事中であった。

日本の重巡にとっては、航行するときだけが危険なのではなく、二十年七月には港内碇泊も安全でなくなった。七月末、米空母機の呉大空襲によって、利根と青葉が撃沈された。英国の豆潜（XE艇）はシンガポール港内に潜入し、高雄の船体に時限爆弾を結びつけて一部を爆破した。

妙高と高雄は、行動できないように破壊されて放棄されたのであるが、この二隻が戦争の末期に残った十八隻の重巡の最後のものであった。

日本重巡の運命は、ジャワ海やサボ島沖ではなばなしい戦果をおさめた以後、急激に変化してきた。この部隊の没落の最大の原因は、前述したように昭和十九年十月二十三日の未明から二十五日の午後までの六十時間の間に起こったものである。その短時間のうちに六隻が沈没し、六隻が撃破され、残りの二隻は、その損傷からふたたび立ち上がることができなかった。

レイテ沖海戦は、その受けた損害の割合で推定すると、重巡部隊にとっては、他のどの艦種よりも大きな悲劇であったことがわかる。参加した空母は、百パーセントの損害をうけて四隻全部が沈んだ。しかし、飛行機不足のため参加しなかった五隻が残っていた。

戦艦は全部の三分の一が沈んだが、残り三分の二は中破または小破で残った。ところが、重巡の場合は、三分の二が沈められるか行動不能となった。そして、生き残った二隻は水線下に損傷をうけた。軽巡や駆逐艦も大損害をうけたが、重巡ほどではなかった。重巡部隊の潰滅とともに日本海軍はほぼ全滅し崩壊した。

開戦直後「妙高」被爆す

当時「妙高」乗組・元海軍大尉　重本俊一

南比支援の第五戦隊

運命の昭和十六年十二月八日——その日、私の乗艦、重巡妙高《みようこう》は、僚艦羽黒《はぐろ》、那智《なち》とともに、フィリピン・ミンダナオ島の東方沖一〇〇浬《かいり》の大海原を遊弋《ゆうよく》していた。

わが政府は、すでにたどっていたわが国の悲劇的運命を決定的にする、強大国米、英、蘭を相手とした未曽有の超大戦争に突入した。しかもそれは、わが海軍のハワイ空襲という先制攻撃によってである。

今後二度とあるはずのない歴史的重大なときに遭遇して、まだ尾の卵のカラがとれていない候補生の私でも、覚悟はしていたものの、〈いよいよ、オレたちの戦死は必至だ〉

条約型巡洋艦の第一陣として建造された妙高。第二次改装後は三脚前檣となった

とあらためて自分にいい聞かせ、武者ぶるいしないわけにはいかなかった。

当然のことながら、軍人を志した者として、千載一遇の戦争に参加できるのはうれしいことであるにちがいない。私は、

〈ああ開戦に間に合ってよかった〉

と、わずか二十三日前の十一月十五日に兵学校をくり上げ卒業となったことをよろこんだ。そしてまた、三年前の私たち七十期生の入校を、昭和十三年十二月一日にくり上げた海軍上層部の先見の明に感嘆したのである。

しかし、この国開闢《かいびゃく》いらいの国難に直面した弱冠の私は、軍人のはしくれとして身が引きしまり、心は戦死という犠牲的終末の甘美さに陶酔感をもちながらも、生命力にあふれる肉体がそれに反逆して、未来がすこししかないことに失望し、なんとも名状しがたい複雑怪奇な心境になったのも事実であった。

その十二月八日、暁闇《ぎょうあん》をついて、空母龍驤の攻撃機隊が、ミンダナオ島ダバオ飛行場空襲に向かって飛び立った。南比支援隊のわが五戦隊三艦の乗組員たちは、この初出撃を、「帽振れ」の海軍式作法をもって見送ったのである。

すでにわが国の宣戦布告は、全世界の電波にのったはずであり、布告とどうじに決行されたハワイ空襲より時間的余裕があるので、ダバオの米比軍の応戦のかまえは、当然できているにちがいない。とすれば、だまし討ちとは非難されないであろうが、立ち上がりにおくれた米比軍の準備不足につけ込むひけ目を感じないでもなかった。

軍隊だけでなく、無辜《むこ》の市民も逃げまどわなければならない。これが逆の立場になって、わが国、わが故郷が攻撃されるとすれば——いずれそうなったのであるが——どうであろうか、と若い私の心も痛むのであった。人間の争いはむごいものである。

妙高の乗組員は、開戦とともに戦争の重圧感のためか無口になったように思われ、艦内は開戦前より静かな雰囲気となった。やがて攻撃機隊から、ダバオ飛行場に敵機なく、施設だけを破壊した、という報告があった。まだ備えうすき米比軍機は、いちはやく避退したのであろう。私は、ヌカにクギのようなもどかしさを感じたが、それからしばらくたって、ハワイ奇襲の大戦果が放送され、艦内はワッとどよめいた。

奇襲の善悪はべつとして、米軍に痛打をあたえたわが軍の一人として、私のよろこびはいうまでもない。当分、米海軍は立ち上がれまいと思えば、この大戦がどのように展開してゆくのか、まったく見当もつかない未熟な頭の私も、一時的ではあるが気が安まるのであった。

が、しかし、私個人としては、日系米人としてハワイに在住している遠縁の者や、小中学校時代の友人の困惑を思い、心が暗くなった。私はこの年の八月、兵学校在学中、最後の夏休暇で故郷に帰ったとき、たまたまハワイから一時帰郷した友人が、卒業後、遠洋航海でハワイに寄港すれば大歓迎する、といってくれたことを思い起こした。

親善の練習艦隊ならぬ、招かざる恐ろしき空襲部隊の予期しない来訪とその猛攻を浴びては、それが軍艦と軍事施設だけであったとしても、全米国人にたいする日系市民の立場は苦しいものであるにきまっている。しかもなお、日系とはいえ米国人であるからには、いやでも母国に弓をひかなければならないわけである。ここにいたって、彼らの苦渋は極度に達する。もしかしたら彼らは、敵国人として収容隔離されるのではあるまいか。いずれにしても彼らの運命や、あわれというほかはない。

日を追って、ハワイ奇襲の戦果が正確に発表され、特潜九軍神の偉業がわかってくると、私たち青年士官は、驚嘆するとともに羨望《せんぼう》をすら感ずるのであった。

しかし、その戦果も手ばなしでよろこべるものではないこともわかってきた。それは、戦果のなかに空母がいないことと、九軍神という半端な数字である。そのことについて、わが妙高のガンルーム（青年士官室）のなかは、かんかんがくがくで騒々しかった。

そして、戦艦無用論までむし返されはじめた。それはマレー沖海戦で英戦艦二隻を、わが陸上基地航空部隊が撃沈したことによって、決定的になったように思えた。と同時に、それはわれわれ重巡の価値の下落を示唆《しさ》するものではあっても、けっして向上を意味するものではない、と認識した私は、改造されて排水量一万五千トンにふくれ上がった重巡妙高がむなしく思え、戦争の前途のわずかな光までうすれてゆき、一抹のさびしさを感ずるのであった。また、それをいっそう深く感じさせる強烈な体験を、まもなく私自身がさせられることになる。

運命をわけたラッタル

ダバオ空襲作戦を終わって、いったんパラオ基地に引き揚げたわが南比支援隊は、ダバオ攻略船団を護衛して出撃した。陸軍の上陸部隊は、かなりの反撃を蹴散らしてダバオ攻略作戦を成功させた。

次期蘭印作戦の準備のため、南比支援隊の全艦が、ダバオの南にあるマララグ港に投錨したのは、十二月二十八日のことであった。

これまでに遙かかなたの水平線上に敵哨戒機を発見して、戦闘配置につくことはあったが、一発の弾丸も射ったことのない重巡部隊の私たちは、南方の暑い気候も影響して、切実な戦争気分になっているとはいえなかった。私は、白い布切れを入れると染まりそうな濃紫紺の宏大な太平洋、常緑の熱帯樹草、黒色の肌の土着民など、見るもの聞くことすべて物めずらしく、戦争よりも宇宙の神秘さに目をうばわれていた。

椰子の葉を舷門にしつらえて松飾りとして迎えた正月気分が、まだぬけ切れない昭和十七年一月四日のことである。当直勤務のため同僚よりおくれて、期友の山崎候補生と私とが、ガンルームで昼食をとっていた。昼食は牛肉のたっぷり入ったカレーライスであった。

私たちが兵学校最上級生のころ、長びく日支事変により国内の物資が窮乏し、食事の質が目に見えて低下し、カレーライスはわずかの魚肉入りの味のうすい水っぽいものとなった。それにくらべると、このカレーライスのうまさはかくべつであった。私たち二人は、皿までなめるようにしてガツガツとむさぼり食った。

食べ終わった二人は、思わず顔を見合わせ、口をそろえて、

「うまいなあ」

と嘆声をもらした。これは山崎のこの世の最後の言葉となった。この山崎の最後の晩餐《ばんさん》ともいえる昼食は、神のせめての恵みであった、と私には思えた。

食うことしか楽しみのない艦上生活のささやかな幸せなひとときも、たちまち無残にもやぶられた。ピーピーピー、ピーピーピー。肺腑《はいふ》をえぐるようなけたたましい「配置につけ」の警報ブザーが、艦内の静寂をやぶって鳴りひびいた。私たちは、また敵の哨戒機だろう、と軽い気持であった。ただ冷たいだけで無味の蒸留水をガブッと飲み干して、二人はガンルームをとび出した。

せまい中甲板の通路を、列をなして配置に急ぐ乗員の背中を押すようにして士官室の前にきた。いつもは照明電灯だけでうす暗い士官室付近が明るいことに気がついた私は、士官室士官専用のラッタル（上甲板へ昇る）の上甲板の扉（戦時中は常時閉鎖される）が開かれて、陽光がさし込んでいるのを見ておどろいた。

1月4日の被弾により被害をうけた妙高の前部主砲塔付近の惨状

いそいで配置に向かう前部砲塔や艦橋わきにある機銃関係員には、この左舷の士官用ラッタルは近道となるので、乗員は列をなしてかけ昇っていった。山崎も、そのラッタルをいちはやくかけ昇った。このとき、このラッタルは、上甲板だけでなく天国へのはしごであることを、神ならぬ身の知るよしもなかった。

私は、山崎のあとにつづこうという誘惑にかられたが、その瞬間、〈いつもの通り右舷のラッタルを昇れ〉という、声にもならぬかすかな神の声を聞いたように思え、すなおに右舷にまわった。

人間の運命は、一寸さきもわからぬ。このとき、すでに天からありがたくない贈り物が投下されていたのである。

私が、右舷のラッタルを昇り、前甲板に二、三歩足をふみ出し、めくるめく南方の陽光にかるい目眩《めまい》を感じた瞬間、これまでに体験したことのない、聴覚能力をこえたような大轟音とともに、なにかえたいの知れない鉄槌《つい》のようなもので全身を殴りつけられたような感じがして、意識をうしなった。

そのとき、ほんの一瞬間、これはなんと理不尽なことではないか、と考えた。もともと戦争は理不尽なものである。

それから私は、いままで見たこともない、濛気《もう》の立ちこめる美しい常緑のジャングルの中を、得意の平泳ぎのように両手で草木をかるくかき分けながら、泳ぐでもなく、歩くでもなく、漂うように少しずつ前進した。世の中にこんな美しいところがあったのか、と私は、自分の過去を悔いたほどであった。

しばらくして突然、これまた生まれてはじめてのいやな強烈な異臭が鼻を突きさして、私は意識をとりもどしはじめた。そして私は、明るい青天井の下に横倒しになっている自分に気がつき、なぜか、

〈しまった、寝すごした〉とはずかしい思いをしながらとび起きたのである。

右舷側の前甲板にはだれもいなかった。私はただひとり取り残されたような孤独感を味わった。幸い体には異状がないようであった。私は、聴覚がもどったのか、左舷側で交わされている大きな怒鳴り声が耳に入った。そして、きなくさい砲煙の臭気を感じて、

〈あっ、爆弾が炸裂したのだ〉と直感した。

実戦つき遠航の果てに

すぐ左舷へ走ってみると、そこにはふた目と見られぬ阿鼻叫喚の地獄絵図があった。私は、天国から一挙に地獄へ突き落とされたような絶望感に襲われた。

左舷甲板に、硝煙で全身が真っ黒になった死傷者が折り重なって横倒しになり、甲板は赤黒い血でおおわれていた。傷口の痛みにうめく者、すでに息絶えている者、虫の息の者、手足のちぎれた者、腹をえぐられた者。死屍累累《るいるい》。

目を転ずれば、二番砲塔の左舷甲板が大きくめくれ、ぽっかりと孔があいていた。

〈あっ、あそこに爆弾が直撃して炸裂したのだ〉

と私は理解した。

上品な山澄艦長は、そくざに「前部弾火薬庫注水」を命じた。竹下副長と美根甲板士官は、担架《たんか》と作業員を動員して、臨時治療所となる中部の水雷甲板へ、負傷者を運ぶ手配をした。

私は「山崎はどうした？」と倒れている負傷者を調べまわった。全身が真っ黒によごれた負傷者の見わけは至難の業であったが、候補生の襟《えり》章で山崎を発見することができた。彼は全身に被弾して重傷であり、意識はなく虫の息であった。私は

終戦後、シンガポール・セレター軍港の妙高。大戦中の改装状況がよくわかる

担架隊をよび、彼を担架にのせた。

そのとき、「候補生集合」の命令があった。司令部を妙高から那智へうつすため、書類、荷物を運ぶ内火艇のチャージ（艇指揮）を命じられたのである。

内火艇で妙高と那智の間を、水すましのようにかけまわった。マラグ湾の上空は緬羊《めんよう》のような白雲がぎっしりとつまり、碧空はところどころにのぞいているだけであった。あの雲の隙間からB17爆撃機八機が爆弾を投下したのだ。この日、二、三日前からの豪雨で、ダバオ飛行場から哨戒機の零戦が飛び立つことができなかったという。

行き交う内火艇の期友のチャージから、二宮、木村両候補生も負傷したと聞いて、私は心が痛んだ。彼らは機銃群指揮官であるから、被弾したのもうなずける。

司令部移転作業が終わって妙高に帰った私は、臨時治療所へいそいだ。負傷した期友三人とも意識不明で話しかけることもできなかったが、山崎以外は生命には別状がない、との軍医官の言葉にやや安心した。

山崎はその夜半、息を引き取った。これを見守る私たちは、なんらなすすべもなく、人間の無力に絶望するのみであった。

妙高を直撃した敵B17の爆弾は、炸裂して上甲板と舷側とを破壊し、前部三砲塔を使用不能にし、三十五名の命をうばい、八十五名に重軽傷をあたえた。私は、飛行機の攻撃にたいして艦艇が意外に無力であることを知っておどろき、戦慄さえおぼえた。前部砲塔と機銃関係員が配置につく通路に爆弾が直撃したのであるからたまらない。死傷者が多かったのもむりからぬことである。

候補生たちは、卒業後わずか五十日目に、むごい、厳粛な死の淵《ふち》に立って身ぶるいしたのである。が、私はすこしちがっていた。私の失神は、生涯でもっとも甘美なものでさえあった。私が生まれてはじめて卒倒したそのしばらくの時間は、完璧さ、幸せな平安、軽やかな解脱感において、それまで私の知っていたいかなる状態ともくらべものにならないものであった。

妙高はその日の夕暮れ、応急修理を終わり、戦列をはなれて佐世保に向かった。

翌日午前九時、ミンダナオ島東方海上で水葬礼をおこない、三十五柱の戦死者を深海に沈めた。『命を棄てて』の哀調をおびたラッパの音が南海に流れて消えた。山崎のみじかい生涯に、私は滂沱《ぼうだ》となみだを流した。明日はわが身ではあるが……。

妙高はその後、寒い冬の佐世保工廠で二ヵ月の大修理工事をおこない、蘭印海域へ馳せ参じて戦列に復帰し、二月末のスラバヤ沖海戦に参加した。すでに二十七日午後から羽黒、那智、第二水雷戦隊が、連合軍艦隊と交戦してかなりの損害をあたえていた。三月一日、妙高は羽黒、那智とともに、敵を挟撃して猛攻をくわえ、マララグ湾被爆戦死者の弔《とむら》い合戦を行なうことができた。

寄せ集めの敵艦隊は、充分に訓練をつみ重ね、作戦計画をたてていたわが軍の敵ではなかった。敵艦隊が壊滅したのち、まもなくジャワ島の蘭印軍が無条件降伏して、わが第一段作戦は成功裡に終了し、私たち海上部隊は内地へ引き揚げた。

どうやら私たち七十期生の実戦つき練習艦隊の遠洋航海も、尊い犠牲の戦死者一名、戦傷者二名を出して終わりを告げたようである。

〈さあいよいよ、これから本番だ〉と私はふんどしのひもをしめなおしたのである。

五戦隊「那智」スラバヤ沖の凱歌

当時「那智」高角砲分隊長・元海軍少佐　田中常治

「敵見ゆ、巡洋艦五隻、駆逐艦九隻、一三〇〇」

　味方飛行機から無電が入った。時は昭和十七年二月二十七日、昼食を終わった直後のことである。

「戦闘用意」

　号令は艦内くまなくつたえられ、白鉢巻で弾丸を運ぶ乗員の姿もかいがいしい。当時、私の階級は大尉、配置は一万トン巡洋艦那智の高角砲分隊長。

「敵は水上部隊だから、まだ時間がある。糞小便をたれて体を軽くしておけ」

　部下に注意をあたえて、艦橋に上がった。幸いにして高角砲指揮所には優秀な望遠鏡がある。艦橋も目と鼻の間で、司令官、艦長の一挙手一投足、ことごとく目に入る。空前の艦隊戦闘にあたり、こんなおあつらえ向きの配置があろうか。

おもむろに望遠鏡を磨きながら、四辺を見渡した。第五戦隊旗艦那智、つづく二番艦は巡洋艦羽黒、ともに一万トン級の精鋭である。前方には第二水雷戦隊旗艦神通《じんつう》、つづく駆逐艦数隻、はるか前方には第四水雷戦隊旗艦那珂《なか》、その後に点々と数隻の駆逐艦がしたがう。紺碧の空、澎湃《ほうはい》の海、視界をさえぎる何物もない。鏡のような海面に各艦の蹴立てる白波が砕けて、航跡が一条の線をひいている。

「戦闘序列に占位せよ」、旗艦にスルスルと信号があがった。

弾着観測の飛行機発進、時に午後五時十五分。飛行長押尾大尉は勇躍、機上の人となった。プロペラの爆音、発射の音、舞い上がった飛行機は、翼を左右に振って合図をした。

「われ敵方に誘導す」信号を発信しながら味方を先導していく。ここに空前の艦隊戦闘は、まさに開始されんとしていた。

発動前の形勢

昭和十七年一月、南方方面軍第十六軍は蘭領印度の心臓部にあたるジャバ（ジャワ）島攻略にかんする命令をうけ、主力をもって西部ジャバに、一部をもって東部ジャバに進攻することとなり、太平洋戦争開始いらい最大の上陸作戦が行なわれることとなった。

二月十八日、第七戦隊司令官栗田健男《くりたたけお》少将は、第十六軍主力の乗船している輸送船五十六隻をふくむ西方攻略部隊をひきいて、仏領印度支那のカムラン湾を出撃した。同部隊は二月二十八日、ジャバ島西部に上陸作戦を決行して、バタビヤ方面に進攻する予定であった。

スラバヤ沖海戦後、旗艦「那智」は北方部隊に編入され、マカッサルを出港した

同月十九日、第四水雷戦隊司令官西村祥治《にしむらしょうじ》少将の指揮する東方攻略部隊第一護衛隊は、ジャバ東部攻略部隊（第四十八師団基幹）の乗船している輸送船四十一隻を護衛して、ボルネオの北東にあるスル諸島のホロ島を抜錨した。

同船団は速力七ないし八ノット、二月二十七日夜、クラガン沖に入泊して、二十八日未明にスラバヤ方面攻略の陸軍部隊を揚陸する目的で、二十七日午前、ジャバ海東部バウエアン島西北方を南下中であった。

第五戦隊司令官高木《たかぎ》武雄少将のひきいる東方攻略部隊支援隊は、重巡那智、羽黒の二隻、および駆逐艦潮《うしお》、漣《さざなみ》、山風、江風《かわかぜ》四隻で、二十六日以来、輸送船団の北方視界外でこれを支援し、スラバヤ北方一六〇浬付近にあった。

第二水雷戦隊司令官田中頼三《たなからいぞう》少将は、船団

護衛隊支援のためチモール島クーパン方面より急行、旗艦神通および第十六駆逐隊の駆逐艦雪風、初風、時津風をひきいて、輸送船団の東側を警戒航行中であった。

当時、第五戦隊司令官は、当面の戦闘では第四水雷戦隊、第二水雷戦隊をあわせて指揮するように命令されていた。

二月二十七日午後零時三十分、基地航空部隊の第十一航空艦隊の飛行機から基地宛てに発信されたスラバヤ北方偵察の無電が、傍受された。

「敵巡洋艦五隻、駆逐艦六隻、スラバヤの三一〇度六三浬、針路八〇度、速力一二ノット、一一五〇」

これが本海戦における敵発見の第一報であり、はじめてスラバヤ港外に敵有力部隊が遊弋《ゆうよく》していることを知ったのである。

午後一時七分、那智一号機の三座水上偵察機を発進。同機は午後二時五分に敵を発見、以後、触接を確保し、刻々に敵の動静を無電で報告してきた。これによれば、敵は巡洋艦五隻（デロイテル型一隻、ジャバ型二隻、ヒューストン型一隻、マーブルヘッド型一隻）、駆逐艦九隻で、わが輸送船団を攻撃すべく、味方の方向に急行していることが判明した。そこでまず輸送船団を北西方に避退させ、第五戦隊、第二水雷戦隊、第四水雷戦隊は結集して敵艦隊を撃滅すべく、速力を増して南下した。

午後五時十五分、第五戦隊は弾着観測機（那智・羽黒の九五式水上偵察機各二機）を発進。午後五時二十五分、「西方に展開の予定」が発令された。

戦闘開始

煙も見えず雲もなく、風も起こらず波立たず……昔の軍歌そのままに、鏡のような海面の水平線にポツリと敵のマストらしいものが見えた。

つづいてポツリ、またポツリ。時に午後五時四十四分、距離は刻々と近づく。「西方に展開せよ」旗艦の令によって、味方は四水戦、二水戦、五戦隊の順に西に向かって一本棒となり、敵はわが南方に、同じく西に向かって一列に展開した。

敵の一番艦は、怪物のような前檣を構えた巡洋艦、マストにはためくオランダの軍艦旗、蘭印艦隊旗艦デロイテルであることは一見してわかる。二番艦はスマートな重巡で、英国軍艦旗が掲げられている。このときは誰も艦名を知らなかったが、あとでエクゼターとわかった。つづく三番艦はアメリカ極東艦隊の精鋭、一万トン巡洋艦ヒューストン。心憎いほど鮮やかに大星条旗が掲げられている。

四番艦、五番艦は軽巡洋艦、このときは何という艦かわからなかったが、のちに豪巡洋艦パース、蘭巡洋艦ジャバとわかった。その前方に駆逐艦約十隻、速力三十ノット、白波を蹴立てて堂々の布陣である。

午後五時四十六分、わが二水戦旗艦神通は、敵の先頭に対して射撃を開始した。と、そのとき、キラリと一閃、敵の三番艦ヒューストンが発砲した。つづいてまたキラッと二番艦の発砲、ここに彼我砲戦の火蓋は切って落とされた。

「主砲射撃用意よし」トップの射撃指揮所で、砲術長井上少佐がカン高い声で叫んだ。

「撃ち方はじめ」力強い号令、鋭いラッパの音。一斉に敵方に口をひらいたわが重巡那智の主砲は、轟然と火を吐いた。つづいて二番艦羽黒の発砲。

弾丸はいったん空中高く上がって、空から降るように目標に落下する。その時間約二分。いまかいまかと敵弾の落下を待つ身にとっては、何とその間のもどかしいことよ——。

避退運動

「砲火指向第一法」

わが第五戦隊重巡那智・羽黒の二隻は、全力を挙げて敵の先頭艦デロイテルに集中砲火を浴びせた。

「初弾一発命中」飛行機からの報告に、士気大いに上がり、敵艦撃沈も間近いと勇み立つ。

ところが、ついで飛行機から「敵面舵《おもかじ》三〇度変針」と無電があり、弾着は遠方にそれはじめた。

「下げ六」砲術長が弾着を近《きん》に修正したところ、敵は取舵《とりかじ》に変針、今度は反対に弾丸が近にはずれる。

「高め六」遠《えん》に修正すれば、今度は遠すぎる。近に修正すれば、今度は近すぎる。敵は弾着を縫って、面舵に取舵にヒラリヒラリと体をかわして、弾丸は一発も当たらない。

敵の弾丸はうなりを立てて、前後左右に落下する。二番艦羽黒がグッと右に傾いて、砲煙に掩《おお》われた。

「ヤラレタ」と思ったら、砲煙は晴れて依然としてついてくる。何のことはない、こちらも敵弾をかわして転舵したため、艦が大きく傾いたわけだ。こうなれば、こっちも体をかわせとばかりに、一番艦那智も面舵に取舵に敵の弾着をかわしはじめた。三十二ノットの高速で転舵すれば、一万トンの巨艦も大きく傾く。

これでは主砲の照準も測的もメチャメチャだ。最大射程付近の砲戦では、砲口を飛び出した砲弾が目標に着くまでは二分近くもかかる。この間に高速で舵を取れば、敵弾を回避することは容易である。避弾運動などは、普通の演習では練習したこともないのだが、いつのまにか、敵も味方も期せずして、みごとな体かわしをはじめていた。人間の心理は誰でも同じものと見える。

遠距離魚雷戦

かくして巡洋艦戦隊同士の主砲の砲戦は、えんえん一時間になんなんとして、お互いになんら目覚ましい効果が挙がらない。そのうちに戦場は次第に西に移って、味方の輸送船団に近づくおそれがある。

最高指揮官・高木五戦隊司令官は局面の打開をはかるべく、主力巡洋艦戦隊の遠距離魚雷戦を下令した。

「五戦隊魚雷戦用意」

那智・羽黒は砲戦をつづけながら魚雷戦の用意をする。

「左魚雷戦同航」

二番艦羽黒から発射準備完了の報告があったが、旗艦那智はまだ準備ができない。

「水雷長、発射用意はまだか」先任参謀が叫んだ。

那智水雷長堀江大尉は、先ほどからしきりに気をもんでいる。発射管側から、魚雷の塞止《そくし》弁《べん》が開かないという報告なのだ。

「塞止弁開け」水雷長が叫ぶ。

「塞止弁開きませーん」発射管側から答える。

「水雷長、発射用意はまだか」先任参謀がまた叫ぶ。

「塞止弁開け、急げ」水雷長が叫ぶ。

「塞止弁開きません」発射管側でまた答える。

敵弾は雨あられと降り注ぐ。ぐずぐずしておれない気持である。

「発射はじめ」午後六時二十六分、たまりかねた先任参謀は一番艦那智不発のまま、五戦隊に魚雷発射を下令した。

二番艦羽黒の左舷胴腹から、白く光った魚雷が、相次いで紺碧の海面に跳び込んだ。一本、二本、三本……ついで八本。ちょうど海豚《いるか》が水面に潜るように。

ところがこの魚雷、どこまでも海豚のようにピョンピョンと海面に跳《は》ね上がって走って行く。魚雷は水中を走るべきもので、水上に顔を出すべきものではない。ボウ跳びも演習ならば愛嬌があるが、敵を控えてのいまは心細い限りだ。何とかして敵艦に命中してくれよとこいねがう。しかし、一本も当たらない。

　この大遠距離で、高速の敵巡洋艦に対して羽黒一艦の発射では、射法上、命中率はゼロに近い。当たったらそれこそ不思議だ。一番艦那智はとうとう一本も発射できないで、水雷長は大いに面目を失った。

　一段落ついてから、発射管側を調査したところ、塞止弁はすでに一杯に開いてあった。一杯開いた塞止弁を、さらに開こうとして回転しても、それ以上開くはずがない。

「塞止弁開け」

「塞止弁開きませーん」

「塞止弁開け、急げ」

「塞止弁開きませーん」

　これでは埒《らち》があくはずがない。将兵は悲愴な顔をして、観客のない喜劇を演ずる。笑ってはいけない。みな大真面目なのだ。

　敵弾は落下する。飛沫がかかる。終始生命の危険が迫る。これが戦場心理というも

僚艦「羽黒」艦上の円筒状高射装置と連装機銃ごしに見た那智

のである。

那智はこのとき発射できなかった魚雷をもって、夜戦に敵巡洋艦二隻轟沈の戦果をあげた。搭載魚雷の数は少ない。このとき塞止弁が開いていたら、水雷長は面目を失わなかったかわりに、夜戦用の魚雷を無駄に消耗していたろう。人間万事塞翁《さいおう》が馬、怪我の功名とはまさにこのことである。

幻の轟沈

わが巡洋艦戦隊は二隻、敵巡洋艦戦隊は五隻、砲戦では敵が断然優勢である。敵は巡洋艦の砲数をたのんで、味方水雷戦隊の駆逐艦にまで主砲射撃を浴びせた。たまりかねた第二水雷戦隊は、午後六時五分、この敵にたいして旗艦神通の魚雷四本を発射した。俗に〝鼬《いたち》の最後屁〟という。

距離二万八千メートル、射角同航二〇度。三十ノットの高速で、縦横に身をかわす敵巡洋艦に対して、わずか四本の魚雷ではなかなか命中する公算はない。しかし、いったん魚雷を発射したからには、どうか敵に命中してくれよとこいねがう。希望はいつしか幻となって、夢と現《うつつ》とは混同される。第二水雷戦隊戦闘概報に曰く、

「一八〇五敵ハ内方ニ転舵近迫シ来タリシヲ以テ其ノ二番艦ニ対シ照準距離二八〇〇〇米射角同航二〇度（魚雷到達時刻一八三八）ニテ魚雷（四本）発射一八三八敵重巡『ジャバ』型及二番艦『ヒューストン』型ニ魚雷命中二番艦轟沈三番艦中破（黒煙ヲ吐キツツ右ニ傾斜僚艦ト

共ニ一二〇度方向ニ遁走）敵ハ隊列混乱反転セリ」と。

田中二水戦司令官の夢は、ここに現《うつつ》と化して、幻の轟沈は全軍に伝えられた。

「敵重巡洋艦一隻轟沈、一隻中破」

全軍の士気大いに奮《ふる》う。しかし、実際は一隻も沈んでいない。三番艦が黒煙を吐いたのは中破したからではない。煙幕展張である。右に傾斜したのは傷ついたからではない。変針すれば艦は自然と傾く。

のちの調査によれば、昼戦において敵巡洋艦ジャバ型及びヒューストン型に命中した魚雷は一本もなかった。二水戦司令官の幻の中では、魚雷が命中したはずの敵巡洋艦ヒューストンは、完全無傷でスラバヤ沖昼戦夜戦を戦いぬいて、さらにバタビヤ沖に出現し、日本輸送船団泊地に斬り込んでいる。

心ここにあらざれば、見れども見えず、聞けども聞こえず、喰えどもその味を知らず。実戦とはかくのごときである。

アウトレンジ戦法

砲戦一時間以上におよんで、まだ敵主力は一隻も沈まず、間断なく砲撃をつづけている。二番艦エクゼター、三番艦ヒューストンはともに二〇センチ砲艦だから、主砲の射程はわが那智、羽黒と同様、最大二万八千メートルにおよぶ。デロイテル、パース、ジャバの三艦は、一五・五センチ砲なので、射程は二万メートル以上に延びない。

敵は各艦の弾着を識別するために赤や青の着色弾を使用しているので、大きな水柱は鮮やかに彩られている。とくにヒューストンの真っ赤な水柱は遠くまで的確に弾着して、味方を悩ませている。

遠距離砲戦では、砲弾は空から降ってくるので、艦は変針によって体をかわして弾着を避けることができるから、弾丸はなかなか命中するものではない。近迫すれば弾丸はほぼ水平に敵艦の胴腹を貫くから、命中効果は甚大となる。肉迫強襲の必要なゆえんである。

砲戦開始の距離は二万六千メートル、以後はおおむね二万六千メートルないし二万メートルの間で砲戦がつづけられた。

日の長い南海の海も、えんえんたる戦闘に時間はすぎ、白熱の太陽もようやく西に傾いてきた。一刻も早く近迫して、敵を撃沈しなければならない。

「航海長、取舵、取舵」、先任参謀が片手を左に振った。

「とーりかーじ」、航海長は左に転舵を令した。

一番艦那智は、ぐっと傾いて敵方に変針する。二番艦羽黒もこれにしたがう。距離は次第に敵に近づく。二万五千メートル、二万三千メートル、わが艦の射程は良好となり、トップの砲術長は御機嫌である。

味方の射撃が良好となれば、敵の弾着も的確となる。ガサガサガサーッ！　空気を引き裂くような敵弾のうなり。ザァーッ！　一面にあがる真紅の水柱。敵はわが旗艦に砲火を集中するので、一番艦那智の近辺は水柱の山である。

距離はますます近づく。二万一千、二万、一万八千メートル。この距離になると、敵の一五・五センチ砲艦の弾丸が、俄然こちらに届く。

敵巡洋艦五隻の集中砲火は、旗艦那智に一団となって降り注ぐ。

ガサガサガサーッ、ザァーッ！　トップの砲術長は敵艦だけしか目に入らないから、味方に落下する敵の弾着は一向にご存じない。こちらの射撃がよくなったので大いに喜んでいる。

艦橋ではこれに反して、敵の距離は遠いので味方の弾着は見えない。見えるのは、前後左右に落下する敵の弾着だけである。艦橋は飛沫に包まれ、着色弾の染粉を浴びた人が赤鬼や青鬼のような顔になる。

「航海長、面舵、面舵」、先任参謀がおがむように羅針儀を抱えて、片手を焦立たしく右に振った。

「おもーかーじ」、航海長は右に転舵した。一番艦那智はぐっと傾いて、外方に変針、敵から遠ざかる。二番艦羽黒またこれにしたがう。

一万八千、一万九千、二万メートル。二万メートルをこえると敵の一五・五センチは弾丸が届かなくなる。三隻分の弾着は遠のいて二隻分だけとなるから気が楽だ。

二万三千、二万五千メートル。敵との距離が二万六千メートル以上になると、敵弾は一つも届かなくなった。一同口にこそ出さぬが、ホッとした安堵の情が顔にみなぎる。ところが、敵弾が届かなくなれば、味方の弾丸も届かなくなる。

「艦橋、弾丸が届きません。もっと近づいて下さい」トップの砲術長がたまりかねて叫んだ。

「航海長、取舵、取舵」、先任参謀がまた手を左に振った。

「とーりかーじ」、航海長は敵方に転舵した。

二万六千、二万五千。距離は刻々と敵に近づく。いままで届かなかったわが主砲が敵艦に届くので、トップの砲術長は御機嫌である。

二万四千、二万二千メートル。次第に味方の射撃精度がよくなる。二万、一万八千メートル。この距離になると、また敵の一五・五センチ砲が届いてくる。

ガサガサガサーッ！　空気を引き裂く音。ザーッ！　山のような水柱。艦橋はまた敵弾の飛沫を浴びて、着色弾の染粉のために赤鬼、青鬼ができる。

「航海長、面舵、面舵」先任参謀がたまりかねて、片手を右に振った。

「おもーかーじ」航海長は右に転舵した。艦はぐっと大きく傾いて外方に変針し、次第に敵から遠ざかって、弾着は減少した。一同また、無言のままホッとする。

本海戦終了後、ダラダラとした長時間の遠距離砲戦について、各部から手厳しい批判をうけた。答えて曰く、これは敵の射程外より打撃を与える、いわゆる〝アウトレンジ戦法〟であると。

なるほど二〇センチ砲艦は敵味方とも二隻ずつで、砲数においてはわが方が優る。一五・五センチ砲艦は敵のみ三隻、圧倒的に敵が優勢である。敵一五・五センチ砲艦の射程外から撃破するアウトレンジ戦法といえば、一応もっともな話である。

しかし、二万メートル以上の遠戦では弾丸は空から降る。ヒラリヒラリと体をかわす避弾運動によって、なかなか弾丸はあたるものではない。現に那智は五隻分の集中砲火を浴びて、一発も命中していなかった。弾丸は人間が気を揉むほどあたるものではない。

アウトレンジ戦法といえば体裁はよいが、当時は敵の識別もはっきりせず、何が何やらわからなかった。実情は何のことはない。えんえん一時間にわたる面舵、取舵、ピストン運動の連続であった。

全軍突撃せよ

このままにして推移せんか、戦場は次第に西方に移動して味方輸送船団に近接し、ジャバ島攻略を目前にひかえる陸軍部隊の精鋭に、万一のことがあってはならない。しゃにむに敵に突進せんか、頑敵健在、味方の被害は予測を許さない。右せんか、左せんか、なかなか決せず、いたずらに時間を空費し、弾薬を減耗するのみ。すでに味方の砲弾も魚雷も、残るところいくばくもない。

いままで口をキッと結んで、無言で立っていた第五戦隊司令官高木武雄少将は、ここに意を決して、口を開いた。

五戦隊司令官・高木武雄少将

二水戦司令官・田中頼三少将

「全軍突撃用意」

時に午後六時三十三分、突撃用意の命令は全軍に伝えられ、号令は艦内くまなく行き届いた。ダラダラした砲戦に業《ごう》を煮やした乗員の顔へ、一瞬サッと緊張の色が浮かぶ。

主砲も弾丸が届かぬことを嘆く必要なく、高角砲や機銃も射撃の機会にありつける。今度こそは魚雷発射の機会を逸《のが》すまいと発射管員も張り切っている。一同、白鉢巻をしめ直して勇み立った。

機械は全力をあげて回転し、艦尾の航跡は大きく真っ白な線をひく。風はヒューヒューとうなりを立てて頬を打ち、マストの旗は一枚の板のように風に吹き流されつつ、鮮やかな色彩を浮き出す。

やがて司令官はクルリと後ろを振り向いた。丸々と太った体軀にクリクリした童顔、黒い口髭の下には決意のほどが見える。後ろを振り向いた司令官は艦橋で大きく四股《しこ》を踏んだ。

ズシン、ズシン。横綱の土俵入りのように、両足を高く上げて床板を踏ん張る。ペッ、ペッ。両手に唾をつけて手を打った。大きな柏手がポンと鳴る。やがてその手を大きく宙に振り上げた。

「ウーム」、拳はグンと振り降ろされた。

「よーしッ」

「全軍突撃せよ」

旗艦に上がる信号。各艦の応答旗。サッと下りる旗旒《きりゅう》。各艦一斉に了解発動。

「とーりかーじ」航海長は大きく左に転舵した。

旗艦那智はぐっと大きく傾いて左に変針。二番艦羽黒またこれにしたがう。二水戦、四水戦、いずれも大きく敵方に変針した。全軍一斉に敵に向かって突進する。もうこうなれば面舵も取舵もない。敵の弾着も注がば注げ、もはや右往左往するときではない。一度肝ッ玉を据えてしまえば、気が楽だ。〝飛車角がみんな成り込む一の谷〟各艦、全力をあげて敵陣になだれ込む。時はまさに午後六時三十七分であった。

進撃中止

勢いはまさに鵯《ひよどり》越えの逆落とし。果たして敵はこの気勢に呑まれてか、一斉に反転して退却をはじめた。敵巡洋艦エクゼターは味方の弾丸をうけて火災を起こし、速力を低下した。

「砲火指向第二砲」

艦隊は集中射撃をやめて、各艦単独の対艦射撃に移った。濛々《もうもう》たる煙幕は敵艦隊をおおって、目標視認はきわめて困難である。

「五戦隊、魚雷戦用意」先任参謀が叫んだ。

「右魚雷戦同航」「発射はじめ」

時に午後七時二十分、距離二万メートル。那智、羽黒は右舷の魚雷を一斉に発射した。一本、二本、三本……。真っ白い胴体を光らせて、魚雷はつぎつぎと水中に躍り込む。

と、突然、ボカーン、ボカーン。魚雷の走って行く海面に大爆発が起こった。わが九三式魚雷の自爆である。

間もなく四水戦魚雷発射、つづいて二水戦魚雷発射。時に午後七時二十四分。魚雷は勢いよく海中にとび込んで敵方に走って行く。と、またもや、ボカーン、ボカーン。

魚雷の駛走《しそう》方向にあたって、大爆発が起こり、黒煙天に冲する奇観を呈した。これまた、わが九三式魚雷の自爆である。

これに対して二水戦司令官は、この大爆発を敵大口径砲の弾着、または敵より発射した時限魚雷の炸裂と判断した。第二水雷戦隊戦闘概報に曰く、

「大口径砲ラシキ弾着ヲ認メタル点ヨリ判断シ敵ハ一門乃至二門大口径砲ヲ搭載シアルカ又ハ時限魚雷等使用ノ算尠カラズ」と。

五戦隊司令官はこの大爆発を、敵管制機雷の爆発と判断した。第五戦隊戦闘概報に曰く、

「距離尚短縮セザルニ過度ニ陸岸ニ近接シ友軍附近ニ管制機雷ラシキ大爆発頻リニ起ルヲ認メ、交戦約二時間ニシテ進撃ヲ打切リ輸送船団ノ警戒ニ復セリ」と。

のちに敵捕虜の調査により、敵は時限魚雷、管制機雷等を使用していなかったことが判明した。大口径砲を搭載していなかったことはもちろんである。〝幽霊の正体見たり枯尾花〟、戦場心理まさにかくのごとし。

しかるに当時これをいち早く、わが九三式魚雷の自爆と看破していた者がある。誰あろう、終始、勇戦奮闘、しかも黙々として功をほこらぬ第四水雷戦隊司令官西村《にしむら》祥治少将その人であった。四水戦戦闘概報に曰く、

「浅深度発射等ノ関係上九三式魚雷発射後ノ（時間不足）自爆触雷ニ依ルモノモ予期以上多数アリ、之ガ対策ニ対シテ速カニ研究スル要アルモノト認ム」と。

弾丸雨飛の間、冷静沈着に事物の真相を看破して、艦隊長官および大臣、総長に宛てて所見を具申しているのである。

交戦じつに二時間余、真っ赤な太陽は大きく、静かに西の水平線に沈んだ。敵艦エクゼターは完全に機械がストップして漂流し、反撃してきた敵駆逐艦、またわが攻撃にあえない最後を遂げた。攻撃はまさにあと一息。

このとき、最高指揮官の第五戦隊司令官は全軍に進撃中止を命じた。時に午後八時〇分。進撃中止の理由に曰く、

「戦場ハ著シク南下シテ四水戦ニ水戦所在地点ハ陸岸ニ極メテ近ク、管制機雷ラシキ大爆発多数ヲ二水戦附近ニ認メ、又先ニ出撃セル敵潜水艦五隻トモ併セ判断シ、コレ以上敵軍港ノ至近ニ迫リ防禦海面ニ入ルハ適切ナラズト認メ、進撃ヲ中止セリ」と。

長時間砲戦二時間余、緊張しきった心身で将兵は疲労の極に達している。戦う者は人間であって、神ではない。理屈は何とでもつく。進撃中止の令をきいて思わずホッとしたのは、偽らぬ心情であった。

夜戦

「各隊速かに兵力を集結、夜戦準備をなせ」

最高指揮官第五戦隊司令官は、午後八時五分、全軍に命令を下した。

那智・羽黒は昼戦に使用した飛行機を揚収していたが、午後八時五十五分、敵巡洋艦四隻より突然集中射撃をうけ、急遽増速、煙幕を展張して避退した。第二水雷戦隊旗艦神通《じんつう》は、夜間偵察機を発進、敵巡洋艦部隊に触接させたので、飛行機は敵の頭上に吊光投弾を投下して、敵の位置を報告した。

明けて、二月二十八日午前零時三十三分、一路南下中の第五戦隊は、左舷前方一五二度方向に敵影を認めた。距離約一万五千メートル。

「敵らしき艦影四隻、左三〇度、一五〇《ひとごまる》」、見張員の報告に艦橋は緊張した。

「配置につけ」けたたましいラッパの音、仮寝の夢を結んでいた乗員は一斉に総員配置についた。薄明るい月光を浴びて、夜目にもクッキリと四隻の敵巡洋艦が白波を蹴立てて近づいてくる。

「砲雷同時戦用意」

友軍は二隻、敵は四隻の巡洋艦同士、砲戦では敵が優勢だが、闇夜の鉄砲は恐ろしくない。敵巡洋艦には魚雷はないが、わが巡洋艦には世界にほこる酸素魚雷を準備している。今度こそこっちのものだ。

敵味方は互いに速力を増して、反航対勢で近接した。このまま経過すれば、一瞬火花を散らして行き過ぎてしまう。

このとき、司令官は大きく片手を右に振った。

「艦長、面舵反転」自信満々、敵前一八〇度の大回頭である。

「おもーかーじ」

艦は大きく傾いて、右に一回転して敵と同航対勢となった。二番艦羽黒、またこれにしたがう。

各艦はここを撃てとばかり、敵にわが胴腹を示した。敵はエタリとばかり、一斉に砲口をひらいた。キラリと光る発砲の閃光、頭上に注ぐ照明弾の炸裂。まるで両国の花火を見るような美しさだが、凄愴の気が一面にみなぎっている。

「射艦目標、敵の一番艦」、「無照準射撃」「撃ち方はじめ」

令によって那智も主砲の射撃を開始した。那智初弾発砲、午前零時五十二分、照尺距離一万三千三百メートル。ついで羽黒初弾発砲、零時五十八分、照尺距離一万二千メートル。探照灯をつければ、測距儀によって敵から正確な距離をはかられ、たちまち有効な一斉射撃をうけるから、滅多なことはできない。両軍とも無照射のまま、闇夜に鉄砲の探り撃ちである。

敵は主砲だけが攻撃兵器だから、照明弾を打ち上げてこちらを照らしながら、しゃにむに撃ちまくる。こちらは主砲は誘いの手に過ぎないから、思い出したように撃ちながら、敵に悟られないように魚雷戦用意を完成した。

「発射目標、敵巡洋艦戦隊」

「右魚雷戦同航」

スラバヤ沖海戦で主砲弾を撃ちつくし、補給をうける羽黒

発射管は一斉に敵方に旋回した。昼間のミスを挽回せんと、水雷長堀江大尉は真剣である。

「水雷長、落ち着いて」「よーくねらって射てよ」司令官が注意を与えている。

「敵の方位角八〇度、距離九千五百メートル」「よしッ、発射はじめ」

命令一下、魚雷は舷側をはなれて水中に躍り込んだ。那智八本、羽黒四本。時に零時五十三分。敵はまだわが魚雷発射に気がつかず、四隻がきれいに目刺のように並んで、おあつらえ向きの発射目標を示しながら直進している。こちらは、敵を真っすぐに走らせて、まんまと魚雷を命中させるために、気の抜けた主砲砲戦のお相手をしている。

魚雷の到達はまだか、まだか。一分、二分、三分……何と待ち遠しいことよ。やがて到達予定時刻になった。午前一時六分。ピカリ。敵方に命中したらしい閃光がひらめいた。つづいてボーッと真っ赤な火炎が天に冲して、敵の一番艦は大爆発を起こした。

「ウァーッ、ヤッタゾッ」

思わず上がる喚声、望遠鏡に映った敵の旗艦デロイテルは、巨体を棒立ちにして海中に没した。

「一番艦轟沈」

臍《へそ》の緒切ってはじめて見る壮絶な光景に、乗員一同思わず唾をのみ、手に汗を握った。ついでまたピカリ、敵の四番艦に命中の閃光がひらめいた。時に一時十分。間もなく、猛烈な火炎がドッとあがって、これまた海中にその巨体を没した。

「四番艦轟沈」

引きつづく天下の奇観に、乗員一同、手の舞い足の踏むところを知らず、ただ茫然としてこれに見とれていた。

沈没した敵艦の重油は海面にただよい、それに火がついて、えんえんたる火炎は海面を明々と照らしている。

もしこのとき、一挙に探照灯を点じて敵に肉迫、主砲の一斉射撃を浴びせたならば、浮き足だった敵軍を撃滅できたであろう。しかし、このときは将兵一同茫然自失、ただただ思いがけない光景に我を忘れていた。

ややあって、われにもどった五戦隊が敵方に肉迫したときは、すでに残敵は逃走してしまって、重油の燃えさかる海面に、助けを求めて泳いでいる敵兵の喚き声がきこえるだけであった。

轟沈した敵艦は、オランダの巡洋艦デロイテル、ジャバの二隻であり、旗艦デロイテルに座乗していた司令官ドールマン海軍少将は、生き残った巡洋艦ヒューストン、パースの二艦にバタビヤに向かうよう命令していた。

そして、沈みゆく二艦にたいする救助作業を拒絶し、自らは旗艦と運命を共にして、南海の藻屑と消えていったのであった。

七戦隊「三隈」と「最上」の衝突

ミッドウェー海戦もうひとつの悲劇

元「最上」航海長・海軍大佐　山内正規

九時間にわたる全力編隊航行

昭和十七年六月五日の夜、すなわちミッドウェー攻略作戦の中止がきまった直後のこと、第七戦隊第二小隊所属の三隈《みくま》と最上《もがみ》による触衝事故が起こった。このため、連合艦隊司令部ならびに攻略部隊（第二艦隊）司令部が、一苦労しなければならなかったことが、防衛庁戦史室著『ミッドウェー海戦』に詳述されている。

この海戦の敗因が基本的には精神面の要素が大きく、また、直接的な原因は通信連絡などのような戦務作戦上の錯誤からきているのとおなじように、この触衝事故の遠因も、七戦隊のグアム島出港いらいの、いくつかの戦務上の錯誤と、精神的な面がかさなっていることが考えられるのである。

私は当時、最上航海長であったから、その体験と感想をまじえて、主として往時の海軍航海学校の研究課題にこたえるつもりで、少々専門的になるが、触衝事件の顚末をのべてみたい。

第七戦隊（熊野、鈴谷、三隈、最上）と第八駆逐隊（朝潮、荒潮）は、昭和十七年五月二十八日午後五時三十分、ミッドウェー占領隊（海軍第二特別連合陸戦隊と陸軍一木支隊）の乗船している船団部隊の支援隊として、グアム島のアプラ港を出港した。

第二水雷戦隊およびそのほかの小艦艇に護衛されていたその船団部隊も、おなじ時刻にサイパン島を出発したが、グアム島付近にこのころ、敵の潜水艦が出没するという情報があった。そこで擬航路をとって一時南下し、ロタ島の南を東にまわって支援隊の視界内にはいり、それ以後、両隊はたがいにはなれることなく、針路五〇度ないし九〇度のあいだで、之字運動を行ないながら、ミッドウェーをめざして航進した。

私は当時、第七戦隊の四番艦最上の航海長として、開戦の一年以上前から同艦に乗り組んでいた。七戦隊では五月三十一日の夜明けごろから、船団部隊を見失っていたが、七戦隊司令部では、船団部隊はわれわれの隊の左後方（西方）に続行しているものと判断し、六月二日になって、約三時間反転した。しかし、それでも船団は見えないので、さらに六月三日、四日と反転をくりかえした。

ところが船団部隊のほうは、予定航路の前に敵潜がいるとの情報がはいったので、六月一日正午、七五度に変針するはずの予定を変更して、これまで通りの針路五五度のまま、翌二日の正午まで直進した。しかし、無線封止中のため（支援隊が視界内にいないので）、これを支援隊に通報できなかった。

そのため六月四日の夜、船団部隊がミッドウェー基地から発進した敵飛行艇の襲撃をうけたことを発信したとき、はじめて七戦隊司令部では、船団部隊が自隊の北方一〇〇海里付近を先航していることを知ったのである。

しかし、司令部では、このままの状態でも船団支援に支障はないと判断して、しいて船団部隊に近接する行動はとらなかった。昔から戦闘は錯誤の連続であるとさえ極言されたことを聞いたものであるが、このミッドウェー作戦もすでにこの時点で、その一端があらわれていたといえる。

六月五日早朝から、米機動部隊の苛烈な攻撃がはじまり、最上の艦橋にも悲報がぞくぞくとつたわってきた。その結果、ついに連合艦隊長官から七戦隊にたいして、ミッドウェー基地砲撃の命令が下った。この時点で、艦隊司令部は、七戦隊の位置を予定どおりミッドウェーから三〇〇海里と見ていたのであろう。しかし、じっさいは前述の三回にわたる反転で約一〇〇海里ほどおくれていたわけである。

そこで、砲撃はこの日の夜間に行なわれなければならないとして、午後零時三十分ころから、午後九時四十五分の砲撃中止の電令があるまでの九時間あまりというものは、最上をはじめ第七戦隊は全力運動（第五戦速三十五ノット）を行なったのである。そのために、正午すぎまでは七戦隊の斜め前方に直衛として随伴航行していた第八駆逐隊も、しだいに後落して、夕刻にはわれわれの編隊の後方水平線上をあえぎながら追ってきていた。

この日の九時間あまりにわたる全力運動は、各艦ともなんら故障もなく、みごとな編隊航行であり、その光景はこんにちでもなお、私の脳裏に焼きついて消えない。しかし私は、つい二日前に燃料補給をしたとはいえ、まだ戦場近くにも達しない前に長時間の全力運転ではいかにも徒労であり、不安がかさなる思いであった。

夜にはいって私は、これから開始されるであろう砲撃にさきだち、わずかの時間でも睡眠をとっておこうと艦橋に近い私室のソファーに横たわったが、なかなか寝つかれなかった。航海長というものは、職掌がら航海中のわずかな時間でも横になれば眠れるものだが、このときばかりはどうしても眠れない。なにか不吉な予感がしてしかたがなかったことを覚えている。

この砲撃は勝ち戦さのときならいざしらず、蜂の巣を突つきにいくようなものだと思ったのは、私一人だけではあるまい。眠ることをあきらめた私は私室を出て、また艦橋に上ったが、しばらくして砲撃中止の電報がはいった。このときは私も正直なところヤレヤレと思った。

そこで七戦隊はいままでの針路八〇度を三四〇度に急変針し、速力も第三戦速（二十八ノット）に落としたのであった。これによって午後十時、攻略作戦は中止され、全部隊は主隊に合同せよとの電報がきた。そのころ、連合艦隊旗艦の位置は、ミッドウェーから三〇五度四六〇海里、二艦隊旗艦は、同島の三二〇度三〇〇海里の見当であったから、私は七戦隊の針路三四〇度は少々右に（東に）寄りすぎている、早晩二〇度ないし三〇度西に変針する必要がある、と考えていた。

最上艦長・曽爾章大佐

三隈艦長・崎山釈夫大佐

一番艦赤々

当時、最上の艦橋では当直将校の運用長が操艦にあたっており、艦橋右舷に艦長（曽爾章大佐）、そのうしろに副長が立っていた。そのほか数名の士官と当直信号員、見張員、伝令員など総勢十数名が配置についていた。

私は熊野（七戦隊旗艦）がまもなく左に二〇度くらい変針するのではないかと考えていたやさき、とつぜん右舷前部の眼鏡についている当直信号員が、「一番艦取舵《とりかじ》」を報じたので、すぐさま七倍眼鏡を持って一番艦を見た。たしかに取舵をとっている。このときはまだ、もちろん二〇度くらいの針路を変えるものと思っていたのだが、そのとたんに、右の信号員が、「一番艦赤々（左四五度緊急一斉回頭）」を報じた。

電信室からも、おそらく同時に「赤々」をつたえてきたと思うが、私には今日、その記憶がはっきりしない。その前に熊野から、「右三〇度、五千メートル付近に浮上潜水艦発見」の電話があった由であるが、これも戦後すっかり忘れていた。

ここに「緊急一斉回頭」という陣形運動の信号あるいは電話の発信、発動時機などについては、危険防止などのために詳細な規程がさだめられていたが、その説明は省略する。

私はこの「赤々」を聞いて、ただちに基準針路にたいする疑問をもち、複雑な陣形運動になると思ったので、当直将校より操艦をうけついで、いそいで羅針儀の前に立った。まず取舵を下令し、熊野の基準針路を三二五度と推定、それから四五度の変針をすることにした。すなわち、最初の針路三四〇度から六〇度左に変針し、二八〇度の針路となるわけであるが、混乱をふせぐため、前続艦との距離を千メートル開く（いままで八〇〇メートル）つもりで、さらに一〇度左に変針し、結局二七〇度の針路にしようとした。

しかし、回頭が急であったため、二七〇度より少々行きすぎたが、距離がよけいに開くぶんにはさしつかえないので、結局、二六五度で「宜候《ヨーソロ》」（そこで定針せよの意）を令した。

そこでこんどは、右七五度方向に見えるはずの前続艦の方位をはかってみると、意外と変針前の三四〇度線に近く（実際は三三五度くらいであったろう）、各艦はほぼ一線にそろっていると思った。しかし、三番艦との距離は予想以上に開いていた（じつはこれが二番艦であったことが後日わかる）。

二隻の艦影は確実に視認しているが、一番艦は二番艦のカゲで見えないものと考えていた。

こうしたことは編隊航行中、とくに夜間の場合には往々にして起こる現象なので、疑惑をもたなかった。

私は三番艦との距離があまりにもひらきすぎたし、また疑問に思った基準針路が三四〇度であること（すなわち、一番艦の最初の変針は「赤々」の早期発動であったこと）を知り、大量に取舵変針したことをいくぶん後悔しながらも、なお慎重に五度ないし一〇度ごとに小きざみの変針を操舵員に指示して、針路二九五度に定針した。

すなわち、三四〇度の基準針路から、左四五度変針した規定どおりの左四五度緊急一斉回頭による梯陣の形としたつもりである。したがって、戦後十数年にしてはじめて、熊野と鈴谷が異常な接近により、鈴谷が熊野の右舷方向に回避したことを知ったしだいである。

そのころ、最上の右四五度付近から九〇度付近までは半月の月光が静かな海面に反射して、比較的視界は良好な夜間にもかかわらず、海上の視認は光の反射にさまたげられ、わりに困難な状態であった。

私は右舷の見張員にたいして見張りを厳重にするよう注意して（航海長は見張指揮官でもあった）、さらに右四五度方向の前続艦の方位距離をたしかめようとした。そのときである。

一番艦の転舵時機からおよそ五分は経過していたであろう。とつぜん右舷にいた副長が、「三隈が近いぞ！」とさけんだ。私はまったく意外なことばに不審をいだきながらも、とりあえず取舵を下令して、右舷正横付近をさがしてみた。

このときおどろいたことに、キラキラとかがやく波間に、三隈の巨体が左舷にかたむきながら（三隈が面舵をとっているためである）、折からの月光を浴びて、右正横付近から急速に接近してきた。

高速で触衝した最上と三隈

「取舵一杯」「後進原速」「後進一杯」、曽爾艦長と航海長の号令が矢つぎばやにかさなって放たれた。

副長の発声から十秒ないし十五秒くらいのあいだに、両艦はものすごい勢いのまま、速力二十八ノットの最上の艦首と三隈の艦橋左舷後方の電信室付近が触衝した。この一瞬、激動とともに火炎をはなち、最上の艦首は先端から十数メートルにわたって折損した。そのうえ左舷正横付近まで湾曲し、右舷の錨は切断されてしまった。一方、三隈は電信室の下方に一部浸水と小火災が起こったが、損害は軽微であったため、全力運転に支障はなかった。

しかし、最上は右舷の揮発油庫を燃焼したほか、錨鎖庫、倉庫、艦長室、前部兵員室などから浸水しはじめた。そのため、急速停止したうえ、艦内の防水作業を知らせるラッパを吹奏し、防水蓆《せき》展張、そのほかいっさいの防水補強応急作業を開始した。

私は操艦責任者として、思わず艦長にわびた。「申し訳ありません！」。私の悲痛なさけびも、応急対策に懸命な艦長の耳には通じなかったかもしれない。防水作業がうまくいくだろうか、と気になる。また、うまくいっても果たして前進航行ができるか心配であった。

前進で行けなければ後進でもよい。なんとかこの地点からすこしでも西方にのがれたい。

ここはミッドウェーから八〇海里たらずであるため、夜が明けたら、敵機が蝟《い》集することは必至である。

機関科へは、三隈と触衝したことを通報し、前進、後進のいずれにしても、応急処置が完了しだい行進を起こすことをつげた。触衝時、機関科員ならびに非番で居住区にいたものは、この衝撃ではね飛ばされたが、てっきり魚雷にやられたと思ったものが多かった。

副長、運用長はただちに応急作業の指揮にあたり、約一時間ののちには防水ならびに損傷部分の補強工事を完了したので、まずエンジンを後進にして、しばらくのあいだは後進原速で西方に航行をつづけた。しかし、後進のままでは操艦上の困難、会敵時の処置、それに軸受けの焼損などいくたの不利な点があるため、艦長はついに前進航行を下令された。最初は多少不安もあったが、前進原速にしても損傷部になんら異状を認めなかったので、思いきって機械の回転数をあげて、速力を十八ノットまであげてみた。

三隈との衝突で艦首をもぎとられた最上

このとき機械室から、「艦底でなにかごとごと音がする」と知らせてきた。だが、さほどひどい音ではないらしい。これについては艦橋でも見当がつかないが、たぶん触衝したとき、ちぎれた外鈑か隔壁の一部が艦底をつたわって音をだしているのではないか、くらいに考えてそのままにしていたが、その後、音はだんだんと低くなっていったらしい。

なお、この件の正体については、後述のトラック入港後の説明にゆずることにする。このときの三番艦三隈の触衝前後の行動については、いちおう書いておかねばならない。

これは終戦直後、私が復員輸送のため浦賀の桟橋で、触衝当時の三隈航海長と偶然にも出会い、みじかい時間ではあったが、いろいろと当時のことを話し合ったときの記憶である。

それによると、三隈が熊野の『赤々計九（左九〇度緊急一斉回頭）』を了解していたことは事実である。ただ、三隈が『赤々』発動から触衝までのあいだにどんな操艦をしていたかは詳細不明であるが、その発動時機がほかの三艦よりかなり遅れたのではないか、という疑いは十分にある。さもなければ、最上が七〇度回頭した時点で、私の視界内にはいらないほど（すくなくとも二〇度以上）方位が右方に後落しているはずがないからである。

また、三隈航海長は触衝の三十秒ないし一分くらい前に、最上との距離が近いことを艦長に進言した由であるが、艦長（崎山釈《しゃか》夫《お》大佐）はそのまま直進を告げられたという。なお、最上の艦橋ではこの『赤々計九』という無線電話を聞いていない。

僚艦の最期をみとる艦長の苦悩

六月六日午前一時ころから、最上は対水速力十二ノット（艦底ログによるもので、機関馬力は二十ノット相当）で航走を開始した。そして、それから一時間半ののちにはすでに夜が明けはじめた。この日の天候は晴れで、空にはちぎれ雲がところどころに漂い、海上は北東の貿易風でさざなみが立っていた程度であった。それでも、最上の艦首はものすごい白波を蹴り上げて、全力運転で走っているようである。

三隈は最上の前を大きく之字運動を行ない、最上を掩護しながら二十ノットで航走していた。午前三時三十分ころ、およそミッドウェーの西方一一〇海里の地点で、予想どおりB17十六機が、それぞれ八機ずつ三隈と最上へとわかれて四千ないし五千メートルの高度で来襲した。

だが、これは平時の爆撃回避訓練とまったくおなじように実施して、なんら不安なく回避することができた。しかし、もし回避せず直進していれば、爆弾の落下地点からみて、ピッタリと命中していたはずである。「敵の照準は、なかなか正確だったな」などとのんきに批評していたものだった。

それから空襲は数回あったが、いずれもミッドウェー基地からのもので、緩降下爆撃、急降下爆撃ともにいずれも技量に見るべきものもなかった。なかにはわれわれの対空砲火の熾烈さにおそれをなしたものか、舷側から百メートルもはなれた位置で爆弾をすてるように投下して、あわてて飛び去る若い搭乗員の顔も見えた。おそらく初陣の若者であったのだろう。

この日の被害は、至近弾二、三発と機銃掃射による戦死者二名、それに負傷者数名を出したていどで、大したこともなく軽微であった。その夜、二艦隊長官から七戦隊司令官にたいし、朝潮、荒潮を三隈、最上の護衛に派遣するよう電命があり、つづいて朝潮から、明早朝の合同地点および時刻などを知らせてきた。このときの長官のご配慮をありがたく思った。

七日の午前二時ころ、朝潮、荒潮が合同してから一時間半ほどたったとき、敵艦上機の大群を発見した。この日の対空戦闘は、間断なき爆撃回避運動が行なわれたのであるが、その詳細はこれまでにもずいぶん発表されているので、省略する。

七日の第一波の空襲が終わったころから、三隈は全力運転に近い速力で針路をウェーキ島に向けて走っていた。そのため最上との距離はひらくばかりで、はるか水平線上に達していた。このときほど私は、三隈の高速力をうらやましく思ったことはなかった。ところが、最上は損傷部のそれ以上の破損がこわくて、対水速力十四ノット（機関馬力二十四ノット相当）以上は出せない。

第一波の攻撃には、各艦に平均して敵の飛行機が来襲したが、第二波ではいちばん遠い三隈に多数の機があつまったようだ。そのさい、前部砲塔に命中した爆弾の破片で三隈艦長は重傷を負ったため、それ以後は最上艦長が指揮されることになった。

三隈は機関が止まったようである。最上がだんだん近寄ってみると、発射管室付近は魚雷の誘爆で大破し、高角砲台の弾丸は火災のためポンポン音をたてて炸裂していた。乗員はすでに前後部甲板にあつまっていた。

最上艦長は、損害が比較的軽微な朝潮と荒潮に、三隈の乗員の救助を命ぜられた。そのころ最上は機関を停止し、三隈の後部機械室にとじこめられた乗員を救出するための駆逐艦の救助作業を見まもっていた。

艦橋では飛行長と通信長が、艦長の補佐役として活躍していたが、

「四艦が一ヵ所にあつまっていることは、空襲のさい、はなはだ不利ですから、せめて最上だけでも、敵機の来ないあいだに西方に避退しましょう」

と両人がさかんに進言していた。しかし、艦長は断固としていった。

「三隈をこのまま見すてて行けるか」

私には艦長の気持がよくわかり、「このままでは危ないなあ」と思いながらも、なんともいえなかった。

三隈とは開戦いらい終始作戦行動をともにし、とくにジャワ海では敵巡二隻を撃沈して、連合艦隊長官の感状をもらった仲である。しかも五日夜は不幸な触衝事故をおこし、ここまでずっと三隈に護衛されながら来たのである。それがいまは立場がかわって、最上が三隈の最後を見まもることになろうとは……。艦長がいちばん苦しまれたときであったと思う。

そのとき、トップの見張りから、「東南方に敵の水上艦艇らしいマストが見える」と報告してきた。こうなっては万事休すだ。こちらはすでに魚雷も放棄している。そのうえ四、五番砲塔は無残にも破壊されて使えない状態だった。艦橋は一瞬、暗澹たる空気につつまれたが、その直後、突如として来襲してきた第三波の攻撃回避運動に夢中で、マストの件などわすれてしまっていた。あるいは見張りの錯覚であったかもしれない。

米側の記録によれば、水上部隊がかなり近くまでせまっていたように書いてあるが、視認距離まで近接した場合、〝エモノ〟をみすみす見のがすはずはあるまい。

それとも第三波の攻撃回避のため、三隈の救助作業を一時中止して西方に避退する途中、午後零時二十五分、艦隊長官あてに平文電報を打ったが、これがマンマと功を奏したのかもしれない。そのときの問題の平文電報は、つぎのとおりである。

『われ敵を主隊に誘致するごとく行動す。針路二七〇度、速力二〇ノット』

これは正直なところ強がりの電報で、二艦隊長官よりもむしろ敵側に聞いてもらいたいすてゼリフのようなものであった。すなわち、「追ってくるなら来てみろ、こっちは連合艦隊が待ちかまえているぞ、速力だって二十ノットは出るんだぞ」

といったような気持であったが、艦隊長官へも二十ノットという苦しいウソをいって、あとで迷惑をかけたのは申し訳なかったと思っている。

最上と衝突の翌日6月7日、米艦上機群の連続攻撃をうけ航行不能となった三隈

第三波の攻撃が終わったあと、しばらく間があった。だが、荒潮は救助作業中に被爆して舵が故障し、人力操舵にきりかえたのでフラフラと針路がさだまらず、最上の後方を続行中であった。また一方、朝潮は再度、三隈の救助にむかったが、いまだ帰ってこない。

朝潮は、そののち三度ひきかえして三隈をさがしたが、ついにその艦影を発見できなかった。このときは、はやく日が暮れないか、雲が低くひろがってくれと、祈るような気持ちであった。

最上の午前中からの艦内の火災もようやく鎮火しそうになったとき、敵の艦上偵察機らしいのが二機飛来してわれわれの周囲をまわり、東方に飛び去った。いよいよまた来るなと覚悟していたが、案に相違して、その後の攻撃はなかった。

しかし米側の記録によれば、この日の午後零時三十分、ミッドウェー基地からB17二十六機が攻撃に発進したが、目標を発見できずに帰投している。これはわれわれの速力を過大に計算して、ずっと西方を捜索したのではあるまいか。またそのころ雲も多く低くなっていたので、天はわれわれに味方してくれたものと思う。

さきほどの平文電報の返事として、二艦隊長官より『針路三〇〇度となせ』という電報をうけた。ついで午後六時、ふたたび長官より電命をうけた。

『針路二三〇度、全速力となせ。わが地点フソワ一八（N30°、E170°）、針路一八〇度、速力二〇ノット』

この電命によって最上は針路二三〇度、速力は対水速力十四ノットとした。

たれ下がっていた右舷の錨鎖

六月八日は快晴の天気であった。午前三時をすぎたころ、前方のはるか水平線上にマストが見えだした。まさしく二艦隊である。近づくにつれて、各艦の姿がつぎつぎとあらわれてきた。

だが、二艦隊はすでに反転して北上している。きのうの午後に打った平文電報が、最上の速力二十ノットとなっていたので、二艦隊の予定を狂わせたようである。なにしろ、最上は十四ノットで昨夜十一時ごろ、二艦隊が南下したあとを横切っていたことになる。いろいろと手間をかけて申し訳ないと思った。

そのとき、艦隊旗艦からつぎの発光信号が送られてきた。

『駆逐艦一隻はいかにせしや』

旗艦からは、最上の後方二十キロ付近を人力操舵でフラフラと続行している荒潮の姿はまだ見えないのだ。そのために、つぎのような信号を送った。

『荒潮はわが後方二十キロを人力操舵にて続行中』

やがて旗艦でも荒潮を認めたらしい。こうして最上、朝潮、荒潮の三艦は、二艦隊に合同することができた。このときは八日の午前四時であった。

それから三十分もたたないうちに、意外にも西方から熊野と鈴谷があらわれた。そこで、三艦の負傷者を熊野と鈴谷に移乗させて二艦隊とわかれ、ふたたび三艦はトラックへむかっ

て航行を開始した。その日、午後三時から各艦はそれぞれ、

『われ、いまより水葬を行なう』

という旗旒信号をあげながら、戦死者の水葬を行なった。私は航海長の所管である信号書に、このような悲しい信号文が記載されていることを知って、憮然たる思いであった。

ここの海面は、なおも敵潜が出没するとの情報がはいっていたので、私は艦橋にいってその警戒をおこたらなかったが、ときどき艦尾のほうをふりむくと、航跡上に毛布とハンモックでつつまれ、砲弾のおもりをつけた白い遺体が、しばらくのあいだ浮かび、やがてつぎつぎと紺青の海に消えていった。その九十一柱の遺体が最上の航跡上に、白い墓標となっては消える非情な現実を見送った思い出ほど、悲しいものはなかった。

翌九日はあらかじめ連絡してあった日栄丸と会合し、燃料補給を行なった。艦首を大破しているため縦曳給油が困難ではないかと気にしていたが、あんがい順調に作業ができた。

しかしながらこの作業中、私は操艦にあたっていて、羅針儀の前に立ったままフラリフラリと眠っていることに気づかなかった。五日の夜から約四日間というものはほとんどまともに眠っていないので、心はしっかりしているつもりでも、頭はいうことをきかないのだ。艦長がそばで見かねて、当直将校に一時交替するよう指示されて気がついた。汗顔のいたりであった。燃料補給が終わってからは、本格的に対潜警戒のため之字運動を実施しながら一路トラックをめざして航行した。

六月十三日、トラックに帰着した。この島はぜんぶ環礁であったが、北水道に入ったとた

ん艦底に異様な震動がおきた。一瞬、私は暗礁に触れたのかとおどろいたが、まもなく震動は消えて、ぶじに泊地に投錨することができた。これは左舷の錨がぶじだったので、これを使用した。

投錨するとき、あまりにも艦の行足《ゆきあし》がはやく止まるので、変だとは思っているところへ運用長から、

「右舷の錨鎖がぶらさがっているから、揚げます」といってきた。ところがせいぜい二、三節も残っているのかと思ったら、結局、全錨鎖である十五節が完全に引き揚げられた。

触衝のさい、右舷の錨だけが切れて海中に落下し、あとの錨鎖はぜんぶ残り、ミッドウェーからトラックまで約四千キロの航程を三百数十メートルの錨鎖をぶらさげてきたのであった。よくもぶじに入港できたものだと、ただただ最上の運の強さをよろこばずにはいられなかった。

さきに機関科から、艦底で変な音がするという連絡があったことの説明が、これでできるわけである。すなわち、最初のころは錨鎖が一、二節ほど出ていて、速力を出しはじめると、これが浮いて艦底にゴトゴトとあたり、だんだんと錨鎖が長く出るにしたがって、その重量のため海中に深くたれさがり、艦底を打たなくなったためであった。

対空戦闘中、回避運動がきわめて容易であったのも、ひとつはこの錨鎖が艦首で杖の役割をはたしてくれた結果だということを後日に知った。もし最初から、あのような錨鎖が長くたれさがっていることがわかっていたら、あれほど思い切った回避運動はできなかったであ

ろう。また、トラック環礁内の水道通過も、とてもあぶなくて航行できなかったであろう。いまなお冷汗が出る思いである。引き揚げた錨鎖が水道の海底の岩石などと擦過して、ピカピカ光っていたのが印象的であった。

この夜、春、夏、秋、冬の名前があるトラックの島々が墨絵のように浮かぶ環礁内の広い泊地で、海風に吹かれながら触衝でせまくなった前甲板に腰をかけ、しみじみと語り合って最後に出たのが、

「ジャワ海の仇をミッドウェーでとられたなあ」

という、自嘲とも反省ともとれる嘆息のことばであった。

最後に、「戦藻録」の一節を付け加えておく。

『最上及八駆逐隊も損傷の身を以て、攻略部隊の前程を西方にかわり、其の収容を為すを得たり、一時は全滅かと危まれたる之等が三隈の犠牲に於て事済みたり、最上は潜水艦回避に当り三隈と衝突航行不能なりしも、逐次修復して、二〇節迄出し得るに至る。三隈は損傷なく専ら最上の援護に当りつつありしに其身反って斃れ、最上援護の目的を果す。右両艦の運命こそ奇しき縁と云ふべく、僚艦の美風を発揮せるものなり』

第一次ソロモン海戦の思い出

元第八艦隊司令長官・海軍中将　三川軍一

敵機動部隊、大挙ツラギに来襲

ハワイ攻撃には第三戦隊司令官として比叡、霧島以下十二隻をひきい、航空戦隊の用心棒をつとめた。ハワイ北方の一三〇マイルまで行ったわけだが、これはわれわれの戦にはならなかった。

そのあとが、蘭印、ジャバ方面の占領やセイロン島攻略に従った。ついでミッドウェー作戦やアリューシャン上陸の部隊掩護などにも当たったが、いずれも一戦を交える機会には恵まれなかった。

三川軍一中将

昭和十七年七月十五日、大湊に入ったところを、第八艦隊司令長官に任ぜられ、第四艦隊と交替してソロモン方面に出ることとなった。七月二十九日に呉を出港、ラバウルに到着した。旗艦は、重巡鳥海《ちょうかい》、それに天龍、夕張、駆逐艦夕凪《ゆうなぎ》など、いずれも夜戦部隊として編成されたものだ。

ラバウルでは陸軍の第十七軍と協同、ポートモレスビー攻略に当たる予定だった。このとき、私は陸軍からさんざんに陸軍の無敵ぶりを吹き込まれた。彼らは〝研究作戦〟と号し、いま米軍がこの地に上陸するとよい、日本陸軍の強さをいやというほど味わわされる、日本を相手にすることの愚をさとるだろうというのである。

このことが後になって、私に禍根を残すことになるのだが、そのときは、陸軍はそんなにも強いのか、と頼もしくなった。

そこに突如として、機動部隊が支援する敵の大船団が現われたのだ。八月七日未明、フロリダ島ツラギ方面とガダルカナル島に怒濤のように迫った。

五日と六日は天候不良のため、ツラギ付近に配置してあったわが海軍飛行艇が、洋上哨戒をしていなかった。その間隙をねらっての大挙来襲である。ツラギからは、刻々と悲痛な電報が入る。ついに午前六時にはツラギ警備隊七百名は、全軍突撃して玉砕した。ラバウル基地航空隊からは戦爆連合の四十五機が飛び立って、ガ島沖で揚陸中の敵船団に水平爆撃を加えたが、効果はほとんどなかった。

巡洋艦、初の殴り込み夜戦

わが艦隊も出撃に決した。司令部をふたたび鳥海に移した。午後二時半出港、同五時半、第六戦隊の青葉、衣笠、加古、古鷹と合流した。

これで重巡五、軽巡二、駆逐艦一隻の単縦陣で進む。計八隻の小兵力ではあるが、自信はあった。十倍、二十倍の敵とでも、とにかく夜戦にさえなれば勝てると考えた。大本営では、一部にわれわれの出撃という決定に不安がる空気もあったが、永野軍令部総長の、「山本（連合艦隊司令長官）が黙っているのだから大丈夫だ、ほっとけ」

という一声でおさまったという話も後で聞いた。

ただひとつ心配だったのは、あの方面の海は測量が不充分で、よい海図がない。怪しい

第一次ソロモン海戦。鳥海の探照灯にうかぶ米艦隊。鳥海は狙い撃ちをうけた

水路が多くて、途中、暗礁にでも乗り上げたなら、とそれがなによりも不安だった。

死なんてことは考えようもなかった。とにかく恐ろしいとも、悲しいとも、なんとも考えないから不思議だ。いざ合戦となって、艦橋にはどんどん弾丸が飛んで来る。あちこちに破片が落ちて、カーン、カーンと音を立てる。火が出る。それを見ても、全然気が散らない。なにか一心にやっているときの、無念無想というやつだろう。

そこにゆくと、戦後の戦犯容疑でスガモ・プリズンにいるときはいやなものだった。部下の駆逐艦秋風《あきかぜ》の艦長が、ニューブリテンで牧師など多数の住民を殺した、という責任を問われたのだが、その間は、死にたくない死にたくないと、それればかりを考えていたものだ。

とにかく、初陣に当たっての感慨というものは、以上に尽きる。どうということもなかった。

明けて八月八日、いよいよガ島沖突入の日だ。朝八時半、ロッキード・ハドソン一機と接触し、しまった、ついに夜戦は成功しないかと思ったが、その後、ついに敵機も見ず、そのままブーゲンビル海峡を抜けた。速力二十四ノット、一路ガ島に向かう。戦後にわかったことだが、その敵機は豪州のものだったという。

午後五時、「帝国海軍の伝統たる夜戦において、必勝を期し突入せんとす。各員冷静沈着事に当たり、よく全力をつくすべし」との訓示を発した。戦闘の状況はいまさらいうまでもあるまい。いろんなところでいろんな人が書いている。

八日夜半、吊光弾と探照灯で照らし出した敵艦隊を、四隻ずつに分進したわが方がサボ島東方で包囲、至近距離で砲雷撃したのだ。わずか三十分間の戦闘だったが後日判明した戦果は、重巡四隻を撃沈、二隻を大破した。正確には突入から三十六分、最初の魚雷発射からはたった十分間の戦果である。

戦史家のモリソン博士が書いたものには、「これこそアメリカ海軍がかつて蒙った最悪の敗北の一つである。連合軍にとって、ガダルカナル島上陸の美酒は一夜にして敗北の苦杯と変わった」とあるが、私にとっては誇り高い初陣となったわけだ。

敵は最初、飛行機からの攻撃と思ったらしく、もっぱら空に向けて応戦していたが、これこそ〝殴り込み〟という言葉にふさわしい必殺の戦法だった。ただ夜戦といえば、むかしから水雷戦隊のものと相場が決まり、巡洋艦だけでやったのはこれが初めてだった。

ツラギ再突入を拒んだもの

ところが、戦後になって、ツラギ海戦を論評する者の中には、ガ島に荷役中の数十隻の大船団には一指も触れず、みすみす米上陸軍撃滅のチャンスを逃したというものがある。再突入すれば輸送船団は全滅しただろう、というのである。

いかにもそうだ。だが、当時のわれわれが、どんなに軍艦の保全に気を使っていたか、あのころからもう一隻でも失ってはいけないという条件が課されていた。突入以前に、敵機動部隊の蠢動《しゅんどう》が察知され、無線電信はひんぴんと敵の交信を傍受していた。夜明け前に敵の航空圏外に脱出しなければ危険だ、と判断した。再突入には二時間を要するし、ふたたびツラギ海峡に入るなら、敵空母からの攻撃は必至だった。

それにまた、日本の陸軍があんなに弱いとは思わなかった。私は彼らの戦闘に期待したのだった。この文のはじめに述べたとおり、私はラバウルの基地で無敵陸軍の思想をいやというほど吹き込まれていた。上陸した敵は、水際でみな叩き潰《つぶ》されると信じ、後事を陸軍に譲って引き揚げたのだ。それほど艦《フネ》が惜しかったのである。もしそれが陸軍のホラを信じた私が悪かったというなら、私はもう何をいおう。悔いを千載に残したということになるだけである。

第八艦隊の殴り込み――「鳥海」砲術長の手記

第一次ソロモン海戦

当時「鳥海」砲術長・元海軍中佐　仲　繁雄

友軍玉砕の悲報入る

私が重巡鳥海《ちょうかい》の砲術長として、第一次ソロモン海戦といわれるツラギへの殴り込み作戦に参加したのは、昭和十七年八月八日の真夜中であったから、もう二十九年以上も昔（注・執筆当時）のことになる。

その前に私は、日米の機動部隊が激突したミッドウェー海戦に空母赤城《あかぎ》砲術長として戦ったが、武運つたなく乗艦はもとより、ハワイいらいの、加賀、飛龍、蒼龍の四空母がほうむられ、日本海軍あやうしという感じを深くうけたのであった。また、それとともに生存者全員が、この敗戦の真相を国民に知らせぬため房総半島の南端に軟禁され、敗軍の兵の悲哀をかこっていた。

旗艦青葉より見た衣笠（手前）と古鷹（左）。全力航走中のダイナミックな姿

その後、一ヵ月ほどたった七月末から八月上旬にかけて、ミッドウェーの生き残りは大陸や南方諸島の陸戦隊などにつぎつぎと転勤させられていった。一方、私は南方海域にむかう重巡鳥海の砲術長を命じられ、七月三十日、南方最大の海軍基地ラバウルへ入港した。

ラバウルはビスマルク諸島ニューブリテン島の北東端にある町で、名物の花吹山《ふなぶきやま》（ダブルブル火山）をのぞむラバウル港には大小の日本艦艇が停泊し、まさに大根拠地であった。このラバウルに到着した鳥海は、さっそく三川軍一中将麾下の第八艦隊旗艦となり、以後は三川司令長官旗をかかげて南方作戦にあたることになった。

そのころ、ラバウルから遠くはなれたソロモン諸島の一孤島であるガダルカナル島では、飛行場設営のため、海軍航空の豪傑といわれた岡村徳長氏を隊長とする設営隊が、シャベルとクワだけを頼りに果てしないジャングルと戦っていた。そして、われわれがラバウルに到着したころ、すでに飛行場は九分どおり完成し、戦闘機隊の進出を待つばかりであった。

それより少し前、ミッドウェー海戦をきっかけに米軍の動きはだんだん活発となり、ガ島へも米軍機が毎日のように偵察にあらわれ、米軍が日本軍よりも先に進駐する恐れがでてきた。

そのため、ガ島の設営隊からはラバウルの司令部にたいし、二、三機でもよいから戦闘機を至急に送るよう要請してきた。一方、ガ島の対岸にあるフロリダ島のツラギには、宮崎重敏大佐の指揮する飛行艇の部隊が進出して、ガ島の東方および南方の偵察任務にあたっていた。

八月七日午前五時三十分、ガダルカナル島とツラギの守備隊から発せられた電報は、第八艦隊司令部を震撼させた。それは、米軍の大兵力が空海からのはげしい援護砲火のもと、急きょ上陸を開始したというのであった。ツラギの宮崎部隊は、わずか四百名ていどにすぎず、武器も拳銃や軍刀だけで、小銃は隊員の半数ももっていないはずである。

やがてツラギから「ただいま玉砕す」との悲壮なる最終電がはいった。同部隊の副長・勝田中佐とは日華事変中、水上機母艦神威《かもい》で一年間ほど揚子江で起居をともにし、ひじょうに親しくしてもらっていた。海軍兵学校では私より一期先輩であった。戦場のつねとはいえ、惜別の情はしのびがたいものがあった。

捨て身の殴り込み作戦

悲報に接した海軍は、第六戦隊の青葉、衣笠、加古、古鷹の重巡四隻と、旧式の軽巡天龍、夕張、それに駆逐艦一隻を急きょラバウルに派遣して第八艦隊の指揮下へ臨時編入した。そして、この精強部隊をもって、約六〇〇カイリはなれたツラギ湾に殴り込みをかけ、敵の揚陸部隊を一挙に撃滅する作戦がたてられた。

出撃の直前、旗艦の作戦室では、作戦主務の首席参謀・神重徳大佐が海図筐にガダルカナル島周辺の海図をひろげてにらんでいた。

「砲術長、ちょっと来てみろ。いいか、この海岸に敵輸送船団と軍艦が、ごっちゃになって揚陸作業中だ。軍艦のなかには、戦艦が一、二隻くらいいるかも知れぬが、大部分は重巡らしい。総隻数は約五十隻、明晩十時を期してこれに突入し、せん滅する予定だ。

かたっ端から射っていたのでは、弾丸がいくらあっても足りない。だから、まず探照灯で軍艦をとらえ、それだけを選り抜いて撃沈していくんだ。どうだ、自信あるか」

「そりゃ、勇ましいこってすね。しかしあなたの計画では、敵の弾丸は一発も当たらなくて、こちらの弾丸は百発百中という話じゃありませんか。敵の弾丸も、すこしは当たると覚悟せねばなりますまい」

「いや、こちらの被害は考えちゃいかんよ。断じて行なえば鬼神も避くじゃよ。桶狭間をみてみろ、桶狭間を。必ず成功する」

と強気であった。神参謀はかつて海軍大学校の兵術教官をつとめたこともあり、無茶苦茶な豪傑だと聞いていた。また、非常なスポーツマンで、剣道の達人であるとともに体操も得意で、鉄棒や倒立はお手のものだった。

あるときなどは戦艦陸奥の四〇センチ主砲に最大仰角をかけ、砲身の先端で両手倒立をして、見まもる人びとを驚かせたこともあると聞いていた。ミケランジェロの彫刻のような筋肉美のみごとな身体だった。

当時、ラバウルには作家の丹羽文雄氏が従軍記者として来ており、神参謀から、「丹羽君、おもしろい戦争が見られるかも知れんぞ。乗ってこないか」と誘われ、鳥海の士官室に乗りこんでいた。このときも、彼はわれわれの横にいてこの対話を聞いていた。

ついに出撃のときは訪れた。七日午後二時三十分、鳥海以下、重巡五隻、軽巡二隻、駆逐艦一隻の計八隻は勇躍してラバウルを出港、敵の大艦隊に殴り込む快挙に成功を確信して壮途についたのであった。

ただ心配されるのは、目的につくまでに敵機に発見されずに行けるかどうかであった。もし、発見されたならば、われわれは敵の待ちかまえているなかに飛び込むことになるのであるから、死地におちいる結果にもなりかねない。

全航程のほぼ中間くらいまできたとき、現在、この海域で遠距離索敵偵察の任務についているただ一隻の軍艦であった飛行艇母艦の艦長黛《まゆずみ》大佐より、「成功を祈る」との激励電報をうけ、大いに気を強くした。

しかし、その後しばらくして、出港前から心配していた事件がやはり起こった。敵の哨戒飛行艇に発見されてしまったのである。艦隊はただちに東方へ針路をかえて、われわれの企図を秘匿するとともに、二〇センチ主砲弾一発をお見舞いして、この飛行艇を追いはらった。そして機影が視界のそとに消え去るや、すぐにもとの針路にもどして、一路ツラギをめざした。このため、一時間以上も貴重な時間を空費してしまったが、すぐに速度をあげて遅れをとりかえした。

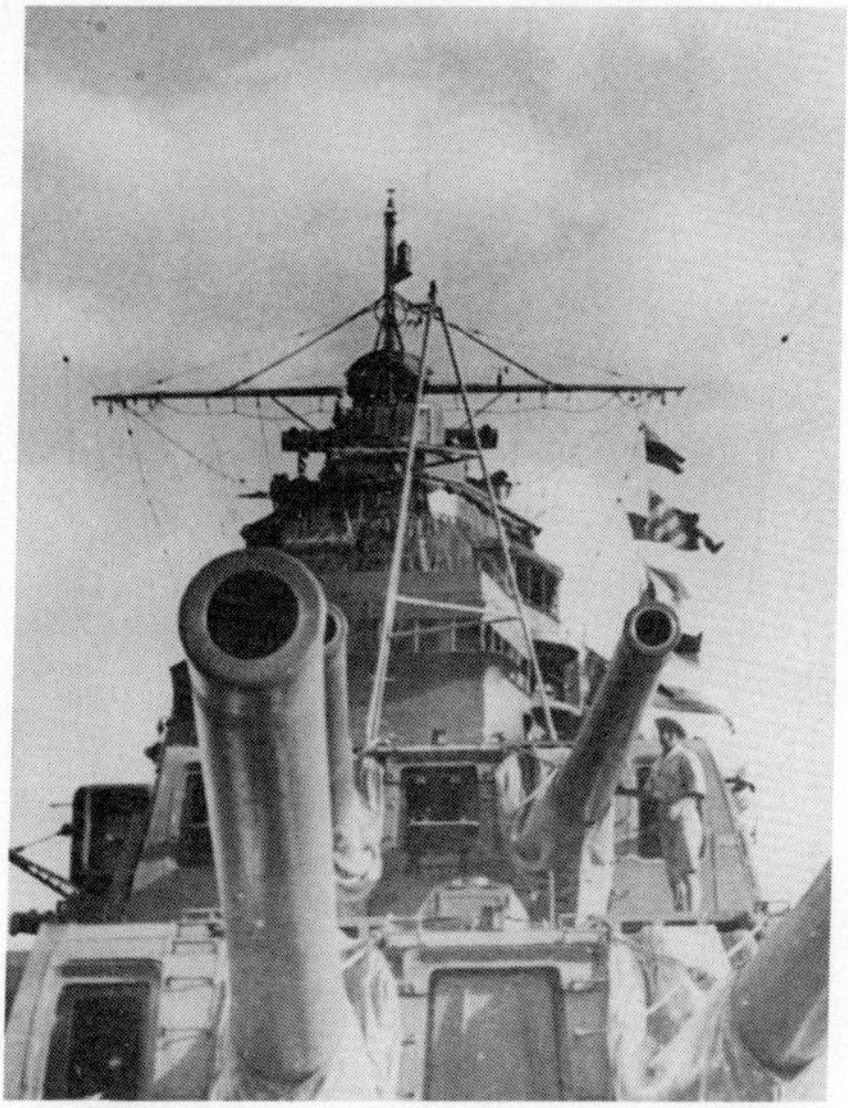

艦首方向から見上げた鳥海の20センチ主砲塔と艦橋

鳥海砲術長として気になるのは、砲術科員の射撃実力であった。とくに、この技量の優劣がこれからの殴り込み作戦の成果を左右するとあっては、なおさらである。

わが海軍伝統の〝必勝の信念〟は、一日にしてつくられるものではない。長期間にわたる猛訓練により、砲術科全員が自己にあたえられた任務を完壁に果たせるようになって、はじめて得られるものであった。この点、私は鳥海に着任していらい一週間を経過しているにすぎず、前任者の外山稔君（海兵五二期の同期）が訓練してくれた技量を信頼するほかはなかった。

砲戦中、砲術長をたすける唯一のアシスタントが発令所長であるが、発令所長の原口大尉は、私の前任者の外山砲術長とおなじ鹿児島県の出身で、優秀な人材であると聞いていた。

それは、二、三回の訓練ですぐに証明され、彼の補佐があるかぎり私は弾着観測をあやまらず、彼我砲弾の発砲と炸裂にまどわされなければ、勝利は確実だという自信を得ることができた。

戦争中、悲壮な言葉を口にすることは海軍ではご法度《はっと》であったが、殴り込み艦隊の全乗組員の胸中には、白い雪をふんで吉良邸へむかう赤穂浪士とおなじく、決死の覚悟をしていたはずである。

ふしぎな米艦隊の行動

日没後だいぶたった午後十一時三十分ころ、戦闘準備をととのえた第八艦隊の八隻は、旗艦の鳥海を先頭にして単縦陣でツラギ湾口にさしかかった。そのとき、わが艦隊は哨戒中の敵駆逐艦二隻の姿を暗夜のなかにみとめ、一瞬にして鋭い緊張につつまれた。

ところが、敵艦は信じられぬような行動をとった。二隻の駆逐艦は、あたかもわれわれを歓迎するかのように左右にわかれ、道をひらいてくれたのである。そして、そのまま闇の中へ消えていったのはちょっと気味が悪く、ワナに落ちこむような気がした。

しかし、敵は味方識別の信号もださず、また友軍に通信する気配もなかった。たぶん敵は、われわれを味方と感ちがいしたのであろうと思われる。そのうえ、昼に遭遇した敵の飛行艇も、にせの針路にだまされたのか、わが艦隊のガ島接近を報じた形跡もなく、殴り込み作戦成功の感をなおも深くした。

こうして、われわれは何の妨害もうけることなく、いよいよ虎穴《こけつ》に突入していった。そして、揚陸中の敵船団に艦首をむけたとき、前方に大型艦の姿をとらえた。それは戦艦あるいは重巡ほどの大きさである。刻一刻、艦橋に立つ私の双眼鏡の視界にはいる敵艦の数は多くなる。それも軍艦ばかりで、輸送船の姿はどこにも見えない。敵は単縦陣となって進撃しているもようだ。

ただちに艦橋からは「戦闘！」の号令が全軍にくだされた。折り返すように私は、「砲術科、戦闘準備よろし」と報告した。

つづいて、「右砲戦、左魚雷戦」の命令がきた。われわれ砲術科は、右側の敵艦をねらうことになった。

戦闘の場合、砲戦なら「射ち方はじめ」、魚雷戦なら「発射はじめ」の号令が、艦長より砲術長あるいは水雷長にくだされて、はじめて開始される。そのため、艦長は彼我の対勢観測、砲戦、魚雷戦の目標決定など、いろいろといそがしい仕事が多い。そして、艦長の決定にしたがって部下は手足となって動くのであるが、このときは、目標が双眼鏡の中にぐんぐんひろがり、しかも方向角（艦首からの角度）が四〇度まで落ちたのに、艦長からの合図はまだ来ない。興奮にかられていた私はいら立ち焦った。

「右四〇度の敵艦は、まだ射たないのか！」艦長と砲術長をむすぶ伝声管にむかい、敬語もつけずに思わずいってしまった。すると、折り返し艦長から、待ちに待った号令が下された。

「照射はじめ、射ち方はじめ！」

夜戦は探照灯で敵の姿をとらえ、測距儀で距離をはかって照尺をきめる、などといった悠《ゆう》長《ちょう》なことをしていたのでは間に合わない。無照射でも射撃できるよう、ふだんから夜間の目標訓練をきびしく行なっていた。目標が真横にあるときは、望遠鏡の視野と艦の長さとの割合から、比較的に正確な数値を得られるが、目標が斜めになるとなかなか難しい。水雷出身の人は夜戦が本職だけに、暗夜でも目がそうとうに利くが、われわれ砲術屋も〝盗人眼〟の養成には苦労させられた。

鳥海の主砲は目測七千メートルで調定して、合図を待っていた。「照射はじめ」の号令と同時に、最右端にいる敵重巡をとらえた。反航戦だが、敵の速力は十ノット以下とみた。射撃盤は自動的に操作されて、照尺距離は六千メートルくらいに修正される。つづいて間髪をいれず、鳥海の二〇センチ主砲十門がいっせいに火を吐いた。発砲十発のうち二発が確実に敵艦をとらえ、夜目にも鮮やかな閃光を発して命中するのがわかった。

「命中、急げ」私はすぐさま発令所につたえた。「急げ」とは、初弾の遠近を砲術長が観測して、照尺の変更をあたえて修正するまで第二弾を発砲せず、号令とともに装塡秒時を考慮して連続射撃する射法である。「初弾命中」に、発令所のあげる歓声が聞こえてくる。発令所長の原口大尉は、ただちに各砲塔に初弾命中を通報した。この知らせは各砲塔の士気を大いに高めた。

方位盤による射撃中、砲弾のゆくえを見ている者は、砲術長と方位盤の旋回手だけで、砲側は目標も弾着もまったく見ていないのである。前檣の頂上にすえられた方位盤が故障、あるいは損害をうけたときに、はじめて砲側ごとに照準を行ない、引き金も砲側でひくわけだが、砲側照準だと射撃の指揮は困難となり、効果も艦橋指揮の三分の一くらいに低下してしまう。

斉射の間隔は約二十三、四秒だった。第二斉射、第三斉射も二、三弾ずつが命中する。第三斉射が命中したころには、敵艦はすでに火の海となり、カタパルトにのせた飛行機が、炎上して甲板に落ちる光景が肉眼でも見える。しかし斉射ごとに命中の閃光が認められるが、敵艦の手前にはほとんどわが砲弾による水柱が見られない。つまり、照尺距離が遠すぎるためであった。ただちに照尺距離を二百メートルほどさげた。

暗夜に燃えあがる四隻の敵艦

「毎斉射命中している。どんどん射て」と発令所につたえた。

鳥海が三斉射から四斉射目をくわえるころになると、後続する青葉、衣笠が、炎上しつつある敵艦にたいして集中射撃をくわえはじめたので、弾着がはたしてどの艦のものか、判断するのがきわめて困難となった。非常な接近戦であるため、弾丸の飛行秒時が短いからだ。

第四斉射をあびせたころ、敵の一番艦はまだ沈没していないものの、すでに戦闘力は完全にゼロになっていた。

「目標を左にかえ、二番艦」を命じた。ただちに送り出された初弾は，これまたみごとに命中する。まるで吸い込まれるようであった。三斉射目ころから青葉、衣笠も砲撃に参加してきた。味方の命中弾はおびただしく、たちまちのうちに二番艦も全艦が紅蓮の炎につつまれていった。

私があまり照尺の変更をやらないので、発令所長はすこし不安になったらしく、「砲術長、照尺の変更はひとつもないが、いいんですか?」とたずねてきた。そこで私が、「よろしい、射撃盤の照尺距離でどんどん射っていけ。毎斉射が命中しているんだ」と答えると、発令所長も納得したらしい。

このころになると、私もだいぶ気分の余裕がでてきた。また、敵艦の状況をつぶさに観察すると、いっこうに主砲で応戦しているようすがない。わが方が、射撃を開始してからすでに十分ちかくもたっているのに、これはちょっと信じられぬことだった。

艦隊には「戦策」という戦闘時の守則があるが、夜戦の会敵では一番艦が探照灯で目標を捕捉したら、ただちに二番艦が照射をひきつぐことになっている。一番艦は後続艦を誘導する任務からも、自艦が照射していたのでは光芒に眩惑されて、前程の視認が困難になるからである。ところが第六戦隊は、この戦闘で最後まで照射をひきついでくれなかった。そのため鳥海は、司令長官旗艦としてつねに先頭にありながら、探照灯をつけっ放しで戦い、司令

高雄型３番艦「鳥海」。巨大な艦橋構造物のトップに測距儀と主砲方位盤がある

部をはじめ鳥海の艦長、航海長は操艦にそうとう苦労したものと思われる。
一、二番艦をほうむり、目標を三番艦にうつすころから、敵も猛烈に反撃してきた。旗艦の探照灯を目標に射撃しているらしく二、三隻分くらいの主砲、高角砲、二十五ミリ機銃弾が束になって鳥海をつつみこんだ。各砲種がみな曳光弾をつかっているので、弾道が肉眼でもはっきり見え、まったく横なぐりの集中豪雨をあびているような物すごさであった。
翌日、戦場をはなれてから弾痕をしらべてみると、なんと鳥海に命中した敵弾は二〇センチ弾三発、十二、三センチ弾十数発、機銃弾痕にいたっては、とうてい数えきれないほどであった。

敵の三番艦、四番艦をたたきつぶすまでの味方の戦法は、まったくかわらなかった。まず鳥海が敵艦をとらえると、つづいて青葉、衣笠が砲撃にくわわる。その過集中にたえかねて私が目標をつぎにうつすと、またそれに後続艦が砲弾をあびせて止めを刺していったのである。

しかし、五番目のエモノをもとめて探照灯を左に移動したが、そこには艦影は見あたらず、いたずらに暗い海面を浮かびあがらせるだけであった。そこで、ただちに「射ち方待て」を命じて反対側の舷側をふりむくと、遠方に二、三隻の敵艦が炎上しているのをみとめた。これらは第六戦隊の三番艦以下が攻撃したものらしい。したがって、当面の目標はすべてせん滅したことになる。

しばらくして艦橋より「射ち方やめ」の号令がくる。私は戦闘中、当面する敵に精神を集中していたため、ツラギ海面全域の戦況はまったくわからず、自艦の魚雷戦さえどうなっていたか知らなかった。しかし、あとになって水雷科も大活躍し、多大の戦果をあげたことを聞いたのである。

地獄と化した一番砲塔

こうしてツラギの夜戦はおわった。大勝利を得てひきあげたが、わが第八艦隊は戦闘中、三群にわかれて戦ったようである。すなわち鳥海と第六戦隊の二艦、第六戦隊のあとの二艦、それに軽巡天龍、夕張と駆逐艦一隻である。

戦闘がおわったあと、鳥海と第六戦隊の重巡四隻はすぐに集結したが、軽巡の天龍と夕張、駆逐艦一隻は、敵をもとめて深入りしたためか、集結にすこし手まどっていた。全艦隊がふたたび編隊を組んでみると、驚いたことに敵軍艦のすべてをせん滅したのに、味方には一隻も航行不能におちいったものがなかった。完全にわが方の勝利である。これでミッドウェーの仇討ちもできたような気がして、ひさしぶりに溜飲《りゅういん》のさがるのをおぼえた。

なお、「射ち方やめ」が命じられると、一番砲塔から五番砲塔まで順次、戦闘中の人員や兵器の異状の有無を報告してくることになっていた。しかし、いくら待っても、一番砲塔からは何の報告もこなかった。発令所長は待ちきれず、二番砲塔から報告するようにうながした。そして、五番砲塔まですべて「人員、兵器に異状なし」といううれしい報告がきた。

戦場を離脱するや、私はすぐに報告のなかった一番砲塔にいそいだ。一番砲塔はめちゃめちゃになっていた。まったく原形をうしない、開閉できなくなった扉をこじあけて中にはいった瞬間、まっ暗な砲塔のなかは異臭が鼻をつき、短靴の横からぬるぬると足に浸透してくる液体があった。

この異臭は、ミッドウェーの修羅場でイヤというほど体験しているので、すぐに血だと直感した。懐中電灯で照らしてみると、その惨状は言語に絶するものがあった。床は短靴が沈むほど、一面の血の海だった。塔内砲尾の構造物はことごとく破壊され、二十名の砲塔員はある者は手足がちぎれ、またある者は臓腑がはみだし、頭のない死体が無残にころがっていた。壁や天井には肉片がべたべたとくっついていた。

右砲身はまん中のあたりから折れ、折れた部分はどこかへ吹きとんでしまっている。敵の二〇センチ砲弾が砲身に命中し、砲眼口より盲弾となって塔内にとびこみ、なかにいた人員を殺傷したのち、塔の後壁をやぶって海中に出たものと思われ、一瞬にして全滅したのであろう。全滅した時期は、砲戦を開始してから十分以上たったころと思われ、敵の一、二番艦をやっつけるさいには大いに奮闘した勇士たちであった。

一番砲塔の状況をたしかめたあと艦橋にもどり、司令部と艦長に砲術科の戦闘状況を報告した。すると長官、参謀長より、「うーん砲術長、よく当たったぞ」とおほめの言葉をもらって感激し、戦果に満足感を味わったのである。

また艦隊軍医長や艦隊主計長も終始、艦橋で観戦しており、

「砲術長、あんなにも当たるものかね。ふだんの戦闘射撃や教練射撃はずいぶんと見たが、こんなに当たったのははじめてだ」

と激賞するので、私もすこし面はゆい気持になり、

「いやー、こんな射撃はどんな下手クソな砲術長がやっても当たりますよ。だいたい二万メートル以上はなれて射つ大砲を、三、四千メートルで射つのですからね、弾道はほとんど直線でしょう。つまり三、四千の長いヤリで突くのとおなじですよ。だから照尺距離がすこしばかり違っても、照準点が狂っても、どこかには命中するわけですよ」とこたえた。

血だらけの従軍記者

ラバウルを出港していらい二日間にわたる緊張の連続で、心身ともそうとうの疲労をおぼ

え、十分か十五分ほど休憩するつもりで士官室に降りていった。そのとき喫った煙草のうまさは、いまも忘れられない。

士官室には、丹羽文雄氏が顔面から防暑服まで血だらけになって、まだ興奮からさめきらぬようすで、手には血にそまった取材ノートをにぎりしめていた。あの激戦中、雨のように降りそそぐ敵弾のなかで、刻々の戦況と気持を記していた記者魂には、感心するとともに深く敬意をいだいたものである。

丹羽氏は艦橋後部の高角砲指揮所で観戦、記録していたが、敵の高角砲弾らしきものが艦橋後部に命中し、高角砲指揮官をはじめ指揮所員のほとんどが全滅したが、そのとき弾片と指揮所員の返り血をあびたのである。その顔には数ヵ所小弾片がささっていたが、いまではもうその傷あとはまったく認められないようだ。

「海軍士官の度肝《どぎも》と感覚には驚いたな──。こんな激戦に誘うのに、まるで野球の試合見物にでも誘うような口ぶりだもんな」

と、そのとき丹羽氏は神参謀の誘いを思い出していたようであった。私にしても、この殴り込み計画を聞いたときはちょっと度肝を抜かれたが、ほとんど計画どおりの戦果をあげたことは、神参謀の頭脳のするどさにあらためて驚かされたしだいである。

ひきあげときまったとき、鳥海の早川艦長は司令部にたいし、

「軍艦だけをやっつけたのでは、輸送船団が揚陸を完了し、大々的に飛行基地を完成されてしまい、爾後の作戦に非常な苦労をきたすことは明らかだ。軍艦は全滅したから、いまこそ

無抵抗の輸送船団を片づけるべきである。船団にむけて引き返しましょう」

と意見具申をしたが、神参謀は、

「いや、このたびはこれでひきあげた方がよい。ガ島の南に敵の空母と戦艦がいる。夜が明けたら、空母から攻撃をかけられることは必至だ。夜明けまでに、空母から三〇〇カイリは離れていなければならない」

と反論していたようだ。そして長官も、参謀長もこの意見に同意したようである。

このことについては、あとで海軍の作戦指導部や世間から「なぜ引き返して輸送船団をやらなかったか」という批判があったが、実際に現地にいたものとして、敵空母に関するあのような情報のもとでは、ひきあげの決定は至当だったと思う。

鳥海艦長・早川幹夫大佐

第八艦隊首席参謀・神重徳大佐

射撃盤の記録用紙によれば、第一艦にたいする「射ち方はじめ」より、第四艦を処分するまでわずか二十四分しか経過していない。射距離は、射撃盤が記録するところによると、初弾が五千五百メートル、第四艦のおわりで三千メートルであった。これくらいの近距離では照尺の修正をやらなくても、斉射ごとに命中したはずである。

ついにガ島放棄に

この海戦をふり返ってみると、もしこれが出港前に神参謀が私にしめしてくれたように、輸送船団のなかに混入している敵艦を攻撃する戦闘ならば、どのように展開していたであろうかと思われる。

あのとき、敵艦がこれくらいの戦闘能力しかもたないのであるから、弾丸の搭載量にまだ余裕があったわが艦隊は、敵船団の相当数を撃沈することができたにちがいない。さらに、船団群の混乱ぶりと戦果の拡大は甚大なものがあったであろうと思うと、何十年たっても悔やまれてならない。

太平洋戦争がはじまっていらい、ほぼ同勢力の艦隊が四つに組んで海戦をくりひろげたのは、このツラギ沖夜戦が最初であった。このとき、完全勝利の戦果を得られたのは、敵の見張り能力、通信能力がいちじるしく低劣で、しかも米豪の連合軍であったため、さらに指揮通信がうまくいかなかったためと想像される。

しかも日本海軍では、ハワイ海戦の大勝利があるまで、飛行機の威力はそれほどみとめておらず、砲戦が海戦の勝敗を決する最大の要素だとの考えが強く、射撃訓練はじつに猛烈におこなわれていた。そのようなはげしい努力によってつちかわれてきた技量の差が、この海戦によってはっきりあらわれたものと確信する。

この戦いにおける戦死者は、ラバウルで荼毘《だび》に付したのち艦内で盛大な海軍葬をおこない、英霊の殴り込みにおける奮戦をたたえたのである。

この海戦後、米軍はガダルカナル島への強化に最大の努力をはらい、この島をめぐる争奪戦が太平洋戦争の天王山となり、両軍とも死闘をつづけること半年、ついに日本軍はガ島放棄のやむなきにいたったのである。

このあと、鳥海はただちに内地の呉に帰投して砲身を換装すると、ふたたび戦雲うずまくラバウルに進出した。そして、第三戦隊の戦艦二隻とともに、ガ島に完成された米軍の飛行場を二回にわたって夜間砲撃したのである。

戦艦の主砲十六門と鳥海の二〇センチ砲十門をもって、敵飛行場の前面に焼夷弾砲撃をあびせ、飛行場を火の海として世界を驚かせたが、ついに米軍をガ島から追い出すまでにはいたらなかった。この砲撃は、敵の魚雷艇群が待ちうけるなかを侵入して敢行したものだったが、魚雷艇による被害はなかった。

一方、ガ島で戦う陸軍部隊にたいする連日の食料補給は、主として駆逐艦があたった。しかし敵の飛行機と潜水艦にはばまれ、わが駆逐隊の被害ははなはだしく、鳥海はこの駆逐隊の支援をおこなっていたが、ガ島に到着した食料は実際の三分の一にも達しなかった。

昭和十八年九月、私は兵学校教官予定者として佐世保鎮守府付きとなり、トラックで鳥海から降りることになり、後任の古賀繁敏君の着任を待って退艦した。

悲運の第六戦隊、米電探に敗る

当時第六戦隊先任参謀・元海軍中佐　**貴島掬徳**

サボ島沖夜戦

サボ島沖夜戦は、ガダルカナル島海面の西方に位置するサボ島の沖合で、青葉《あおば》、衣笠《きぬがさ》、古鷹《ふるたか》（以上巡洋艦）、吹雪《ふぶき》、叢雲《むらくも》（以上駆逐艦）からなるわがガダルカナル攻撃部隊が、敵のガ島反攻部隊（巡洋艦四隻、駆逐艦五隻）に遭遇し、敵の電探に苦しめられた激戦である。昭和十七年十月十一日夜のことである。

この戦いで、わが夜戦部隊の至宝、五藤存知《ごとうありとも》少将は、攻撃部隊指揮官として旗艦青葉に乗り組み、会戦劈頭《へきとう》、敵の電探射撃にあい、不運にも初弾に戦傷を負って斃《たお》れたのであった。私は当時、五藤司令官の幕僚としてその奮戦を補佐していた。

貴島掬徳中佐

よき敵ござんなれ

開戦いらい第六戦隊（青葉、衣笠、古鷹、加古）は五藤存知少将指揮のもとに、南東方面の主力として、グアム、ウェーキ、ラバウル、ラエ、サラモア、ツラギ、珊瑚海などに転戦し、遠く赤道以南の地域に行動していた。

敵がガダルカナル島に反攻作戦を開始したとき、第八艦隊は三川軍一中将指揮のもとにツラギ海面に突入し、所在の敵艦船を覆滅した。しかし、ガ島に橋頭堡を確立した米海兵隊は、ただちに、日本軍が設営中であったガ島の飛行場を占領し、これを基地（ヘンダーソン基地と呼ばれる）として、執拗に空からの反攻をつづけてきた。

これに対してわが方は、ラバウルを基地として敵に航空攻撃をかける一方、ブイン基地の急速設営が強行されていた。そしてくる日もくる日も、わが駆逐艦や潜水艦はガ島守備部隊への補給をつづけていた。

このとき、連合艦隊司令部では、艦砲射撃によって敵のガ島航空基地を制圧することを決意し、九月初旬、その旨を第六戦隊司令部に通じてきた。当時、ブーゲンビル島南岸のブイン泊地に警泊していた第六戦隊は、さっそくその準備に取りかかった。

時を移さず、ラバウルの南東方面艦隊司令部からは砲術参謀が飛んできて、使用弾薬、射撃法、攻撃部隊の編制、友軍部隊の協力など、攻撃について必要な指導と連絡をとっていった。さらに内地からは、陸上射撃用の特殊弾が届けられた。そして、準備訓練実施はじつに

古鷹型を強化した青葉。サボ島沖夜戦で敵の電探射撃により損傷、司令官は戦死

数十回におよんだのである。

司令官はこの成果に満足し、十月七日、その旨を艦隊司令部に報告した。折り返し艦隊司令部から、

「第六戦隊（巡洋艦三隻および駆逐艦二隻）は十月十一日を期し、ガ島基地を砲撃制圧すべし」

との電命が下った。

トラックに警泊中の連合艦隊、ラバウルの南東方面艦隊注視のもとに、今次大戦ではじめておこなう対陸上間接射撃である。ガ島基地の方向、距離を決定する地点をサボ島の南西二キロの地点と定めて、砲撃の計画が完了した。

青葉、古鷹を攻撃第一小隊、衣笠を第二小隊とし、第一、第二小隊は単縦陣、その右斜め前、一千メートルを吹雪、左斜め前を叢雲が警戒して進撃することになった。

かくて十月十一日午前、攻撃隊はいったん泊地北東海面に出撃、空襲最盛時にその所在をくらました。ついで午後四時、ブインを進発、ガ島基地砲撃に向かった。速力二十ノット。その途中、一天にわかにかき曇り、雨がはげしく降り出し、編隊高速航行が困難なほどの天候となった――これは天の恵みででもあろうか。

第六戦隊司令官五藤存知少将は帝国海軍きっての夜戦部隊指揮官であるが、暗天を仰ぎ見て、「桶狭間の合戦を想起する」とぽつんと一言口にし、平然として時の至るを待たれたのである。司令官の心情はすでに明らかであり、われわれもまた腕をさすって、よき敵ござんなれと意気ごんでいた。

先制攻撃を受く

午後十時、豪雨が止んであたりが見えるようになった。味方五隻の攻撃部隊は、予定どおりサボ島の南西二キロの地点に向かって進んでいる。

一艦、いや、全攻撃部隊の運命を一身にになう旗艦青葉の見張員は、海軍生活二十余年、その全生涯を眼力の向上に打ちこみ、訓練に訓練をかさね、いまやその技、入神の域に達した名見張員である。十八センチ双眼望遠鏡にとりつき、全神経をその双眼に集中して、暗黒の海面をにらんでいる。その見張員が突如、「艦影見えます」と叫んだ。

「目に見ゆる物は、すべてまず敵と見よ」とは戦場の鉄則であるが、折悪しく、ちょうどこのとき味方輸送部隊（貨物船一隻、駆逐艦二隻）が、ガ島陸上部隊にたいする食糧弾薬の補給を終えて帰投する時刻に当たっていた。

出発前の協定とは航路が違うが、豪雨のこととて、保安上この方面に出てきたのかもしれない。ここで同士打ちをしては、千載の恨事である。

五藤司令官、負傷す

「敵か味方かよく確かめよ」

と司令官は命じ、なおも進航をつづける。この間約一分、全神経を耳にして待った見張員の報告は、「敵です」であった。

「配置につけ」久宗（米次郎）艦長裂帛《れっぱく》の号令が下る。

「面舵、左戦闘」と司令官。艦長はただちに「主砲左戦闘」と下令する。

その声が終わるか終わらぬかのとき、上空に吊光弾があがり、味方部隊一面が真昼のごとく照らし出された。

「何だこれは！」と司令官は、くやしげに怒鳴った。とそのとき、ピカッと敵発砲の閃光が前方一面にひらめき、敵弾がたちまち右斜め前の吹雪の中腹に命中した。そして、その火炎は轟音とともに暗闇の海を照らした。

吹雪がやられたと思ったとたん、つづけざまの飛弾一発、青葉の前艦橋正面に命中し、司令官の左足下に炸裂、並んで立っていた筆者の右足をかすめて、後方で作戦中の水雷参謀・南少佐を斃し、青葉副長以下十数名の勇士を打ち斃した。すべては一瞬の出来事だった。見張員も足首に負傷した。

左足負傷の司令官は、艦橋床面に座ったまま作戦の指揮をとった。気を取り直した青葉の主砲、古鷹の主砲が遅ればせながらさっそく応戦を開始した。

ドドン、ドーンドン、一斉射、二斉射、三斉射。敵陣三ヵ所にわが命中弾の閃光が認められた。

「当たったぞ」

だが、敵弾は真に雨あられのように飛び、曳光弾は間断なく空間を飛ぶ。ちょうど出港船に集まる、五色のテープのように、敵全弾は青葉一艦に集中してくる。だが、わが司令官は視界を艦橋周壁に妨げられ、敵状を視認することができない。

「先任参謀、戦況はどうだ」と、司令官は平時とちっとも変わらない声でたずねた。

私はすぐ、「敵巡洋艦三隻撃破、敵の戦列に何か起こったらしく、探照灯をつけて自隊の海面を照らしています」と報告する。

そのとき被弾ますますはげしくなり、一発は信号マストに命中した。つづいてこれを右舷高角砲台に打ち倒すものすごい音。まさに地獄の様相だ。

六戦隊司令官・五藤存知少将

青葉艦長・久宗米次郎大佐

古鷹艦長・荒木伝大佐

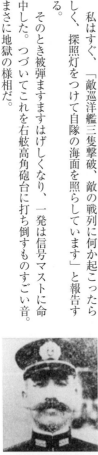

司令官は、「先任参謀、これからどうする」と聞かれる。

「煙幕を張って彼我の態勢をとり直します」

「うん、よしやれ」

煙幕展張命令が数秒を出でずして青葉機関科に達し、濛々《もうもう》たる黒煙を煙突から吹き出した。日本夜戦部隊の本領を発揮するのはこれからだ。戦前の夜戦訓練で鍛えに鍛えた煙幕戦である。敵が近迫してきたらしめたもの、煙幕から頭を出したところを、集中砲火でたたくつもりだ。

煙幕は断続的にあるいは短く、あるいは長く一線に引かれた。二番艦古鷹はいっこうに青葉の煙幕の中に入らない。むしろ勇敢に敵方に出て奮戦している。

「右九〇度急転回、煙幕止め」「面舵一杯、針路三一〇度、煙幕止め」

対勢とり直しの断行だ。幸いに機関部に故障なく、艦は命のままに動く。速力は少しも落ちない。敵弾は旗艦の九十度転舵とともに遙か左舷に集中し、われの付近には一発も来ない。

司令官を殺すな

あたりは急に静かになった。敵がわれの張った煙幕を突き破って頭を出すには、少なくとも五分はかかる。いまのうちに司令官に作戦室に移っていただこうと、艦橋の下で待機中の司令官従兵を呼んだ。年齢十七歳の若年従兵はこの激戦におじけもせず、幾十の戦死者の死体を踏み越えて艦橋に上がってきた。

「先任参謀、御用ですか」

「オウ、よく来てくれた。司令官が作戦室に移られる。手伝え」

このとき司令官から、「先任参謀、ちょっと僕の傷を照らしてくれ」といわれ、自分は赤布で頭部をおおった懐中電灯で、司令官の左脚戦傷部を照らしてみると、左膝下十センチのところが、まさにちぎれんとしている。司令官は両手で膝の上方を締めていたが、傷をちょっと見ると「有難う」といわれ、作戦室に移ることを納得された。

「では先任参謀、よろしく頼む」といわれ、従兵に背負われて艦橋を下りられた。

「もうほかに怪我をしている者はないか」と周囲に向かって叫ぶと、暗闇の中から、「航海士、足を撃たれてここに座っています」

「傷口を縛ったか」

「何も縛るものがありません」

「自分のバンドとフンドシで、すぐに傷口の上を縛れ」

「ハイ」と元気に答えた航海士は、最年少の乗組少尉である。

司令官が艦橋を去った現在、幕僚である私としては、司令官の意志を体して、その意の如く行動すべきであると自分を励まし、情勢に注意する。と、そのとき、二番艦の古鷹が急に遅れだした。旗艦のあとにつづいて奮戦していた古鷹が「われ行動不能となる」という急報を送ってくる。旗艦が右に急転回を終わったあとで、敵弾が古鷹に集中したのか。

「旗艦を援《たす》けよ。司令官を見殺しにするな」とは第一次ソロモン海戦以来、荒木（伝）古鷹艦長がつねに肝に銘じていた決意であったのだ。旗艦が煙幕のなかで急転回したとき、古鷹は旗艦と同時に急転回せずに続航した。

敵弾は期せずして古鷹に集中した。勇敢なる古鷹艦長だ。何とか危地を脱するに相違ないと期待しつつ、なおも戦況に気を配った。

「衣笠」の勇戦

午後十時に敵と遭遇して、敵の先制攻撃をうけるや、第二攻撃小隊の衣笠は、左警戒艦の白雪とともに急速に左方に転舵して展開を急ぎ、来襲する敵巡洋艦二隻、駆逐艦二隻と交戦。たちまちにして、「敵駆逐艦一隻を撃沈し、巡洋艦二隻を大破させた。これは本艦のみの戦果なり」との戦闘速報を発した。艦長沢正雄大佐は射撃にかけてはその道のベテランで、群がる敵を制圧し、しかも無傷のまま敵艦三隻を撃砕したのである。

会敵時、さしも好態勢と好条件の中にあった優勢の敵が近迫してこなかったのは、衣笠の勇戦に基因したところが大きいと思う。

会敵時、旗艦の青葉が敵の先制攻撃をうけ、全軍の統制ある戦闘指導ができないまま乱戦に入った。このような場合には、旗艦の行動が全軍行動の指標となるものである。

旗艦青葉が右に回頭を完了し砲撃を開始するや、檣頭信号をもって「ワレアオバ」を発し、煙幕を展張するや、ふたたびこれを発し、敵の砲火いよいよ急にして弾丸が雨と飛ぶ間を奮進しつつあるとき、三回目の「ワレアオバ」を発したのである。司令官旗艦まだ健在なりと

単縦陣で航行する第六戦隊。先頭の旗艦青葉に従って衣笠が回頭、古鷹がつづく

の通報である。

行動不能となった古鷹は、急速に処置しなければならない。幸いに駆逐艦白雪が健在である。「白雪は機を見て反転、古鷹を救援せよ」と電命した。白雪艦長は暗闇の海面で古鷹を探し、艦長以下の乗組員を自艦に収容して帰った。

古鷹艦長は艦を去るとき、みずから艦自沈の処置をとり、後顧の憂いをなくして退艦した。衣笠艦長より、「敵はわれを追尾せず。われ敵と隔離す」との電報を受けとったのは、このときであった。

優勢の敵は、少なくともわが方の展張した煙幕線を突破して近接してくるであろうと予想していたが、衣笠の方面も青葉の方面も敵の触接がない。行動不能となっている古鷹の位置までさえ近接してくる気配がない。

この夜の大切な作戦目的は、敵の陸上基地を攻撃することであった。いまからこれを決行すべきかどうか非常に迷ったが、すでに時間は十二日の午前一時だ。射撃をすれば順調にいっても、敵基地の目の下で夜が明けてしまう。ついにいったん引き揚げて改めて作戦をねることにして、全軍警戒を厳にしつつブイン泊地に向かった。

悪夢の夜が明けて

戦闘直後の戦場整理、事後の警戒、戦闘報告、翌朝の対空処置等、幕僚として艦橋を離れられない仕事が山積していたので、作戦室の司令官を気にかけつつも作戦室へ下りていく機会がなかった。

午前四時半、悪夢の夜が明けてみると、艦橋付近に戦死者が折りかさなって倒れている。これを乗り越えて半壊の階段を下り、作戦室に入ると、従兵が悄然と枕辺に腰かけている。

「司令官はどんな具合だ」

「ハイ、あれからすぐ軍医長殿が来られて、傷口の手当をし、繃帯をして下さいました。午前二時ごろに用便をすませ、『従兵、世話になった。これで非常に楽になった』といわれておやすみになりました。そして、二時半ごろに安らかに息をひきとられました」

司令官の顔を拝すると、じつに安らかに両眼を閉じておられる。私は謹んでその霊に黙禱をささげた。

ふたたび艦橋にもどり、久宗青葉艦長へ申し上げた。

「司令官は戦死なさいました。戦隊の指揮を継承していただきます」

久宗艦長は作戦室に司令官をおとずれ、その霊に一礼して艦橋に帰られ、

「では先任参謀、六戦隊の指揮を継承致します」

ここで青葉艦長は全軍に対し、

「われ第六戦隊の指揮をとる。〇四三〇」

と打電した。この電報によって、五藤存知第六戦隊司令官が戦死されたことが、全軍に報道されたわけである。

さて、第一次ソロモン海戦までの敵は、電探を装備しているような形跡はなかったが、二ヵ月後の本夜戦には初めて電探を使用したもののようである。

調査によれば、敵はわが艦隊に遭遇するはるか以前に、われを捕捉し待機していたもので、わが方は敵の電探網のまっただ中に突っ込んで、文字どおりの集中砲火を受けたわけである。

青葉は全身蜂の巣のような被弾に屈せず、よくその浮力をたもちえた。久宗艦長が徹底的に応急訓練を実施し、乗員が勇敢機敏に処置した賜物である。この精神は、この艦の伝統として残り、今次戦争中、三度の大被害を乗り切り、そのつど母港呉軍港に帰着していることをみても、明らかであろう。

前衛「筑摩」と南太平洋海戦

当時「筑摩」艦長・元海軍少将　古村啓蔵

日米機動部隊の激突

ミッドウェー海戦についで、戦場はソロモン海域に移り、昭和十七年八月七日、米海兵師団のツラギおよびガダルカナル上陸をはじめとして、長期にわたるソロモンの争奪戦が展開された。

八月八日の夜、三川中将の率いる第八艦隊がガダルカナル泊地を急襲し、大戦果をあげた第一次ソロモン海戦にはじまり、八月十六日、一木支隊がガダルカナルに上陸したが、二十一日の第一回飛行場攻撃は失敗した。

古村啓蔵少将

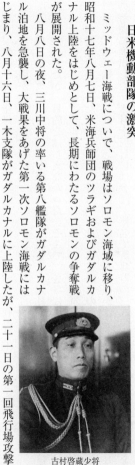

さらに二十四日には、ガ島東方海面において両国機動艦隊が対決する第二次ソロモン海戦が起き、アメリカは空母サラトガとエンタープライズおよび戦艦ノースカロライナを損傷、日本も空母龍驤が沈没した。

この間、敵はガ島にだんだんと海陸の兵力を増強し、九月十三日にわが軍は第二回目の総攻撃を決行したが、目的を達しえなかった。そこで、さらに困難な増援の輸送をおこない、十月上旬にはガダルカナルの日本陸軍の兵力は二万余、海軍は特陸三千に達して、着々と攻撃の準備をおこなった。そして、十月二十一日に第三回目の総攻撃を決行することになった。

第二、第三艦隊もこれに策応し、十月十日から十一日にかけてトラックを出撃、ガ島東方の海面に進出した。十月十三日には金剛、榛名で新兵器の三式弾による飛行場の夜間砲撃をおこない、飛行場にある敵機を全滅させる戦果をあげた。

このような情勢下にあって、米軍は前の海戦で損傷したエンタープライズの修理を完成して、ホーネットとともにわが機動部隊の東方より急襲して、一挙にこれを撃滅しようとした。こうして起こったのが「南太平洋海戦」であった。米側ではこの海戦を「サンタクルーズ島沖海戦」と呼んでいる。

海戦前夜の探り合い

十月十一日、トラックを出港した筑摩《ちくま》は、南雲部隊の前衛に編入された。相変わらず利根とともに第八戦隊を編成していたが、司令官は原忠一中将にかわっていた。

前司令官の阿部少将は、このとき第十一戦隊司令官に栄転して、比叡、霧島を直接ひきいて、前衛の指揮官として八戦隊の鈴谷および第十戦隊（長良および駆逐艦四隻）を指揮し、機動部隊本隊の前方約八〇浬《かいり》ないし一〇〇浬に位置していた。この母艦群と前衛との距離をひらいた隊形は、ミッドウェーの戦訓により、大事な母艦が不意に空中攻撃を受けることのないように、水上機の偵察力を持っている前衛を先に出して索敵させたのである。

このときの機動部隊の任務は、ガダルカナル飛行場攻略戦と呼応して、まず敵機動部隊を撃破し、つぎに全軍追撃、ソロモン方面の敵を一掃するにあった。同じ任務をもつ近藤中将の第二艦隊は、西方の機動部隊とガ島の中間を行動していた。

ガダルカナル総攻撃が二十三日に延期となったので、南雲部隊は二十二日、一時北方に引き揚げて前衛と本隊とを合同し、燃料の洋上補給をして、ふたたび南下した。これまで機動部隊は巧みに敵の索敵圏外に行動していたが、二十四日にはアメリカのＢ24によって発見された。

第二次ソロモン海戦の後、敵の空母はソロモン方面より姿を消し、十月十五日の午前には、熊野の水偵が戦艦をふくむ敵の部隊を南方に発見し、前衛は夜戦を期待して南下したが、敵にあわず空しく引き揚げている。

南進、そして反転北上

十月二十一日、ガ島南東約三〇〇浬に、戦艦二隻、巡洋艦四隻と駆逐艦十二隻の有力な部隊を発見したが、空母は認められなかった。この敵部隊は、わが機動部隊が南下し攻撃しようとすれば南方に退避し、またわが方が北上すればまた北進する。これはまさしく敵のおとり部隊であったことが明らかである。

トラックにあって全作戦を指揮していた山本連合艦隊長官より、さかんに南雲部隊の南進決戦をうながしてきたが、南雲長官は深く考え、なかなか思いきった南下の行動をとらない。筑摩の艦橋でも、血の気の多い若い士官はじれったがって、さかんに艦長に向かって一刻も早く突進し、決戦するようにといってくる。

二十二日午後、南雲長官もいよいよ決戦南下を決意して、左のごとく命令した。

一、Y日を二十三日と決定せり。

二、機動部隊は二十四日〇二三〇前衛地点「ケヲミ55」本隊地点「ケヲヒ55」に至り敵を索敵攻撃せんとす。

三、敵状に依り二十五日更にガ島南東海面に進出することとなり。

四、「筑摩」及び「照月」は本二十二日二〇〇〇以後分離二十三日〇八〇〇頃地点「コイテ00」に至り九〇度乃至一六〇度間三〇〇浬を索敵後「筑摩」は前衛に「照月」は本隊に合同せよ。

Y日とはガ島攻撃の日のことである。また南下に際して南東方海面に敵の不意の出現を恐れて、筑摩と照月を分派して索敵させたのである。

利根型２番艦「筑摩」。前部の20センチ連装砲塔４基を左舷に指向し全力航走中

二十三日になり、Y日はさらに一日延期され、二十四日となった。南雲部隊もこれにならって、二十四日夕刻より警戒を厳重にしながら、決戦を期待して南進を開始した。

このとき前衛部隊は、本隊の前方約一〇〇浬に東方より筑摩、利根、比叡、霧島、長良、鈴谷の順に各艦の間隔を十二キロに散開し、比叡、霧島には駆逐艦の直衛を配して南進した。

十月二十四日には、米側は大胆にも短波で、「近くソロモン方面で一大海空戦が行なわれるであろう」と放送した。これを傍受した各艦は、無気味な緊張につつまれて一路南進をつづけていった。

二十六日午前零時五十分、とつぜん敵の飛行艇が南雲部隊の上空にあらわれ、爆弾を投下した。この爆弾は幸いに命中しなかったが、索敵機が爆弾を投下するのは尋常ではないことを感じて、南雲長官はただちに直率する本隊に、「緊急右へ一八〇度一斉回頭」ついで、「第三戦速、二四ノット」を命令し、反転北上した。このとき、西方視界内に行動していた近藤部隊も、ただちにこれにならって北上した。

前衛に対しては午前一時四十九分発信で、「反転せよ」「速力二四ノット」と無線命令が発せられたが、前衛がこれを受信して反転行動を開始したのは午前二時六分であった。この反転運動の約一時間の差は、当時、本隊の前方一〇〇浬にあって二十ノットで南進中の前衛と本隊との距離を、さらに四十四浬ひらく結果となった。

もちろん、付近に敵の空母ありと見やぶった南雲部隊は、黎明を待たずに前衛より水偵十六機を発進し、南東より南西方向を索敵させ、本隊よりは艦攻八機をもって、南から東にかけて綿密な索敵をおこなった。案の定、午前四時五十分、南東方に進出した翔鶴の索敵機より、「敵空母見ゆ」の第一報があり、ついで、「敵は空母一その他十五、針路北西」との報があり、その位置はまさに翔鶴の南東方約二五〇浬、絶好の攻撃距離である。

戦機いよいよ熟す

十月二十六日は忘れることのできない日であった。午前一時三十分ごろ、前衛にも敵の触接機があらわれた。一時五十分には最大戦速即時待機となり、二時六分に針路〇度、二時二十五分には索敵機三機発進、速力二十六ノットとした。

四時三十六分、夜明けとともに前衛は速力を三十ノット、針路三〇〇度とした。四時五十分の敵発見第一報についで、六時二十一分に南雲長官より、「前衛は敵方に進撃せよ」との命令に接し、機を逸せず六時二十三分に前衛は東西にひらいた隊形のまま針路九〇度にて東進した。ここで筑摩が前衛の先頭に立って、高速で敵に向かって突進することになった。

この間、味方の母艦群、翔鶴、瑞鶴および瑞鳳よりは、一次、二次、三次にわたって攻撃隊を発進したということを電報で知らされた。当日の天気半晴、ときどきスコールあり、風向北西、風力四、気温二十八度、海上静、視界三十五キロ、まず天候は海戦に申し分なしである。

乗員一同はみな新しい下着に着替え、戦闘服に身をかため、防毒面を負っていた。頭には日の丸のおそろいの鉢巻をしている砲員もあった。たいがいの人は父母から、妻から、または恋人から贈られた千人針を腹に巻いていた。私も千人針と、方々からいただいたお守の大袋を身につけた。

このお守袋の中には、成田山もあれば伊勢神宮もあり、八幡宮もあれば故郷の村社のお守も入っている。贈り主の好意をくんで神仏雑居である。これだけ袋一杯あれば、どこかのお守が利くだろうと思っていた。

身仕度はできた。今度は腹ごしらえだ。主計長の飯倉主計大尉の指揮で、真心のこもった戦闘配食をみな戦闘配置でいただいた。おそらくこれが最後の食事になると思って、満足にくえた者はなかったであろう。

こうしてすべての戦備はととのった。総員戦闘配置について、敵機の出現をいまやおそしと待っている。ときに午前七時、南方の断雲の間に敵の触接機二機があらわれた。距離はやや遠いが、小手試しにまず主砲射撃で撃退した。

七時六分、今度は左舷を反航して、味方十一戦隊にむかう雷撃機隊があらわれた。ただちに主砲および高角砲で射撃開始、戦機はいよいよ熟した。来た、とうとう大編隊がやって来る！

屍の山、血の河

午前七時十八分、はるか前方に艦爆の編隊があらわれた。ただちに最大戦闘速力三十五ノットを令した。艦橋の真上の主砲指揮所より、砲術長北山少佐は「射撃準備よし」と報告してくる。機関長石川中佐よりは、「最大戦速回転整定」の報あり。射程に入るのを待って、

「撃ち方はじめ」

主砲、高角砲、ついで機銃の全砲火を敵の艦爆に浴びせた。同時に航海長沖原中佐は大声で「面舵一杯」と命令し、回避運動をはじめた。

敵の艦爆はと見れば、約二十数機が左右にわかれ、まず先頭の指揮官機とほか二機がひらりと翼を右に傾けて急降下に入った。ついで左の九機が突っ込んできた。敵も勇敢だ。わが方の砲火をものともせず、ほとんど檣すれすれまで突っ込んで爆弾を投下する。

あっという間もなく轟然一発。艦橋に命中だ。私は艦橋のコンパスの右に立って戦闘を指揮していたが、爆風でバッタリ後ろに倒された。頭がジーンと鳴っている。これはたしかに

頭に穴があいたに違いないと思って、思わず手で頭を撫でてみた。手には血がついていない。どうやら頭は無事らしい。それなら手か足をやられているに違いない。しかし、動く。手も足も身体についている。

我にかえってただちに起き上がり、上空を見る。さらに艦爆九機が右舷から突っ込んでくる。今度は、「取舵一杯」を命令する。しまった、また命中だ。また後方へ吹き倒された。今度は躊躇なく立ち上がり、ふたたび「面舵一杯」を命令した。

左右を見れば、航海長も掌航海長の鷲尾特務少尉も無事だ。航海士松田少尉も生きている。艦長付の佐部大尉も健全だ。戦闘記録係鈴木主計中尉もいる。しかし、コンパスの周りにいた数名のほかは全滅だ。艦橋伝令の小川予備少尉は、艦長のすぐ後ろで倒れている。

艦橋の右舷発射指揮所の水雷長山口大尉の姿は見えない。艦橋の後方応急指揮所の、副長広瀬中佐がいない。主砲方位盤と測距儀は海中に吹きとばされている。砲術長も方位盤射手の小間特務少尉の姿もない。艦橋上方の甲板は鉛のように曲がって、その上の構造物のすべては人とともに消えてしまった。

杖ともたのむ見張員、信号員は全滅だ。艦橋の後半は屍の山、血の河である。

魚雷を投棄す

敵はしめたとばかり、筑摩に攻撃を集中してきた。つぎは艦攻だ。右舷から艦攻六機がやってくる。前よりは少し大型だ。艦攻は水平爆撃だが、当たったら被害は大きい。幸いに舵

主砲を左上方へ指向し対空射撃中の筑摩

に故障もなく、速力も落ちていない。回避運動でうまく命中をまぬかれたと思ったが、右舷中部に至近弾三発、水柱が艦橋までかぶってきた。

　僚艦の利根はと見れば、まさに大きなスコールの中にかくれようとしている。筑摩の付近には、かくれるスコールさえもない。爆弾の配給も少しは公平にしてもらいたいと思うが、致し方がない。

　そのうち艦は、徐々に右舷に傾きはじめた。機関部から第三、第五罐室浸水のしらせがある。さっきの至近弾の被害である。そこで私は意を決して、「魚雷投棄」を命令した。罐室浸水と艦の傾斜から、夜戦に参加しての魚雷戦活用の望みは薄いと直感した。それよりはこの集中爆撃で、もし発射管室にでも命中したら大変だ。発射準備完成の魚雷が十六本も並んでいる。予備魚雷もある。

全部九三式の酸素魚雷である。頭部には高性能の爆薬が充塡してある。幸いに佐部大尉は前水雷長だ。出港の前日に山口大尉が水雷長として着任したが、退艦する暇もなく在艦している。

艦橋と発射管室間の通信装置は全滅であったが、このような場合の応急処置の訓練は徹底していた。佐部大尉の手旗信号によって、ただちに魚雷投棄が開始された。発動弁《はつどうべん》を開かずに発射するのである。全装塡の魚雷はそのまま海底深く沈んでいく。七時四十七分、魚雷投棄終了の報を受けた。

このとき、また右舷に艦攻来襲。「撃ち方はじめ、取舵一杯」を令する。主砲指揮所をやられて射撃指揮装置は壊滅。砲術科は次席指揮官の発令所長川崎大尉が応急指揮所で砲戦指揮をとっているが、彼もまた負傷している。士気は旺盛ながら、射撃の威力は充分とはゆかない。

「敵機、爆弾投下」と鷲尾少尉が叫んだ。見れば黒い爆弾が落ちてくる。いい照準だ。

「ドカーン」

命中だ。ぶるぶるっと艦は震動した。しまった、今度は大きい。右舷前部発射管室に二五〇キロ爆弾命中。ときまさに七時五十分、魚雷を棄て終わってからわずか三分後だ。危機一髪で魚雷の誘爆を免れたらしい。

が、たちまち、「飛行機火災」と叫ぶ声がきこえる。

見れば、後甲板からもうもうと黒い煙が上がっている。発射管室の上は飛行機甲板だ。飛行機が燃えだしたのだ。この爆弾で飛行長斎藤大尉がやられた。飛行科員、整備員の大部もやられた。水雷士池田兵曹長は戦死し、南口兵曹長は負傷した。爆弾は発射管室の床の防御甲板をつらぬいて、機械室にいた機械長の梅田機関兵曹長と伝令二名を倒した。

応急員はただちに消火配置についた。発射管員、飛行科員も消火につとめた。そして、かなりの時間がかかったが、ついに消火に成功した。下の発射管室にはまだ予備魚雷数本がある。この火災が拡大したらすこぶる危険であったが、必死の努力で大事にいたらなかった。

この混乱の最中に、またも敵機の来襲だ。午前八時、今度は艦爆十数機が右舷から来襲。

「取舵一杯」

爆弾投下。落ちてくる。豆粒のように黒い爆弾の塊が見える。豆粒はたちまち大きくなる。外れた。今度は艦首約一〇〇メートルに落下した。

これは第三罐室の外鈑が外にまくれ反《そ》って異状な白波を立てていたので、このとき速力は二十五ノットしか出ていなかったのを、上空より三十ノット以上と誤断して投下したため、幸いにオーバーに落ちたのである。

ここで八時十五分、艦長より長官と司令官宛に、

「われ爆弾命中、飛行機大火災、出し得る速力三〇ノット」

と報告をした。

ところが、はじめ第三、第五罐室だけであった浸水が、だんだん他の罐室にもおよんだので、八時三十分にさらに、

「使用罐三罐、出し得る速力二三ノット」

と報告した。

利根に乗艦の原司令官よりトラック回航を命ぜられ、九時十七分、勇ましくなおも高速で敵に向かって進む友軍各艦の雄姿を見送りながら、針路三一五度、速力一八ノットでトラックに向かった。

敵機ももう本艦には攻撃してこないだろう。しかし、まだ油断はならない。艦内哨戒第二配備として全員の半数が戦闘配置に残り、他の者で応急処置、被害の局限、および戦死者、負傷者の処置をしなければならない。

もっとも惨憺たる状況を呈したのは艦橋付近で、私は艦橋に命中したのは二発と思ったが、主砲指揮所に一発、艦橋後部両舷に各一発の三発だったという。これで戦死者一〇〇名を超え、その惨状言語に絶する有様であった。

方位盤とともに人の体が、足が手が、海中に吹き飛ばされていくのを見た人もある。砲術長や副長の屍体は全然見当たらなかった。おそらく海中に吹きとばされたのであろう。このときの筑摩の位置は南緯七度一五分、東経一六四度一二分であった。

ここで残念なことには、飯倉主計長と三田村、福川、深川の主計中尉とを一瞬に失ったことである。主計長は戦闘配食の指揮を終わって、艦橋に上がってきた直後にやられた。主計中尉四名は東大出の優秀な士官で、交替で戦闘記録係をしていた。ちょうどこのとき鈴木中尉は戦闘記録をとっていたので助かったが、他の三人はいずれも艦橋の後方で戦死した。艦長として、分散して配置しておけばよかった、と申し訳なく思っている。

昼の戦闘配食にコンビーフが出たことには閉口した。なにしろ艦橋付近はいまだに屍体の始末もつかず、飛散した勇士の肉片は、コンパスといわず窓といわず付着したままである。その中でコンビーフは喉を通らぬ。

檣《マスト》も信号旗旒もなくなり、信号員も全滅したので、護衛駆逐艦との通信は生き残った見張員のおぼつかない手旗信号に頼るほかはなかった。艦の傾斜は左舷に注水復原してどうやら直したが、はじめは軽微だと思った機関部の情況はその後ますます被害が増大し、右舷罐全部に浸水し、さらに左舷にもおよび、八罐のうち最後には二罐のみとなった。機械も四室四軸のうち、一軸十八ノットとなった。

至近弾の威力は水線下で思わぬ被害をあたえるものだ。

奇妙な戦場心理

こうして、どうやら航海をつづけているうちに十二時十分ごろ、B17三機があらわれた。大きく悠々と上空高くを旋回している。筑摩では相手にとって不足らしい。しゃくにさわるが、主砲も高角砲も届かない。そのうちにとうとうまた本艦に向かってきた。

「爆弾投下」と、またまた鷲尾少尉が叫ぶ。もう爆弾はたくさんだ。航海長の得意の回避運動をおこなった。爆弾ははるか左の前方に落ちた。彼らもまた罐室外鈑の白波にだまされて、速力判断を誤ったらしい。

これでほっとした。どうも戦場心理というものは、張り切って敵に対して奮戦しているときは命も何も考える暇がないのか、ちっとも恐くないが、帰途について、どうやら今度も助かったかと思うと、案外臆病になるものだ。このB17の爆撃がいちばん恐ろしかった。これはまたたくさんの爆弾を持っているので、これに捉えられたら大変だ。

やれやれと思う間もなく、またまた飛行機があらわれた。総員配置につけて射撃準備を完成して待ったが、どうも行動が変だ。よくよく見れば味方機だ。単機帰途を失って、筑摩を発見してやって来たらしい。空中戦闘で弾をくっているのかもしれない。

味方母艦の方向に艦首を向け、探照灯を向けて示したが、ついに燃料が尽きたのであろう。駆逐艦の側に着水した。駆逐艦はすぐ搭乗員を救助した。彼我の飛行機が広い海域で入り乱れて戦う海戦では、こうしたことはたびたびある。

この日、筑摩の二号機も福岡飛曹長が乗って黎明前に遠く南方に索敵に出て任務を終わり、無事本艦上空に帰ったが、このとき、筑摩は戦闘まさにたけなわで、とうてい艦を停止して飛行機を揚げる暇はない。そこで味方基地に回航を命令した。この飛行機は後日、ショートランド基地をへて無事トラックへ帰っていた。

十月二十六日の太陽が西に沈み、多難の一日が暮れた。多くの戦友を失った、もっとも悲惨な一日であった。

明くる二十七日の午後四時には、後甲板で戦没者の水葬をおごそかにおこなった。乗組員のうちにお経を読むものがあって、仮の衣をつけてお経をあげ、ラッパで「海行かば」を吹奏しつつ、毛布につつまれた英霊は教練用の砲弾を抱いて千尋《ちひろ》の海に沈んでいく。

総員敬礼して、悲しい別れをつげた。

声にこそ出さないが、みな必らず仇をとってやるぞと心に誓った。花輪やお供物に飾られて会葬者が長蛇の列をなす葬式もあれば、南海の果てに一片の花もなく、ただ戦友に送られて荒狂う千尋の海底に去っていく葬式もある。私はむしろ、後者を船乗りにふさわしい最期だと思った。この水葬の地点は南緯零度三〇分、東経一五九度八分であった。

戦死は、副長の広瀬中佐以下准士官以上五九名中一三名、下士官兵では兵科五〇八名中一二八名、飛行科一三名中五名、整備科三八名中一三名、機関科二五〇名中二名、工作科二七名中戦死なし、看護科六名中一名、主計科三六名中二名であった。合計八八三名中一五一名の戦死を出したのである（注：人員数、原文ママ）。

このほか重軽傷もほとんど同数に達し、軍医長村田春造軍医少佐は少ない看護科員を督励し、乗艦中の橋本歯科医の助力もえて、不眠不休の手当をつくした。艦長のすぐ後ろで倒れた小川少尉は、重傷のまま治療室に運ばれ手術を受けたが、拳大の弾片が背部よりつらぬいて腹部にとどまり、二十七日黎明、ついに不帰の客となった。小川少尉の受けた弾片は、ちょうど艦長に向かっていたかもしれない。若い命が私の身替りとなったかと思えば、悲しみに堪えない。

この戦闘で私は顔面、首などにかすり傷を受けたほか、両方の耳の鼓膜を破り、あとで中耳炎をわずらって一時聴力がなくなったが、いまはどうやら回復した。

筑摩はその後、敵潜水艦にもあわず、十月二十九日午前九時三十八分、無事トラックに入港した。

筑摩は母艦の身代わりに

この南太平洋海戦では、その後、一航戦、二航戦の味方飛行機は反復して敵を攻撃し、水上部隊も全軍敵にまわり、敵空母ホーネットを撃沈し、エンタープライズに大被害をあたえ、戦艦サウスダコタ、巡洋艦サンジュアンにも損傷をくわえた。

味方は筑摩のほか翔鶴、瑞鳳に被害があったが、沈没した艦は皆無であった。飛行機は米側一四八機を失い、わが方は自爆六九、不時着水二三機であった。

この戦闘では、南雲部隊の作戦よろしきを得て、二十六日午前零時五十分、母艦群はいち早く北に反転し、前衛がおくれて反転したため、母艦群に向かった敵の攻撃機隊がそこにちょうど前衛を発見し、そのいちばん先頭の筑摩が攻撃の的となったのである。筑摩は母艦の身代わりとなり、これがために味方の作戦を有利にみちびき得たのである。これを思えば、戦没の英霊ももって瞑すべしである。

また、筑摩がこうした多数飛行機の集中攻撃を受けながら、善戦よく艦の運命を全うしえたことは、乗組員の平素の訓練がよくできていたことと、一同がよく心を一にして見事に戦った結果にほかならない。

筑摩は就役いらい連続三ヵ年、艦隊の訓練にしたがい、乗員の素質のよいうえに訓練がじつによくできていた。

私は五代目の艦長として着任してから一年二ヵ月、乗組員とはこれまで多くの戦闘に生死をともにし、まったく気合が一致していた。

これが激しい戦場でものをいって、艦の運命を救い得たのであって、まったく乗員一同のおかげであると、いまもなお感謝している。

夜戦の雄「衣笠」ソロモン海に没す

元「衣笠」乗組・海軍上等機関兵曹　村上兵一郎

大成功の殴り込み夜襲

米軍がガダルカナル島に上陸し、日本海軍がつくった飛行場を占領していらい、この波静かな南の海に空にそして陸上にと、熾烈な攻防戦が始まった。

戦局からみて、わが方はすでに空母を数隻失っていたので、不沈空母としてのガ島飛行場の重要性は大きかった。いかなる犠牲をはらってもこれを奪取せねば、とわが艦隊はもっとも危険な海域を行動していたのである。

衣笠《きぬがさ》における私の戦闘配置は、機関科電気部伝令員（兵長）で、後部の配電盤室が電気部

村上兵一郎兵曹

指揮所であった。指揮官は分隊長の館太機関特務中尉で、分隊の先任下士官西村上機曹と兵長の私の三名の配置である。前部および後部発電機と舵取機械室にたいし、機関科指揮所から高声電話器で号令を伝達するのが、私の任務であった。

基地の島影に夜のとばりが降りるころ、艦内の居住区（中甲板）には柔道畳がしきつめられ、当直非番の者がごろ寝をしている。腰につけた防毒マスクの袋がじゃまだった。しかし、とにかく寝ておかねばならない。やがて一等兵が機械室から次直の班を起こしにくる。

「当直時間になりました」

四時間の勤務である。中甲板からラッタルを降りて、発電機室へむかう。そのとなりが配電盤室である。

「ありがとうございました。当直交替いたします」

敬礼し、申し送りをきいてから交替する。出撃は二三〇〇（午後十一時）の予定である。罐は全罐で、発電機は三台並列運転中である。そのためか発電機室内の音が高くなっている。主砲を旋回するためだろうか、発電機のタービンの音がうなりをあげている。しかし、配電盤室のドアをしめると静かになる。

緊張して航海当直についていると、分隊長がやってきた。出撃作戦の話でもするのか、と思っていると、「きみたちは、チャールストンダンスを知っているか」と、くだけた調子で声をかける。われわれの緊張をほぐすためなのであろう。そんな分隊長の顔がほんのりと赤い。士官室で軽く一杯ひっかけてきたにちがいない。

室内は禁煙なのだが、分隊長はタバコに火をつけると、われわれにもすすめる。艦にスクリューの震動が伝わってくる。いよいよ出撃だ。

ときどき、罐室からの蒸気にドレン水がまじる。すると発電機の回転数がさがって、電圧計の針にあらわれる。その電圧を抵抗器のハンドル操作によって、二二〇ボルトに調整するのが、当直下士官の仕事である。

やがて、艦は第五戦速に増速した。拡声器からのラッパの音とともに、「戦闘配置につけ」「戦闘用意」と号令が流れる。

電圧計および電流計の針が大きくゆれる。分隊長は防暑服姿を軍刀でささえて仁王立ちになりながら、ならんでいる計器をにらんでいる。機械室に陣どる機関科の将校に、はたして軍刀が必要だろうか、とふと思ったりする。分隊長はりっぱな体格の持主で、とくに声が大きかった。

「機関科指揮所に、電気部戦闘用意よし」

私は復唱して電話器をとるので、おなじことを二回いうことになる。ときには両耳で二台の受話器をとることもある。やがて拡声器から、

「戦闘情報知らす。ただいまツラギの沖、わが艦隊は一列縦陣にて、突撃中。右砲戦、魚雷戦」

思わず胸がおどり、ぐっと両足をふみしめる。艦腹にとじこめられたわれわれ機関兵には、海上のようすは皆目わからない。しかし、戦闘時の緊張した空気はそのままわれわれにも伝

わり、自然に闘志がわいてくる。

主砲が火をふいたらしく、実弾射撃のショックが身につたわってくる。右砲戦のため、艦が主砲を射つたびに左にかたむく。艦全体ものすごい震動である。各機関部には異状はないらしい。艦隊訓練できたえられた夜襲作戦なのである。

そうして、いっときが過ぎた——。電流量が少なくなったところをみると、艦砲射撃は中止されたらしい。各部署から「異状なし」の電話がはいり、それを分隊長に報告する。ほどなく、「戦闘準備要具おさめ」の声がスピーカーからひびいた。

「一号発電機停止、航海当直になおせ。よしよし、戦果があがったぞ」

満足そうに分隊長がいって、上にあがっていった。私は当直を終えると上甲板に出てみた。ちょうど夜が明けようとしている。海原の朝風は涼しく、白いスクリューの跡が長く帯をひいている。古鷹が後続しているのが見えた。

一番艦の信号灯がマストの上に点滅し、まるで星が話しかけているようだ。三番砲塔の砲身を見ておどろいた。連続射撃のためなのであろう、砲身が熱で焼け、ネズミ色の塗料がはげおち、下ぬりの赤色がむき出しになっている。その真っ赤な長い砲身は、なんとも異様な眺めだった。

魚雷発射管には、弾片よけの太いロープが天上から吊るされている。太い魚雷が一本もなくなっている。夜戦で全部が放たれたのであろう。さっそく、二分隊の水兵員に夜戦のようすをきいてみた。

──ツラギの入口にある小島（サボ島）ちかくで、敵の水雷艇が味方とあやまって接近してきたので、一二センチ砲一発で吹きとばした。また、わずか数秒間照射された探照灯に、湾内の敵の大型輸送船や艦艇が映し出され、それをめがけて、衣笠の魚雷が放たれた。と、みるまに雷跡の消えるかなたに、敵艦船が二つに折れて沈むのが見えた。

海と空は、ふきあげる炎で真っ赤に染まっていた。それは、じつに美しい仕掛け花火を見るようだった。わがほうは、一列縦陣をくずすことなく最大戦速でひきあげた。殴り込み夜戦は成功し、「やったやった」と戦果をよろこびあった──。

そんなことを、まるで水兵員だけで戦果をあげたように自慢そうに語った。これが昭和十七年八月八日の第一次ソロモン海戦であった。

浸水で停止した発電機

さて、成功裏に基地にひきあげたものの、それからは毎日のように敵機が飛来した。そして、わが艦隊の行動を見まもり、昼といわず夜といわず上空高くを飛びまわり、攻撃こそはしないものの、ダニのようにくっついてはなれない。

さすがに対空見張りにはさほど緊張しなくなったが、爆音が聞こえると敵か味方かと神経をとがらせ、精神的にすっかりまいってしまった。また空襲があると、食事中といってもおかまいなしで、一日に数回は機械室にもぐらねばならない。そして、そんな不利な状況下に、衣笠の運命を決する時を迎えるのである。

夜間に単艦で、ふたたびガ島沖へ出撃する前日の夕方のことであった。当直者だけをのこして、各分隊の兵員室では、アルコールが入って大いに気炎をあげていた。

そのとき、中甲板を艦首のほうから艦長（沢大佐）が、従兵をしたがえてやってきた。着物姿で、上半身ハダカである。各分隊ごとに飲みにまわっているのだという。こんなことは、いままで一度もなかったことである。いや、艦長が中甲板を通ることだって、めったにない。

各分隊とも艦長の手をとらんばかりにして、「私の分隊にきてください」とひっぱってきては、一杯の酒をくみかわす。兵員室は暑さと酒のにおいで、ムンムンしていた。従兵が艦長の背中の汗をふき、うちわであおぐ。上機嫌な艦長は大声で歌をうたう。

われわれの分隊にきたときは、「ここは電気屋か、発電機はしっかり頼むぞ。電気がなくては、目が見えんのとおなじだからな」と豪快に笑い声を発しながら、つぎの分隊へむかった。この盃が何を意味するのか、兵隊たちは知らなかった。

やがて酒盛りはおわり、夜半、衣笠は静かに出撃していった。上甲板に出てみると、戦闘旗が後部マストにたなびき、巨大な煙突からかげろうのように空気が動いて見える。

水兵員の服装も勇ましかった。日の丸のハチ巻きに地下タビ、腰に防毒マスクというい でたちである。なかには、白い布でたすきをかけた砲塔員もいる。

用たしもおわり、上甲板のハッチがしめられた。艦は増速していく。やがて最大戦速になる。艦の震動が体につたわってくる。

機関部はフル回転である。操舵する艦長から艦底の兵員まで、一丸となっての単艦突撃である。その目的や作戦内容はわれわれ兵員にはわからないが、うわさによると、座礁した戦艦を曳航するらしい。いずれにしろ敵中にとびこむことには変わりはない。

夜どおし走りつづけた。艦速がさがったころ戦闘配置がとかれた。そのあと梅ぼし入りのおにぎりが配給された。

夜明け方、後甲板に上がってみる。きょうも南海の空は晴れ、良い天気だろうと思っていると、とつぜん、「空襲、戦闘配置につけ」が令される。

いつもなら、まず、「空襲警報、対空関係員配置につけ」とくるのだが、このときはあまりにも急であった。

中甲板にいた者は、いったん上甲板に上がって空を見上げる。雲ひとつない明け方の青空に、くるわくるわ、きらきら光る敵機の大編隊が見える。

中甲板におりるラッタルは、まず高角砲員が優先である。一度に入口にあつまり、機関兵たちは機械室にとびこむようにして配置につく。分隊長もおりてくる。ここまでは、いつものとおりである。

「電気部、戦闘配置よし」と機関科指揮所（右舷主機械室）に報告する。と、数分もしないうちに二五ミリ機関砲のはげしい音がこだまし合う。海が見えない機関兵でも、敵機が低空で突っこんでくるぐらいはわかる。

二〇センチ主砲、一二センチ高角砲、一三ミリ機銃と、本艦のすべての砲火が敵機に指向して、火をふいている。その耳をつんざくばかりのものすごい音。かたむくのは、避弾のた

古鷹の改良型で青葉の姉妹艦「衣笠」。前後3砲塔、後部射出機など配置がわかる

めのジグザグ運動をとっているからであろう。

その緊張した空気のなかで、かつて体験したことのない地震のような艦体のショックを感じた。爆弾が命中したにちがいない。分隊長がすかさず、

「各機関、異状はないか」。

私は電話器をとった。

「後部発電機、異状はないか」

返事がない。何をしているのだろう。しばらくして、となりの発電機室から、

「発電機室浸水はなはだしく、発電機がとまる」

との返答があった。

電灯はついているが、電圧がどんどん下がっていく。やがて薄暗くなって、電池の光だけになる。気のせいか、分隊長の顔が青い。先任下士官はおちついて電圧・電流計をにらんでいる。アース灯はついたままである。どこかで電路が切断されているのだ。ふたたび、後部発電機室から伝声管で大きな声がひびいた。

「発電機、海水のため運転不能、蒸気の噴出はない。電話器も不通」

発電機が完全にとまったので、配電盤室との防水ドアがひらいたのであろう。海水が配電盤室に流れこんだとしたら、さてどうしたものか。腰のあたりまで水にひたされてしまう。

上甲板に展開する惨状

電灯が消えて暗くなった室内で、うす暗い電池の光だけがどす黒い海水を照らしている。一等兵がざぶざぶと水をかきわけて歩いてくる。分隊長は、と思ってふりむくと、タバコを取り出し無言で各兵隊にくばっている。

「一応、この部屋を脱出して、中甲板に出よ」と命令するのかと思ったら、意外におちついている。しかし、マッチはぬれて火がつかない。

さすがに先任下士官は、マッチをビームの上にのせておいたので、これが役に立った。一本のマッチの光に映し出された顔と顔。いずれも凝然として声がない。ついに分隊長が口をひらいた。

「佐久間艇長の心境だね」

なんという、死をおそれない海軍魂であろう。われわれ五名はいうべき言葉がない。しかし、どうしたらいいのだろう。バケツの水につけられたネズミとおなじではないか、と考えていると、先任下士官が、

「分隊長、とにかく中甲板まで出れば、何か任務があると思いますが……」

と進言した。

こんな場合、機関兵としては、持ち場をはなれがたいが、こんな暗いところでうごめいていても仕方がない。沈まないまでも、艦がかたむいているのだから、傾斜復原のため、右舷の重量物を左舷に移動する作業だってある。最後まであきらめてはいけないはずだ。

分隊長がうなずいた。すぐに、先任下士官がどなる。

「若い者から先に上がれ」

なんとか、本艦の沈没を阻止しなければならない。そう決意しながら中甲板の通路に出ると、上甲板を走る伝令員のパイプ（号笛）が鳴り、つづいて、

「各分隊、上甲板に整列、戦死者を確認せよ」

思ったより被害は大きい。油まじりの海水でよごれた機関兵たちが、ぞろぞろと上甲板に上がっていく。空気がうまい。すばらしく晴れわたった朝だった。

いまだに爆音がきこえるのは、まだ二、三機が上空を旋回しているからだ。沈没を確認しようとしているのか。対空射撃のやんだ空には、放たれた砲弾の弾幕がそばかすのように多数浮かんでいる。それは、対空戦闘のすさまじさを物語っていた。

甲板が二十度ほど斜めにかたむいている。その上を腰をかがめて歩いた。白い事業服に「必勝」のハチ巻きをした水兵員がうずくまっている。足をやられて歩けないのだろうと思い、仰向けに寝かせてやろうとすると、胃の部分の肉がえぐられて食べたばかりの米ツブが赤く流れ出している。ショックであった。さすがに足もとがガタガタとふるえた。

高角砲指揮官のある兵曹長は空をにらみ、「米機のやつ」とぶつぶつ呟きながら、かたむいて歩きにくい甲板上を行ったり来たりしている。茫然として、なすすべを知らないのだ。リノリウムの甲板は血のかたまりですべりやすくなっている。高鳴る胸の動悸をおさえて、同年兵の戦死者はいないか探しまわった。死体は兵員浴室にはこぶように聞いていた。弾片よけのハンモックやノレンのように吊るされたロープ、それに柔道用マットなどは、血だらけである。高角砲の薬莢が山ところがっている。二五ミリ機関砲の射手は、バンドで銃座にしばられたままうつむいている。やはり戦死したのだろう。

デリックのある飛行甲板では、マストから大きな戦闘旗がおろされ、火をつけられている。そのようすを見まもる兵隊たちは、男泣きのゆがんだ顔で敬礼している。あげた右手で涙をぬぐうこともせずに、じっと燃える軍艦旗を見つめている。

衣笠艦長・沢正雄大佐

目下のところ、衣笠が海中に沈むまでは半時間かかるということだが、傾斜はさっきより大きくなったようだ。艦橋で指揮をとっていた艦長以下の各将校は、艦橋とともに吹きとんで戦死していた。今後の指揮は掌運用長（兵曹長）がとるという。

やがて、退避命令が出された。

「いまから乗員は本艦をすてて海上に泳ぐ。運を天にまかせて、本艦が海中に沈むときは大量の海水が二本の煙突から吸いこまれるから、少なくとも五百メートルほどはなれて泳げ」と忠告をうける。三十分は沈まないというのに、気の早い者は、高いほうの甲板（かたむいている）から、海中めがけて飛び込みはじめた。私もそうしなければならない。

先輩がいうには、服、帽子、靴など、身につけるものはいっさい付けて、また、靴は脱げないように、ヒモでくくって飛び込んだほうがいい、という。また、フカが出るかもしれないから、血の出ている者には近づくな、ともいわれた。負傷した者を助けろというのならわかるが、見殺しにせよとは何ということか。海上の戦いとは、刻々、死に近づく残酷なものである。

残された戦友に敬礼！

私は、足もとから垂直に海中に飛びこんだ。ズボッとはまった体は、どんどん海中深くにひきこまれていくようだった。海中で眼をあけてみたが、海面がどの方向かわからない。ようやく、光の射すほの明るい方向へむけて、もがきながら上昇していった。海面に顔をのぞかせて空気を吸ったときには、さすがにホッとした。海水がハダにつたわってきたが、冷たいというほどでもない。まわりには泳いでいる者の顔だけが見える。

「よう、大丈夫か」たがいに声をかけ合う。集団で泳げといっても、目的の陸地があるわけではない。だれかが「軍歌をうたえ」といったが、口をあけると海水をのみこみそうになる。大きなうねりで、そのたびに兵隊の頭が波間にかくれたりあらわれたりする。あちらに十名、こちらに五名と、てんでに散らばっているが、浮きになるようなものは何ひとつ見えない。

見上げる空はずいぶん高く感じられた。飛び去ったと思っていた敵機が海面すれすれに、執拗に銃撃をしかけてくる。一難去ってまた一難である。兵隊たちはあわてて海中にもぐって避難する。放っておいても、やがては体力がつきて落伍するものを、憎らしいやつらである。やがて勝ちほこった大わしは、戦果をよろこぶかのように爆音をのこして飛び去っていった。ふたたび襲ってくるかもしれない、と思ったが、もうどうにでもなれ、といった居《い》なおった気持のほうがつよかった。

うねりの谷間にはいると、みんなの姿が見えなくなった。手の皮が白くふやけて、シワがよっている。しかし、ふしぎと空腹感はなかった。泳いでいる仲間のなかに、われわれが四大節のときに奉拝する大元帥陛下の御真影の額を、しっかりと白いたすきがけにしばりつけている者を見た。おそれ多いきわみである。

ふりかえると、わが衣笠は、かつての勇姿はどこへやら、後甲板が海水につかって煙突の大きな孔が見えている。その煙突から海水をのみこめば、艦の沈没は急速に早まるであろう。われわれも同様に、各自の体力がつきて海水をのみこみ、「海ゆかば」の歌にあるように「水漬くかばね」と果てるであろう。

このまま時間が経って夜を迎えたときは、どんなであろう。明るいときは、孤独感におそわれることはない。しかし、夜になったら……、夜の海はどんなであろう。

しかも、数名の集団である。もう顔を見合わせても、何のことばも出ない。いや、しゃべることがないのである。みな、平気そうな顔つきをしているが、流れ出た重油がこびりついて、おかしなツラをしている者もいる。が、とうてい笑う気にもなれない。
二、三日は泳ぐこともできるであろう。そのためには、あまりもがいて体力を消耗しないことだ。しかし、フンドシひとつとちがって、服を着たままである。泳ぎやすいとはいえなかった。
海面すれすれに浮いているので、口をうまく動かすことはできないが、近くの者たちから、フロート付きの水上偵察機が飛んでいるのを見た、と教えられる。元気づけのデマと思っていても、たがいに顔を見合わせながら、うわさはつぎつぎに伝わっていく。しかし、上空を見上げても何ひとつ見えない。海中に投げだされて二時間もすぎたというのに、衣笠はいぜん、くすぶりつづけている。むろん、甲板に人影はない。

そのときである。水平線のかなたに艦影がみとめられた。駆逐艦である。敵か味方かわからないが、前のマストに吹き流しをつけている。こちらに向かって全速力で近づいてくるのは、その艦首の白い波のようすでわかった。

近づくにしたがって、艦腹にカナ文字で「イカヅチ」と読める。甲板には、ロープを用意した兵が立っていた。やがて駆逐艦は速力をおとした。ロープが投げられる。そして、われわれを一人ずつひきあげにかかる。一人がつかまるとロープをひきあげる。その取りあつかいの無茶なことといったらない。艦を上がりかけて負傷する者、打撲してふたたび海に落ちる者など、さまざまである。艦長がメガホンでどなっている。助けるほうも助けられるほうも、必死である。

先に助けられた者は手伝ってロープをもつが、腰の力がはいらない。まだ残っている者はいないか。しかし、一人だけはなれて浮いていたりすると、わざわざ近づいて助けてはくれない。艦は微速で航走したままなのだ。ある者は助かった気のゆるみからか、甲板に長々と横たわっている。そのとき艦長の号令がひびいた。

「前進原速」

とたんに寝そべっていた兵隊が、ムックリと起きあがり、

「まだ残っているはずだ。もう一度、海面をまわってもらいたい」

と駆逐艦の乗員に懇願する。見れば、まだ海面にはぽつぽつと頭が点在しているではないか。かれらを残していけるか、と腹立ちを感ずるが、敵中である。

艦は増速をはじめた。スクリューのあたりに、大きな白い渦がわきあがって、前進しだした。後甲板で見張りに立つわれわれは、残されたかもしれない戦友にたいして敬礼をする。誰が号令をかけるということなしに、自然に右手が上がって戦友にわかれを告げたのである。

そのとき、わが衣笠は艦首の菊の御紋章を天にむけ、ものすごい水柱とともに、垂直になって海中に没していった。本艦にたいして敬礼。ああ、軍艦衣笠が海底のねむりについたのだ。助かったという喜びよりも、艦をうしない友とわかれる悲しみのほうがつよかった。こみあげる悲哀をこらえながら、敬礼したまま、いつまでも立ちつくしていた。

さて、われに返ると、無性にタバコが吸いたかった。駆逐艦の乗員にもらったのであろう、

五、六人がまわし吸いをして、煙を吐いている。さすがに古参兵でも、自分だけという気になれないらしく、若い者にもまわしている。ともに戦い、おなじ苦難を味わった仲間なのだから、当然であろう。

しかし、それからが大変であった。駆逐艦の兵員に邪魔になるとか、よごすなとかいって怒鳴られ、食事も乾パンだけで、水も飲ませてくれない。まったく邪魔者あつかいである。腹が立ったが、助けられた恩人にぐちをいうわけにもいかず、そこはぐっとこらえて、

「いまに見ておれ、艦長のアダはとってやる」

と胸に熱いものがこみ上げてくる。そうやって義憤のつばをのみこむのは、私ひとりだけではなかったはずである。

後甲板にごろ寝して、艦の震動を感じながら基地にむかう。艦を失った敗残兵の一団の姿が、そこにあった。

なお、衣笠が沈んだのは昭和十七年十一月十四日午前九時すぎ、第三次ソロモン海戦の帰途、敵機の空襲の被害によるものであった。

五戦隊「羽黒」ブーゲンビル島沖夜戦

当時「羽黒」信管手・海軍二等兵曹　井上司朗

眠気をさます敵哨戒機の爆撃

ドドドーン、ガックンガックン。

戦闘配置についたまま座りこんで仮眠をとっていた私は、いままで経験したことのない、ドドドーンと身体にひびく爆弾か砲弾の直撃らしい大きな音と、二〇センチ砲の巨大な砲身のこれまた経験したことのない、ガックンガックンといった揺れに、愕然としてとびおきた。

砲室内の戦友の顔をさだかに見るひまさえない。まったくハッと息をのんでとびおきた直後には、砲室内の薄暗い電灯が消えて真っ暗闇となっていた。大きく取舵《とりかじ》をとったのか、私

井上司朗二等兵曹

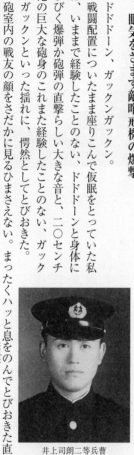

妙高型３番艦「羽黒」。艦首から艦尾へのラインなど力強くスマートな形状である

の身体はぐぐうっと右へ倒れそうになる。

　数秒後、予備回路に切りかえて電灯がつくまで、声も出ないといった砲室内であった。誰かがさけび、私もわめいたかもしれないが、すべてが真空のように感じられる一瞬であった。艦は最大戦速の三十ノットに速力を増したのか、胴ぶるいしながら進んでいる。

「ただいまのは、敵哨戒機による爆撃、右八〇度、二〇〇メートルの至近弾、損害なし」

　砲塔伝令の伝達で、砲塔内の緊張がホッとほぐれる。午後十一時二十四分であった。

　昭和十八年十月、私の乗った重巡羽黒《はぐろ》は、南西太平洋作戦に従事、ニューギニア北東、南緯五度にあるニューブリテン島のラバウル港を根拠地としていた。
　その昭和十八年のこの日——すなわち十一月一日のラバウル基地のアンテナに、敵進攻の情報が入ってきた。

午前二時、敵輸送船三十隻以上が、ブーゲンビル島西岸タロキナ付近にあらわれ、米軍上陸開始、同岬付近を占領。同日午後零時三十分には、同タロキナ付近のガゼル湾に敵輸送船三十一隻がいて揚陸中。つづいて、午後一時四十分には、敵巡洋艦四隻、駆逐艦二隻が、ムッピナの一八五度、三十海里を、二十ノットで北上中といった情報である。

これら、ぞくぞくと入ってくる情報を総合しての出撃であった。

十一月一日午後二時三十分のラバウル出撃を前にして、羽黒艦長・魚住次策大佐は、第二艦隊に属する第五戦隊二番艦である重巡洋艦羽黒の乗組員全員に、艦内放送をつうじて次のように訓示した。

「本艦は、ただいまよりブーゲンビル島タロキナ付近の敵揚陸部隊およびその支援敵艦艇攻撃のために出撃する。敵艦艇は戦艦二隻、重巡十数隻、駆逐艦二十数隻の大部隊である。わが艦は僚艦妙高とともに、この敵艦艇への夜襲を決行する。軍歌にあるごとく『たとえ敵艦多くとも、何恐れんや義勇の士』である各員は、『鍛《きた》え鍛えし』技量と大和魂をもって、敵撃沈を期すべきである」

この訓示を聞いた私は、いよいよ今夜こそ死を覚悟せねばなるまいと思った。

出撃する味方は、第五戦隊の妙高、羽黒の重巡二隻に、軽巡川内《せんだい》のひきいる第三水雷戦隊の駆逐艦三隻と、軽巡阿賀野《あがの》にしたがう第十水雷戦隊の駆逐艦三隻、ただこれだけである。それにひきかえ、敵は戦艦二隻、重巡十数隻、駆逐艦は二十数隻という。

これではとうてい勝ち味はない。いよいよダメか、来るべきものがついにやってきたと、言葉にでない言葉で自分にいいきかせた。この思いを、ああやはりと納得させるかのように、午後七時、夜食に日ごろは艦内で口にされない甘い甘いぜんざいが出された。つね日ごろは全然気がつかないところにある、かたく閉ざされた食品庫の錠もすべてはずされ、これまたいつ沈んでもよいといった格好である。

さて、午後二時三十分の出航後、「合戦準備夜戦にそなえ」の号令とともに、一番砲塔の砲室である戦闘配置についたまま、三時間半をすぎたところへの敵の急襲であり、ドドドーン、ガックンガックンだったので、全員声も出ないくらい驚いたのだった。

気持のうえでは、生死についてすでに割り切ったつもりであっても、じっさいに敵の攻撃をうけるとなると、そう平常心ではおられない。まして、このときは三時間半も戦闘配置についたままでの待機中であり、仮眠中の不意打ちの出来事だった。

このおどろきは、私にとってめざましと戦闘意欲をかきたてる役目を果たした。

恐るべき六発の命中弾

戦闘配置につきながら、たとえその状態が三時間半にわたろうと、居眠りをするなどもってのほかのことであるが、昨夜の疲れも手伝って砲室員の全員が仮眠していたのだった。

昨夜、すなわち昭和十八年十月三十一日夜、ブーゲンビル島南方のモノ島に敵大輸送船団があらわれたという情報を得て、第五戦隊の妙高、羽黒の重巡と、川内を旗艦とする第三水雷戦隊はニューブリテン島ラバウルを出港、ものすごいスコールのなかでモノ島付近を索敵行動したのだった。

しかし、その苦労のかいもなく、敵と遭遇できなかったのである。

こうして、昨夜一晩はほとんどうつらうつらの夜を明かしたのだった。前進基地のラバウルに夜明けまでに引きかえさねば、敵に制空権をにぎられているブーゲンビル島付近の海域での重巡部隊は、敵空母部隊の爆撃機や雷撃機のエジキになるばかりであった。

全艦どの配置の兵も、その疲れ方はおなじであるが、とくに私たち前部第一分隊は、出入港時の錨作業、航行中の見張りというように仕事が多く、戦闘配置についたときから二〇センチの主砲を撃ちだすまでの、わずかな時間に仮眠ができるだけであった。

不眠の索敵行が一晩中つづいたのであった。そして、その翌日の、ひきつづいての出撃であった。

専門の見張員も、こんな状況下での今夜だったので、艦橋やトップと呼ばれるメインマスト上での、眼をしばたたかせながらの対潜水艦見張りだったろうし、索敵見張りであったろう。

闇夜で、しかも南太平洋の季節としては乾期にあたるのに、めずらしく雲が低いという気象状況でもあった。疲労によるぼかされた思考力では、悪天候のなかで、まさか後上方から敵機の襲撃を受けるなど、思いもおよばなかったのだ。

そのうえ、艦はブーゲンビル島へ急行して敵と砲戦をまじえ、翌朝まではラバウルへ引きかえさねばならなかった。だから、普通航海では経済速度十八ノットなのに、今夜の羽黒は三十ノットの最大戦速で、うねりに突っ込むようにして波を真っ二つに割って突きすすんでいた。敵の魚雷攻撃を警戒してのジグザグ航行をしていなかったのである。

疲れた見張員、空襲不可能と思われる雲の低さ、直行せねばならない戦況と、三つもの悪条件がそろったのだった。この悪条件を背負って直進する羽黒は、その夜光虫で青白く光る航跡を追尾した、敵哨戒機のコンソリデーテッド一機から爆弾を投下されたのである。

じつは、この被爆の前、午後七時四十五分と八時五十三分の二回にわたって、羽黒の左斜め前を航行していた軽巡川内が、この哨戒機の攻撃をうけている。したがって敵哨戒機がわが攻撃隊に触接していることはわかっていた。

しかし、その後、攻撃をうけない二時間半が経過していた。この二時間半の時間の経過と、その間における敵艦隊のみへの注意の集中が、頭の上の敵への警戒心をにぶらせていたのであろう。

艦橋の艦長が機雷に触雷したとカンちがいするほど、艦橋員や見張員のただ一人も気づかぬ敵哨戒機の隠密爆撃だったのである。

油断をさそいだす悪条件の重なりであった。この私たちを仰天させた敵機の至近弾で、羽黒はガックンガックンの大振動をおこし、そのため艦の推力軸受けは亀裂を生じ、全速航行不能となって、以後、二十ノット以上の速力が出なくなっていたことは、後でわかったことである。

その十五、六分後、すなわち、十一月一日午後十一時四十五分ごろ、妙高、羽黒から発進していた水上偵察機から、相ついで敵発見の通報があった。そして、その偵察機が落としたと思われる吊光弾の光を、艦橋では南東にみとめた。

二日午前零時四十五分、羽黒の左側を走っている第三水雷戦隊の軽巡川内と駆逐艦時雨《しぐれ》が、距離一万メートルに敵を発見する。

敵状が矢つぎばやに艦内に伝えられはじめる。いよいよ砲戦開始の機がちかづく。

「合戦準備夜戦にそなえ」「左砲戦、左魚雷戦」

全速の機関音と砲塔の旋回音のあいだをぬって、伝令の声が砲室内にひびく。午前零時四十九分であった。

胴ぶるいしながら、わずかに取舵をとり、敵に艦の向きをかえようとした、そのときであった。羽黒の左舷に敵一五センチ砲弾六発が、ズズズーンと命中したのである。私は、武者ぶるいしながらしゃにむに敵に突っ込んでいく羽黒の、機関やスクリューのリズムとちがった衝撃とまでいえない、かすかな何ものかを身体で感じた。

「二番砲塔弾庫、敵弾命中」

「二番砲塔注水用意、二番砲塔弾庫員、火薬庫員退避用意」

私の配置である一番砲塔のすぐとなりの二番弾庫に敵弾命中である。一番弾庫からなんとなくキナ臭いにおいが、私のいる砲室へあがってきたように感ずる。

「一番弾庫員は、二番弾庫の状況を知らせ」一番砲塔長の中島予備中尉が、私のうしろで叫ぶ。日ごろ、温和な砲塔長の声と思えぬほどのきりりとした声である。

伝令がすぐ伝声管に口をよせ、それを弾庫につたえる。一瞬、砲室内は艦の胴ぶるいの音だけとなる。カーン、カーンとハンマーで、マンホールの楔《くさび》をはずす音が弾庫から聞こえてくる。

「弾庫の昇降口がひらかない。水びたしになっているらしい」

すぐ足下の一番弾庫からの報告が、伝声管をつたって聞こえてくる。一番弾庫も二番弾庫も出口の蓋《ふた》をあけると、おなじ最下甲板に出られるのだった。一番弾庫からの報告では、弾庫出口の甲板が水びたしになっているらしい。

「二番弾庫、火薬庫総員、予備揚弾筒を使って砲室に退避せよ」

「二番砲塔弾庫、注水用意、応急員、急ぎ配置につけ」

二番弾庫が誘爆したら、羽黒は一瞬にして轟沈である。弾庫への注水は非常手段である。同年兵の平野は大丈夫だろうか。つぎつぎにいろんな思いが脳裏をよぎる。こんなことを考え、思うのも、私の戦闘配置が夜戦ではひまだったからである。私の戦闘配置は砲室ではあるが、夜戦の、しかも砲戦の場合にはまったくひまで、する仕事は何ひとつなかった。

激戦のさなかの奇妙な孤独

海軍の兵隊は新兵教育を終えると、すぐそれぞれ実施部隊へ転属となる。実施部隊での勤務を三ヵ月から一年もすごした兵隊たちのほとんどは、砲術学校とか水雷学校などといった海軍諸学校へ普通科練習生として入校する。飯炊きを業とする主計科の兵隊であっても、主計学校にいく。この普通科を終えると、章持ちといって、左腕に一重桜の特技章をつけて、また実施部隊に帰ってくる。

海軍の下士官兵のなかで特技章をもたない者は、新兵教育終了直後の者か、普通科不合格者か、わずかな数のそれを希望しない兵隊か、わたしたち師徴《しちょう》現役かであった。

佐世保鎮守府師範学校出身徴募兵、略して「佐徴師」というが、俗に「師徴」と呼ばれていた。この師徴は徴兵検査時の説明では、一年十ヵ月の現役服務で予備役に編入され、帰郷できるということであった。それで、師徴は希望してもこの海軍諸学校には入学できず、したがって、特技章をもてない無章のままの下士官兵なのであった。これら無章の戦闘配置は、特技を必要としない防火や防水などにあたる応急員がいちばん多く、その他、見張り分隊などであった。

私たちは昭和十八年六月にはすでに下士官に任官していたが、技術と熟練を要する水雷、信号分隊などにはその影を見ることはできなかった。

私をふくめたわずかに五人が大砲分隊に配置されたが、知識と技術とを要する砲室ではなく、弾庫火薬庫員であった。火薬庫員は装薬缶の上げ下ろし、弾庫員は砲弾を押し出すていどの仕事であった。装薬缶の重さが約三十キロあり、二〇センチ砲弾ともなると一二〇キロ以上もあった。無章の下士官兵は、これら重量物運搬の足腰さえもっていればよかったのである。

私はこの重量物運搬に適する体力と腕力をもっていた。乗艦後の六ヵ月、私はくる日もくる日も、一番弾庫で早朝、午前、午後、薄暮の一日四回の配置訓練をうけた。せま苦しい弾庫で、ふき出す汗をふきもやらず、拘《こう》弾機で砲弾をつりあげ、つりおろし、押しだすといった、腕力、体力ぎりぎりの肉体労働を強いられていた。

しかし私には、この肉体労働に耐え得る下士官兵の標準型の体型があったし、一晩眠れば疲れは解消といった体力があったので、この肉体労働自体はなんでもなかった。ただ、弾庫の位置は私にとってちょっと気がかりで、居心地のいいものではなかった。

その位置は、上甲板、中甲板、下甲板、最下甲板の下で、いわば軍艦の艦底部であった。まるで穴倉であり、もぐら生活であった。艦が沈みかかろうものなら、絶対に外にはいだせない場所だった。戦闘中は水が入らぬように、それらの甲板の防水蓋にくさびを打ちこんで締めつける。艦が沈めば、艦と運命を共にせねばならず、弾庫壁の分厚い鉄板を爪でかきむしりながら死なねばならない戦闘配置だったのである。

そんな状態の弾庫暮らしが、乗艦後七ヵ月をへて解消されることになった。北太平洋作戦、いわゆるアッツ増援作戦が失敗に終わり、ひさしぶりに母港の佐世保に帰った羽黒に、私の一期後輩である第三期の師徴が乗り組んできたのである。

前部一分隊第一班には、鹿児島師範出身の川原、鬼塚の両上等水兵が配置された。火薬庫欠員補充には鬼塚、私のいた弾庫には川原上水があてられた。私は、彼らから砲室へ突き上げられる形になって、砲室へはいあがることができたのであった。

しかし、ここで砲室に仕事さえ増えねば定員オーバーとなり、私は自然に艦から押し出されて、生命の危険率はぐんと下がるし、毎晩ぐっすり眠れるし、といった極楽浄土の陸上勤務にかわり、天下泰平の海軍生活が送れるはずであった。ところが、そう思うようには問屋がおろさなかった。次期師徴が乗り組んできた昭和十八年七月、羽黒には新式の対空砲弾が新たにつみこまれ、そのため一人分の仕事がふえたのである。これによって私の地上勤務、極楽行きの夢は、まったく吹きとんでしまったのだった。

この対空弾というのは、一見したところ、普通の二〇センチ砲弾とほとんど変わらない。やや弾頭が丸味をおびていて、その弾頭には信管があり、その信管がタイマーによって何秒か後に作動するといった砲弾であった。

この対空弾は動かすと、ごろごろという音がした。信管が作動して砲弾が破裂すると、なかからピンポン玉大の弾丸がとび出し、またまた二重に破裂する仕組みだということであった。

動かせばごろごろと不気味な音をたてる、とりあつかい注意のこの対空弾は、艦載の対空砲弾としては一番効果的なものであった。この対空弾のつみこみによって、弾頭のタイマーをまわす者が必要となり、私の陸上勤務の夢は、あえなくも潰《つい》え去ったのだった。これから、私のこの砲室における信管手《て》の仕事が退艦までつづくことになったのである。

二〇センチ対空弾が、右、左、右とつぎつぎに私の両ももをはさむように送りこまれてくる。その砲弾が、砲身に押しこまれる直前に、右手にもった信管まわしを弾頭の信管にカプ

羽黒の艦首より見た主砲と艦橋構造物

ッと帽子のようにかぶせ、伝令のつたえる発火時間にあわせて、三秒、四秒と秒目盛を切っていくのである。手早くそれを切らないと、つぎの弾が、そして、そのつぎの弾が左右に股をはさむように送られてくる。

砲員長の「装塡《そうてん》」の号令で、砲室員の一番は身体いっぱいを使って大砲の尾栓をあける。二番がハンドルをまわすと弾庫からあがってきた砲弾は前に倒れ、すうっとパンタグラフ式になった運弾板にのせられ、ぱっくり開いた砲尾まで弾がさしだされる。

すかさず三番は、装塡杖《そうてんじょう》をガラガラとくり出して弾を砲身に押しこむ。このあと、火薬庫からあがってきた装薬と呼ばれる爆薬を五番から受けとった四番は、砲身のなかへ二個つづけて押しこむ。ここで一番は尾栓をしめ、「よし」と大声でさけぶ。砲は、油圧で敵にむかって仰角をかけ、発射の位置につく。

この間、約十秒足らずである。信管手である私は、その二番と三番のあいだで左右の砲にむかって出てくる対空弾の信管を、命令どおりの時間にあわせて切る。じつに忙しい。眼がまわるといったものではなく、たったいま回した日盛りが何秒だったか忘れるほどの目まぐるしさであった。

しかし、私の戦闘配置のこの目まぐるしさも、昼戦、それも対空戦のときだけであった。それで、今夜のような夜戦のさいは、まったくの手持ちぶたさであった。

戦闘中の配置としては、これが一番いけないのである。他の者は、目の前の任務をただ一途に果たしていればよいのにくらべ、砲室のなかで私だけがただ一人とりのこされていたのである。一人ひとりの動きが見られ、一人ひとりの顔の表情まで見られる。

伝令の口早な命令伝達、大砲の気ぜわしい動き、弾火薬庫からのわめき声と、すべてを見、聞きする立場におかれたのである。こうして、夜戦のはじめから終わりまで、ただ一人、砲室の真ん中に突っ立ち、戦闘のようすを考え、生死を思い、ひやひやする時間を持つことになるのである。

艦長、副長でさえも持っていないひまを私は戦闘の真っ最中に持ち、そのためかえって死の恐怖におののくのである。

砲戦には使えないレーダー

「左砲戦」そして「その場に待て」

待機の状態で腰をおろしていた私の耳に、突然、伝令のわめくような大声がとびこんできた。と同時に、ゴ、ゴ、ゴオーッと、砲塔が左へまわりはじめる。はじかれたようにとび起きた私は、眼をこらして腕時計を見た。二日の午前一時十分であった。

砲室内の空気がキュッと引き締まる。左四〇度ぐらいか、ぐうっと一気に左旋回した砲塔は、それから照準の微調整に入り、小刻みに右左へ動きながら、わずかな左旋回をつづけていく。

「五番砲塔、照明弾《だあん》、発射用意《よおうい》……射《て》えっ」

最後の五番砲塔からのみ夜戦の照明弾が発射される。艦は取舵をとったのか、艦体が大きくゆっくりときざむように旋回しはじめた。

と、思うまもなく、こんどは逆に、砲塔が右へ右へときざむように旋回しはじめた。どうやら、いままで左側の敵に並行していた羽黒は、敵の方角へ向きを換えているらしい。ついに、砲身は艦の進行方向と一致する。敵艦隊に真一文字に斬りこんでいるのだ。

「目標、右五度、敵の一番艦、距離一二〇《ひとふたまる》、発射用意……射えっ」

距離一二〇というのは、距離一万二千メートルのことである。全砲塔が火ぶたを切ったのであろう。ドドドーンという音と身をがぶりゆするような震動、それと同時に天井からほこり、塗料片などがばらばらと降りおちる。

右五度というから、ほとんど真正面に敵艦をとらえ、最大速度でどんどん接近しながらの砲戦である。敵はレーダー（当時は電波探知機、電探といっていた）射撃なので、まったくの闇のなかから射ってくる。味方は照明のあかりをたよりに射撃するしかなかった。

羽黒がレーダーを持ったのは約六ヵ月前で、ちょうどアッツ島玉砕寸前に、その増援部隊の陸戦隊、弾薬、糧食を満載して、呉軍港を昭和十八年五月半ばに出港するときだった。しかし残念ながら、このレーダーは対空見張用で、砲戦には使えないものであった。それに、レーダー員の訓練も未熟だった。カムチャツカの白く光る雪のいただきが水平線上に見える停泊地ホロムシロでの訓練時など、見張りに立っていた私たちが指示してやらないと、訓練のため艦のまわりをとんでいる零式水上偵察機が捕捉できないありさまであった。

一番砲塔の射撃は、午前一時十五分、右五度の敵にむかってはじまった。敵艦隊へ一直線に突き進みながらの「撃ち方はじめ」であった。

ドドドーン。ドドドーン。

五つの全砲塔、計十門の二〇センチ主砲が火をふく。一斉射撃のたびごとに、ぱらぱらっと砲室天井の塗料片がほこりのように舞い、そして落ちてくる。

測距儀から送る敵との距離の信号と、艦橋にある砲術長ののぞく望遠鏡がしめす方位の信号とは、一門一門の砲側にある射撃盤と、各砲塔に一つずつある旋回盤の針の動きに示されてくる。その針を射手《しゃしゅ》、旋回手《せんかいて》は、それぞれのハンドルを小きざみに動かしながら、砲の動きをしめす針で追っかける。

この二つの針が重なったとき、弾がとび出すのだ。射手、旋回手は艦橋の砲術長のねらいどおり砲撃できるように、油圧で砲を動かす。砲術長のねらいに、射手、旋回手の操作が一致した砲だけが、砲術長のひきがねで、いっせいに砲弾を撃ち出すのだった。

撃ちつづける砲塔が、小刻みに右から左へとうつっていく。まっすぐに突っこみながらの砲戦といっても、敵に真正面にむかったときには、艦橋がじゃまして後部四、五番砲塔の砲撃はできない。敵を左に見ての左同航戦に、わずかながら変わっていく。

ドオーン。ゴオーッ、ブシュブシュ、ガターン。

一発撃ち出すたびに砲身は、弾をこめる状態に仰角を下げ、ガラガラ、ガッポーンと砲弾、装薬がこめられ、またゴゴーッと仰角をあげた砲身から、砲弾をつるべ撃ちに撃ち出している。この砲音、その操作音の合い間に、砲室で無章の私はただひとり考えるひまを持っていた。

命びろいした敵の盲弾

ガラガラガッポーン、ドドーン、「右よし」「左よし」ゴオーン……。砲弾を大砲にこめる音、二〇センチの砲音、一番砲手の尾栓をしめたという合図、スクリューその他の機関音……。

砲塔は小きざみに左へ左へと動き、すでに左四五度をまわっている。主砲はドンドン、ドンドン、撃ちつづけている。敵の砲弾は、初弾こそ羽黒に命中したが、その後の命中弾は一発もない。

「撃ち方待て」

時計を見た。午前一時四十五分である。艦は、大きく面舵《おもかじ》をとり、右へ曲がる。退避をはじめたのだった。ふうっと大きく息をはく。

防暑服は、汗で身体にぴったりとはりついている。砲員たちはみな、その場に座ったり、砲室壁にもたれ、無言で汗をふいたり休んだりしている。わずか三十分足らずの砲戦であったが、汗をふく間もない戦闘であった。

その後、十分も経たぬうちに「撃ち方止め」となる。艦はわずかに左にかたむきながらも、高速で進路を西にとって走っている。兵は相変わらず無言で、配置についたままその場で休んでいる。うす暗くせまい砲室なので、みな膝を抱いて、うずくまった姿勢をとるのが精いっぱいである。

ラバウルへの帰路は、対潜警戒のためジグザグに進路をとりながらの航行だった。十一月二日の朝六時までには、敵のムンダ基地（ニュージョージア島）から三〇〇海里圏外に退避しなければ、敵からの空襲が怖い。

空が白んできた。砲員長の許可がでたので、砲室員全員が上甲板にあがった。潮風を胸いっぱいに吸いこみ、長ながと寝そべる。艦の震動が生の実感をゆさぶる。主計兵がはこんでくれた握り飯をほおばった。

日の出とともに、夜戦の情報がどこからともなく伝わってくる。

二番砲塔弾庫に命中した敵の初弾は、最下甲板にごろっところがっている。左舷吃水線下を撃ちぬいて、二番弾庫の引き込み電線をすり切り、最下甲板（弾庫の直上甲板）をこれま

五戦隊司令官・大森仙太郎少将

た撃ちぬいて、その最下甲板にとどまっている。破裂しない盲弾だったからよかった。破裂していたら、それこそ一瞬にしてこちらの砲弾が誘爆して、轟沈していたであろう。こうして握り飯をほおばるどころか、いまごろは影も形もなかったところだ。

敵の初弾は、六ヵ所に命中したらしい。二番砲塔、二番高角砲（左舷）、左舷水雷甲板、左舷飛行甲板、カタパルト、後甲板では病室と塗具庫だったそうだ。六発とも破裂しない盲弾だったから助かったのである。そのとき、味方はまだ一発も撃ち出していなかったそうである。

二番高角砲では、一番前にいる射手の足の下にあった弾がはねあがって高角砲一番砲手のひじをかすり、三番砲手のかかえていた味方の一二・五センチ高角砲弾に当たり、その爆発で、二、三名が戦死したらしい。そこから後部のようすは、何もわかっていない。

どうして、味方が撃ち出す前に敵の初弾が命中したのか。それも、味方はまだ照明弾さえ撃ちあげないときである。

敵はレーダー射撃だという。だから、昨夜のような闇夜でもどんどん撃ってこられるのだ。それも、波による艦のローリングを利用しての射撃だから、正確なのだそうだ。そんなに正確なら、どうしてその後、命中弾がなかったのだろうか。

「いやあ、敵が逃げ出したからだろう」

「こちらの弾は当たったのだろうか」

「もちろん、当たっているさ。敵戦艦が轟沈したとよ」

「敵には戦艦もいたのか」

「いや、轟沈したというからには戦艦がいたんだろう」

無責任なデマも乱れとぶ。

「いや、一時十八分には、羽黒から魚雷を八本発射している。妙高も六本発射したそうだ」

「敵の轟沈は、味方の魚雷が命中したからだ。砲弾で轟沈のはずがない。哨戒機からの至近弾をうけて、砲術長の望遠鏡はこわれていたというからな」

事実と憶測が入りまじって、私たちの耳に伝わってくる。

ぶざまな僚艦妙高の姿

こんな情報が乱れとびはじめたときに、誰かからいわれて妙高に目をやった。目の前を走っている一番艦の妙高は、前部に大きな何物かをぶらさげている。よく見ると、駆逐艦の鉄甲板を前部左舷にぶらさげたまま航行しているのだった。なんとも格好のつかない無粋《ぶすい》な姿なのである。

日本一スマートな姿の軍艦と内外から讃《たた》えられている妙高（型）であればあるほど、ちょうど、イブニングドレスで盛装した貴婦人のネックレスに、まるで雑巾《ぞうきん》、それもぼろぼろのやつをひっかけたようで、妙高のそのときの姿は不格好さもひときわひどかったのである。

「なあんだ、あのぶざまさは」とつぶやいたのが聞こえたのか、近くにいた田原一曹が説明してくれた。

「夜中にかかった砲戦の号令と同時に、ぐうっと大きく取舵をとっただろう。妙高もおそらくそのとき、最大戦速に速力をあげ、大きく左へまがりこんだと思う。そのとき、左にならんで航行していた駆逐艦初風と接触したらしい。妙高の前部左舷にぶらさがているのは、初風の額《ひたい》の皮だよ」

田原一曹は宮崎出身だったが、美秋という名にふさわしく、やや神経質ではあるが、柔和で兵隊の面倒見がよく、私たち「師徴」にたいして、その乗艦当初からいろいろやさしくかばってくれた人だった。田原一曹は、右手で妙高、左手で初風をしめして、その人柄を示すように丁寧な説明をつづける。

「左に急旋回した妙高にたいして、初風の旋回角度が浅かったのだろうか。いや、重巡と駆逐艦のスピード差からくる旋回時期のちがいからかな。なにしろ闇夜だろう。両方とも灯火管制はやっているしな。悪条件がそろいすぎたんだな」

右手で妙高の動きを説明し、左手で初風を追随させ、その速さを変え、角度を変え、何度も何度も動かしながら状況を話していく。

「要するに、発光信号一つできない灯火管制での敵への触接中だろう。それに、両艦とも、それ砲戦、魚雷戦と敵方へ一歩切り込んだ瞬間の衝突だったんだろう。初風のほうが妙高に突っかけたかたちには間違いない。スチール甲板のぶらさがった位置からしても、妙高のへさきが前に出ているからな。なにしろ、ぶざまなもんだ。司令官も艦長もアワ食ってしまったんだろう」

言外に、司令官や艦長といった上級士官にたいするあざ笑いが感じられる言葉だった。

じっさい、夜半の午前一時十八分、妙高・羽黒ともに、砲戦開始と同時に、魚雷を六本、八本と発射している。砲戦と同時に魚雷戦が発令され、それに間髪を入れず敵艦艇への突入戦を敢行するといった戦法は、いままでに私の経験したどの戦闘にもなかったが、これは日本のとっておきの戦法であった。そのうえ、妙高は第五戦隊一番艦で、この作戦の最高責任者の大森仙太郎司令官が乗っている艦である。「それ、いけっ」とばかりに先頭を切ってとびこもうとしたにちがいない。勇み足のつまずきであった。

それにしても、戦いすんで引き揚げるのに、味方の鉄甲板を、いわば家来の鎧《よろい》をひきちぎって借着した格好では、司令官も艦長も、夜明けがうらめしく、夜の闇のままでありたいと希《ねが》ったことであろう。

「初風は、行方不明ということだ」

味方の情報がつたわるのは速い。どこから出てくるのかわからないが、なにしろ、口から口へと正誤入りまじってひろがってくる。

三本煙突の軽巡川内は、機関部をやられて航行不能になった。どうやら沈没したらしい。いや、航行不能ではない。なんとか追尾しているそうだ……いろんな説が流れる。

川内には、同年兵は乗っていなかった。一期後の師徴、川原・鬼塚上水（上等水兵）らの言によれば、二期師徴は五十名ほど乗艦していたという。軽巡川内は、のろのろ航行できるといっても、制空権をにぎられているこの海域を離脱できないかぎり、沈没したのも同然であった。

一瞬、暗然とはなるが、こちらの助かったよろこびのほうが大きい。誰もがそのことを口にはしない。しかし、誰もがそう思っているのは、戦況について語り合うその言葉に匂うものだ。

羽黒は、左へ五度かたむきながらも、うねりに乗って航行している。握り飯をたらふく食ったあと、みな、いろいろな情報を聞き、話しながらも、二日前からの緊張から解放されたのか、砲塔横の上甲板にごろごろと眠りこけてしまうのだった。

ビービービービー、ビービービービビ。午前八時二十分、またまた戦闘配置につけのブザーで

11月３日ブーゲンビル沖夜戦からラバウル帰投直後、米機の空襲をうける羽黒

ある。とび起きて、砲室に一気にとびあがる。

ホヒー、ホヒーィ、ホー。「総員、配置につけえ」号笛と命令が、砲室外から、伝声管から、入りみだれる。

「右対空戦闘、右一一〇度、飛行機三機」

ほいきた。いよいよ私の出番だ。信管まわしを右手ににぎり、砲室の真ん中に立つ。仁王立ちといいたいところだが、残念ながら両足をすぼめていないと立てない場所であり、前かがみにならねば、股《また》の左右に押し出されてくる砲弾の弾頭はつかめない。

一つ、二つと胸の鼓動が数えられる緊張である。

「右対空戦闘解除。ただいまのは味方哨戒機。課業につけ」

砲室内では、みなが顔を見合わせてニッコリする。こんな間違いはうれしい誤りなのである。味方機であろうが、ビールびんであろうが、あやしいと思ったら配置につくのが戦闘員の鉄則で、猜疑《さいぎ》はよいが、逡巡はもっとも忌《い》むべき行動だとされていた。

「戦果を報らせる。敵にあたえた損害、大巡一隻轟沈」艦内放送での戦果の発表である。艦内いっせいに、ウァーッという歓声があがる。

「大巡二隻、大破。駆逐艦二隻沈没。同一隻、同士打ち炎上」ウァーッ、オオーと艦体そのものがふるえ、うめくような歓声がつたわってくる。

「味方の被害」寸時にして歓声が沈黙に変わる。

「川内、沈没。初風、行方不明。妙高、命中弾一。羽黒、命中弾六、いずれも損害軽微」艦内寂として、ひびくのは機関の音だけである。

思えば、昨夜の天候は曇天、ときどきスコールあり、風向南々西、風速三・五メートル、わりあいおだやかな海上であったが、視界は東方約八千メートル、その他の方向では約一万メートルだった。

敵の西側で戦い、艦船用レーダーに頼れなかった日本艦艇には、ひじょうに不利な海戦であった。

前衛部隊「熊野」マリアナ沖決戦記

元「熊野」掌航海長兼通信長・海軍大尉　青山総市

洋上決戦の好機

「あ」号作戦――のあらましは、敵の戦略行動を注視しつつその動向を偵知し、敵の主進攻路におうじて、わが機動部隊を前進根拠地に進出させ、太平洋の各基地に展開している基地航空部隊の全空軍力をもって索敵、触接（敵を発見したならば、追尾して刻々と状況を知らせること）を確保する。

一方、機動部隊は基地航空部隊と協同して、これをその攻撃圏内に誘致し、母艦攻撃機隊と基地攻撃機隊とが相呼応して反復攻撃をおこない、ついで第二艦隊（第一遊撃部隊という）の水上戦闘にゆだね、最後のとどめをさすというものであった。

それには、つぎの二点がとくに重視された。

①アウトレンジ戦法

母艦攻撃機隊の攻撃法は、これまでの空軍にみられた攻撃法を研究したうえで立案されたもので、敵の母艦攻撃機の攻撃進出距離は二五〇〜三〇〇海里ていどの進出攻撃を常道としている。

一方、わが機動部隊のもつ精鋭攻撃機隊（零戦、彗星艦爆、天山艦攻）は、三五〇〜四〇〇海里の進出攻撃が可能である。俗にいう槍先が少し長いわけである。この長さをたくみに利用して攻撃をかければ、敵から攻撃をうけることなく攻撃しうる。

そのためわが機動部隊は、この「あ」号作戦の戦術的要求に応じて、つぎのように区分された。

②艦隊区分と攻撃要領

本隊（主として航空戦術を基幹とする）と前衛部隊（主として遊撃部隊を基幹とし、航空母艦三隻をつける）とに区分され、敵攻撃圏内に入ったなら本隊も前衛部隊も、空母を中心とした対空防御が主体の輪形陣でもって行動する。前衛部隊は本隊の前方約六十〜一〇〇海里のあいだを進撃する。

そして、まず敵を発見し、母艦攻撃機隊を進発させたあと、遊撃部隊は広範囲に散開して攻撃部隊の帰艦を容易ならしめるように行動し、また、戦況によってただちに追撃戦に応じ得るよう、敵に近接行動をとる。

ちなみに、「あ」号作戦における、わが艦隊の陣形は前頁図のようであったが、私の乗艦である重巡熊野《くまの》は前衛部隊に属し、第十一群、空母瑞鳳《ずいほう》の輪形陣の一翼をになっていた。

とにかく、この「あ」号作戦こそは、南太平洋海戦以後における大機動作戦であり、わが海軍としてはふたたび得られることのない洋上決戦の好機であった。それゆえ、いささかの齟齬《そご》もゆるされないし、万一にもこの作戦が不成功に終わるようなことがあっては、わが国の存立はまったく不可能となるおそれさえあったのである。

艦隊司令部をはじめ各級指揮官、および各将兵にいたるまで、この作戦のしめすところに

第11群の輪形陣

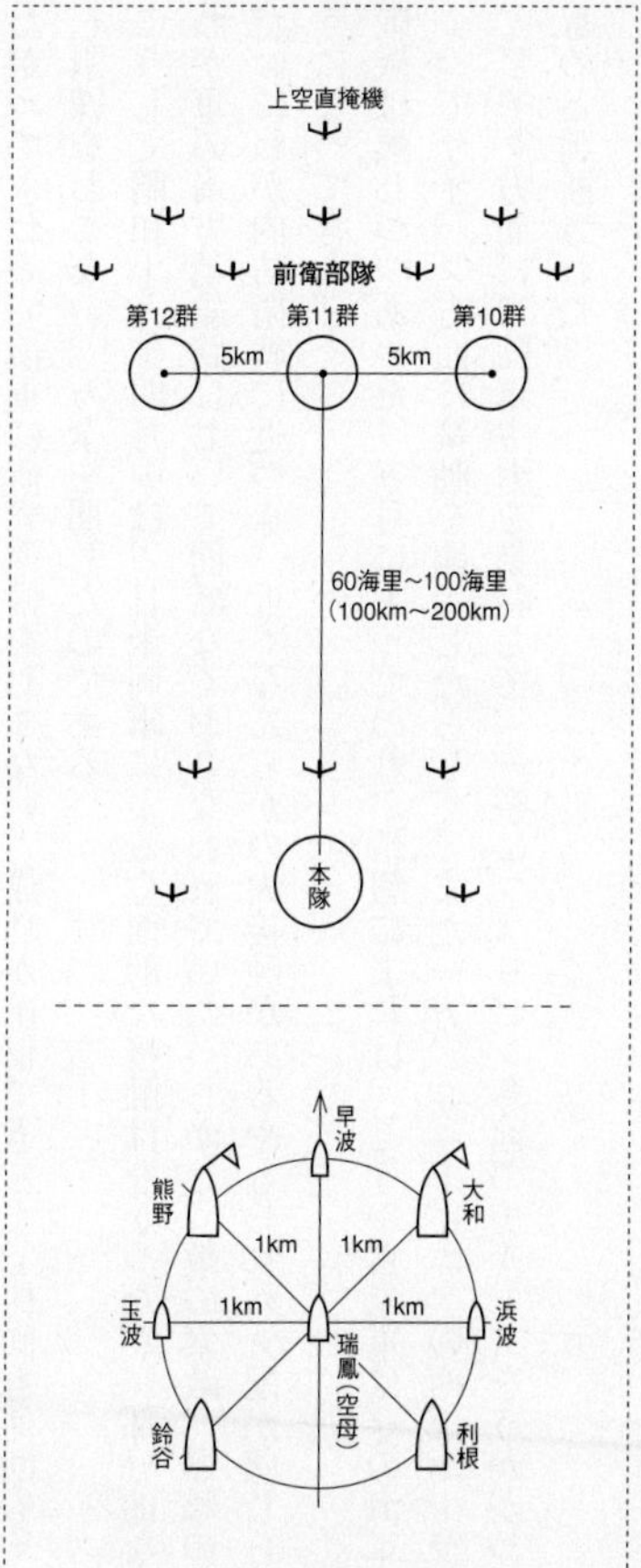

したがってきわめて慎重に研究準備をおこない、成功が確信できるまで何回も何回もくりかえし訓練をおこない、万全を期したのである。

こうして昭和十九年四月中は、日米両軍による全面的な接触はなかったが、部分的な戦闘はわが軍の南方補給路において間断なくおこなわれていた。しかし、敵の索敵、爆撃の線はしだいにわが内防衛戦に近づき、近くなんらかの大接触があるやもしれぬ気配が感じられるようになってきた。

戦機は熟しつつあった。五月に入ってのわが情報によれば、どうやら米軍はその海軍主力によってサイパン方面に策動を開始したらしく、また一方、ニューギニアの西部ホーランジア、ビアク方面に米陸軍主力を集結して、一挙にフィリピン奪回のチャンスをうかがっているものと判断された。

タウイタウイに集結

赤道上の直射は、鉄をも熔《と》かすほどの暑さで、その日もまた太陽が西の水平線に沈んで、はるかスマトラ山脈のふもとからの微風があるだけである。

そのうだるような気温から一時的にものがれた将兵たちは、ほっと一息ついて甲板上に集まって、故郷のはなしに花をさかせていた。母港の呉軍港を出撃してからはや七ヵ月がすぎ、百戦錬磨の豪の者もこんなときにはよき父、よき夫になりきって、それぞれの心をひらいて、むじゃきに語り合う。

紅顔の少年水兵もかすかに笑って、しずかに大人たちのはなしに聞き入っている。母のことを思いおこしているのか、あるいは妹たちと過ごしたある日のことを思い出しているのであろうか。軍艦内の生活にはきびしさはあるが、また一面、非常になごやかで家族的なものがあった。

ここマレー半島の先端に点在するリンガ諸島、リンガ泊地における訓練も順調にすすんできたが、つぎに米軍進攻の場合を想定してみると、あまりにも遠きに失するのおそれがあるので、第二前進基地であるフィリピン最南端のタウイタウイ島に進出命令がくだされ、五月十五日に前衛部隊、明けて十六日に本隊と、舳艫《じくろ》相ふくんで堂々リンガ泊地を出撃した。

敵の潜水艦にたいしては厳重な警戒をおこない、ボルネオ島にそって北上してその北端をまわり、バラバック海峡を通過、スル海に入り、タウイタウイ島沖に入泊した。この基地は設営後、日もあさく、反日ゲリラも相当におり、かつ艦隊の停泊状況が外洋からも望みうるなど、基地としては完全ではなかった。

しかし、ボルネオ島南側のタラカン島には油田があり、中部太平洋およびニューギニア両方面へのにらみがきき、かつ敵艦隊の出現にさいしては短時間にも出撃しうる利点があった。艦隊の行動はもちろん、隠密のうちに厳重なる注意をはらっておこなわれたのであったが、タウイタウイ島に入港する直前、護衛のわが駆逐艦が敵潜水艦の魚雷攻撃をうけて撃沈するという不祥事があった。

タウイタウイ島にはすでに第二、第三航空戦隊が内地から到着して、われわれの入港を待っており、これで「あ」号作戦部隊はすべて勢ぞろいを完了したのであった。そしてわれわれは、この全艦隊の威容を目のあたり見ていいしれぬ感激にうたれ、涙を浮かべつつ必勝の誓いと覚悟のほぞをかためたのであった。

また、このころ機動艦隊司令長官・小沢治三郎中将は各作戦部隊を巡視し、さらに徹底した臨戦準備がおこなわれた。すなわち直接戦闘に関係のない不要なものはすべて陸上にあげ、ボートは半数をタウイタウイの警備隊にあずけ、可燃物を撤去し、内地から輸送してきた対空防御用の二五ミリ機銃、哨信儀などの兵器の装備をおこなった。

この工事は、乗り組みの工作兵と内地からきた海軍工員が協同して急速におこなわれた。

皇国の興廃この一戦にあり

われわれがこの基地にきて、すでに一ヵ月を経過しようとしている。その間、連日連夜にわたる訓練と警戒がつづいた。艦隊の全乗員も、いつ宿敵の米艦隊と遭遇する好機にめぐまれるのかと、士官も下士官もともに語り合いつつ、出撃の命令を待っていた。

六月十三日になると、米軍はマリアナ諸島サイパン方面への攻略の意図を明らかにしめしてきた。ここで豊田連合艦隊司令長官は、全艦隊にたいし「あ」号作戦用意を下令し、がぜん艦隊は緊張とあわただしさをくわえてきた。各級指揮官は総旗艦「大鳳」に参集し、司令長官小沢《おざわ》中将をかこんで最後の秘策をねり、決意を眉宇にあらわして各乗艦に帰艦した。

わが熊野艦長も全乗員を甲板に集めると、このたびの作戦の重要性を説き、各員の決意と

最上型4番艦「熊野」の英姿。スマートな艦容の特徴が見てとれる

奮闘をうながすとともに、たがいの武運を祈りつつ、ただちに出撃準備にとりかかるよう下令した。

あくる六月十四日午前七時、機動部隊はかねての手筈どおり作戦計画にもとづいて、前衛部隊、つづいて本隊の順序にタウイタウイ基地を出撃、艦隊速力十六ノットをもってスル海を航行し、同日の夕刻には大挙してパナイ島南方のギマラスに入港した。ここでは燃料補給と、さらに艦内の不要品の陸揚げ、および病者の退艦撤去をさせるなど、最後の臨戦準備をおこなった。

そして、これらの準備が午後九時ごろまでに完了すると、明日の出撃をひかえて、とくに午後十一時までの酒保《しゅほ》（飲食物などの艦内売店）の使用がゆるされ、将兵たちは警戒配備についている者以外はみな、分隊ごとにそれぞれに祝宴をひらいて、思い残すことなく痛飲したのであった。

あくる六月十五日、ギマラスは静かな朝もやのなかに明けた。そして豊田司令長官は麾下の全艦隊にたいして、「あ」号作戦決戦発動を下令し、ついで次の命令を発した。
①敵は十五日朝、有力部隊をもってサイパン、テニアン方面に上陸を開始せり。
②連合艦隊はマリアナ方面に来攻の敵機動部隊を撃滅し、ついで攻略部隊（上陸部隊）をせん滅せんとす。

午前七時――攻撃命令をうけた全機動部隊は各艦の艦橋（航海中および戦闘中に艦を指揮操艦するところで、司令官、幕僚、艦長、航海長その他の主要幹部が勤務するところであって、私も常時ここが戦闘配置）よりしじまをやぶってひびく出港ラッパの吹奏をのこしつつ、徐々に整然として抜錨を開始し、旗艦を先頭に単縦陣となって出港していった。そして、艦隊速力二十ノットでシブヤン海をつききり、午後六時にはサンベルナルジノ海峡を通過して、フィリピン東側の太平洋に出たのであった。

サンベルナルジノ海峡通過にあたっては、敵がわが艦隊の行動を偵知しているならば、潜水艦攻撃をくわえてくるのであろうと予想された。しかし、なんらその徴候はみとめられず、艦隊はぶじ海峡を通過、針路を東にとり昼間速力二十ノットにて、前衛部隊、本隊の順に警戒航行序列でもって進撃した。

このころ、敵機動部隊は六月十五日に父島を爆撃し、ついで十六日には九州を空爆して猛威をふるったあと、太平洋に航跡をくらました、という情報がもたらされた。

六月十七日、この日は早朝から全艦隊ともに、あらかじめ洋上待機していた補給部隊から曳航給油をうけることとなった。天候は良好、海上もまたきわめて平穏で、そのなかで補給作業は順調にすすめられ、正午ころまでに給油作業はすべて終了することができた。

サイパン島からの情報によると、敵は戦艦部隊の艦砲射撃を間断なくおこない、艦上機による爆撃はさらにはげしさをきわめ、この間に上陸を開始してきたとのことである。そして堅固なる橋頭堡《きようとうほ》を完成して、はやくもわが軍を圧迫しつつあり、これを阻止するために友軍は悪条件を克服しつつ、激戦中であるという。

サイパン島ではさきに「敷島艦隊」の指揮官であった南雲忠一中将が、中部太平洋方面艦隊司令長官となって指揮をとっていた。また第一航空艦隊（基地航空部隊）司令長官・角田覚治中将はテニアンにあって、マリアナ諸島全般の防衛に当たっていた。

この第一航空艦隊の麾下には「八幡部隊」と称する、内地の各航空隊（教育部隊）の教官などの優秀なものをもって特別に編成された精鋭部隊があって、機動部隊の決戦時には機を失せず投入され、機動艦隊をして思う存分の戦闘をさせようと計画されていた。「八幡部隊」にたいしては、各方面から大きな期待がかけられていたが、硫黄島基地において敵の先制空襲をうけて、大半をうしなうこととなったのは、かえすがえすも残念なことである。

十六、十七日にわたるわが方の索敵機の偵察の結果と、連合艦隊司令部における敵情判断とを綜合して、機動部隊としての敵情判断をおこない、サイパン島付近に三群からなる敵機動部隊の所在を確認したのであった。戦機はまさに熟したのである。いまや全艦隊は補給を完了し、いつでも敵にたちむかう態勢で時のいたるのを待った。

そして、補給警戒隊形を解くや、針路を東にかえて速力十八ノットとし、一路サイパンに向かって進撃を開始したのである。ときに十七日正午である。おりしも、機動部隊長官小沢中将は、麾下に信電令（信号、電話でもって命令を発すること）を発した。

『機動部隊はいまより進撃、敵をもとめてこれを撃滅せんとす、天佑《てんゆう》を確信し各員奮励努力せよ』

つづいて連合艦隊司令長官豊田《とよだ》大将は、全艦隊に電報し、

『皇国の興廃この一戦にあり、各員一層奮励努力せよ』

と、明治三十八年五月二十七日の日本海海戦において、東郷大将が旗艦「三笠」にかかげた名信号をふたたび太平洋上に用いたのである。

こうして、祖国の興廃をかけて全軍はしゅくしゅくと南海を圧して、いまだ見えざる敵に立ち向かっていった。

わが攻撃機隊、発進

十七日はぶじに暮れて翌十八日、南太平洋の朝は静かに明けはなれた。しかしながら、前日より厳重なる警戒態勢をもって航海しているので、ほとんど眠ったものはいない。十八日の正午、わが熊野の属する前衛部隊は東経一三六度、北緯一五度にあって敵機動部隊との距離、約四〇〇海里の地点に進出していた。

艦隊司令部においては、十八日夕刻の薄暮攻撃から第一撃を開始する予定であった。しか

し、いくらアウトレンジして先制攻撃をかけるとしても、すこし距離が遠すぎるし、わが攻撃機の収容、夜間追撃戦などのことを考慮して慎重を期し、明早朝の黎明《れいめい》攻撃にいっさいをかけることになった。そこで南方に進路をとって、いったん敵とはなれたのであった。

そしてつぎの攻撃配備として、まず硫黄島付近にある敵を攻撃し、ついでサイパン東方の敵を撃滅するよう計画したが、日没ごろになって硫黄島付近の敵は誤報とわかった。そこで、あらためてサイパン島東方にいる敵から攻撃を開始することに変更されて、これによって索敵配備（偵察機による偵察要領）および攻撃配備（攻撃機の発艦順序、進撃要領など）命令が発令されたのであった。

荒天下を急行する熊野艦橋より前部主砲塔を望む

艦隊が作戦海面で行動中は無線電信はいっさい封止されてしまうので、これらの重要命令はすべて信号をもって全軍につたえなければならない。このようなひろい海域において暗夜、しかも高速で行動する艦隊間の信号ほどむずかしいものはないが、それでも夜半すぎまでかかって、この信号は全軍に知らされた。

やがて十九日――艦隊はさらに近接

すべく進撃行動をとるため、まず前衛部隊が索敵配備命令にもとづいて、午前三時三十分に第一段索敵機を発進させた。つづいて午前四時に、第二段索敵機を発進させ、敵機動部隊を捕捉しようとした。それには僚艦も、それぞれの索敵区分によって、索敵機を発進させた。

そのとき、各艦には水上偵察機を戦艦は五機、重巡に三機をそれぞれ搭載し、合計五十機をもっていた。これを三回にわけてカタパルトより射出発艦させ、艦隊の現地点を起点としてアミの目のように敵をさぐらせたのであった。

この十九日の日の出は午前五時二十五分で、敵との距離は約三五〇海里、航空攻撃にはまたとない最良の間合いであった。午前六時四十分、第一段索敵機のうち、まずわが熊野機が敵の機動部隊を発見、ただちに機上より無電でもって『敵見ゆ』を全艦隊に発した。

待機していた前衛部隊の攻撃機はつぎつぎと発艦し、午前七時三十分には七十五機の編隊をもって上空に勢ぞろいし、いちど大きく旋回したのち勇躍、敵の攻撃へと向かったのである。つづいて本隊の攻撃機隊も発進し、彼らはわれわれ前衛部隊の上空をゆうゆうと大編隊をもって通過、敵をもとめて雲のかなたに飛び去っていった。

われわれもはるか雲のかなたに飛び去る攻撃機隊に、腕もちぎれんばかりに帽をふって見送った。

二大空母を襲った悲劇

期待する航空攻撃が成功したとなれば、その第一報は午前九時三十分には判明するはずであるし、敵との距離などからみれば、遅くとも十時には結果がわからなければならない。

だが、午前十時となり十一時になっても、いっこうに電報は入ってこない。艦橋では白石(万隆)七戦隊司令官、人見(錚一郎)艦長、幕僚らがしだいに悲痛な表情を見せはじめ、しきりに暗号電報を気にするさまがめだってきた。

それでもまだ、航空攻撃の成果には大きな期待をもっていた。しかし、正午すぎになってようやく、味方攻撃機がちりぢりになって、疲れきった姿でかえってきたのを見たとき、私自身にもその攻撃が失敗に終わったことが、はっきりとわかったのである。

これより先、もう一つの大きな悲劇が起こっていた。この朝、旗艦大鳳および翔鶴の二大空母が敵潜水艦の雷撃をうけて沈没し、小沢司令長官は旗艦を第五戦隊の二番艦羽黒にうつして、艦隊の指揮をとっていたのである。わが前衛部隊は本隊の前方約一〇〇海里にあったので、この状況を目撃することはできなかった。天佑はわが艦隊にくみしえず、戦運に見はなされ、前途はまったく暗澹たるものとなった。

前衛部隊はこの悲報を心にふかくおさめ、はた目には平然として攻撃機の帰投を見守りつつ、各隊を集結して、敵の追撃にそなえて北西に針路をとって、避退を開始したのであった。

艦隊としては、すみやかに事態を収拾して、つぎの進撃をはかるにしても、航空部隊をうしなったいまとなってはそれも無意味であり、被害を増大するばかりである。そう判断して、ここに「あ」号作戦を中止し、敵からの離脱をはかって引き揚げざるをえなかったのである。とくに大本営の驚愕はもとより、艦隊将士の無念さはじつに言語に絶するものがあった。

サイパンにある南雲部隊、テニアンにある角田部隊の失望、落胆はいかばかりであろうか、思うも無念のかぎりであった。

わが戦爆連合四五〇機の攻撃機隊が、整然と編隊をくみつつ敵に向かったとき、敵はいちはやくレーダーでもってキャッチ、自軍の前方約三十海里付近の上空に全戦闘機を待機させ、防御のアミをはっていたのである。その中にわが方が飛び込んだのだから、ひとたまりもなくやられてしまったのであった。

艦隊は翌日、B点において補給部隊から燃料補給をおこなうこととし、艦隊速力二十四ノットでその地点に急行した。こうして、十九日の無残な一日は終わり、二十日午前に予定地点に到達して、補給部隊と会合し、警戒補給隊形をとりつつ補給を開始した。

ところが正午ごろ、戦艦大和、金剛およびその他の各艦から、敵大編隊の近接を報ずる信号がかかげられた。いよいよ敵機動部隊の追撃である。そこでただちに補給を中止して、いちはやく西方に避退するよう命ぜられた。

しかし、敵攻撃機隊の追撃はめざましく、その日の午後四時四十分ごろ、ついに敵飛行機隊に捕捉されて、前後二回にわたって空襲をうけることとなった。われわれ前衛部隊にとっては、出撃いらいはじめて見る敵である。鍊磨をかさねて張りきっていたところ、避退でいささか髀肉《ひにく》の嘆をかこっていたやさきであるから、敵攻撃機の来襲にたいしては、これまでのうっぷん晴らしもあって敢然と立ち向かい、日ごろの技量を発揮して存分に戦いぬいたのであった。このときの敵機は、のべ約二百機が数えられたが、そのうち少なくとも三十数機はわれわれの砲火によって撃墜されたものと思う。

一方、わが方もこの戦闘において、空母飛鷹が敵機の雷爆撃で沈没し、小型空母千代田《ちよだ》は被弾し、戦艦榛名が命中弾をうけるなど、軽微とはいえぬ被害をこうむったのであった。加えるに、これらとともにわが艦隊の致命傷となったのは、航洋性の大きい大型タンカーの喪失であった。

このたびの作戦に参加したこれらのタンカーは、現存するわが海軍油槽船のほとんど全部であった。すなわち、第一補給部隊の清洋丸、日栄丸、国洋丸、第二補給部隊の玄洋丸、あづさ丸などの一万トン級の最優秀船で、これらは快速機動部隊との協同作戦が可能な、きわめて貴重な船腹であった。

それが、いざ退却となった場合、はるか後方におき去られ、攻防力によわい海防艦に護衛されるていどで、ほとんど無防御に近い状態におかれてしまった。敵の攻撃も、戦力の充実した部隊にむけるよりも、これら無防御の、比較的に鈍重なえものに襲い

マリアナ沖海戦で米軍機に攻撃される前衛部隊。左が戦艦榛名、右は空母千代田

かかるほうが容易である。そして、この補給部隊はわれわれにくらべて、さらに悲惨な戦闘をしいられたあげく、全滅したのであった。

敵の空襲を二回にわたってうけるころ、ようやく夜のとばりはおりて、その後、彼我の艦隊は約三〇〇海里をへだてて対峙したのである。米機動部隊は翌朝の航空攻撃を予定して、攻撃機隊を収容していると思われ、このチャンスをとらえて突入すれば、十時間以内に遭遇できると判断された。そこで、ほとんど無傷の第一遊撃部隊は敵をもとめて夜戦（黎明《れいめい》戦）を決行せよ、という命令をうけ、避退を中止して反転して敵に向かったのであった。

しかしながら、その後の敵情を判断した結果、明早朝に遭遇できるチャンスもきわめて少ないし、また昼間戦闘となった場合は燃料不足になることなどが考えられた。そこで反転進撃を開始して約三時間後、ついに夜戦を断念し、沖縄列島の中城湾《なかぐすくわん》に向けて針路をとり、敵と離脱したのであった。

その後は、予想どおり敵の追撃もなく、中城湾にぶじ帰還したのである。とはいえ、久しぶりに故国の香りをかぐことのできた喜びよりも、このたびの戦いにより新鋭空母大鳳（三万五千トン）、翔鶴（二万五千トン）、飛鷹（二万トン）のほか多くの輸送船を喪失し、かつ新機材の航空機、とくに多くの飛行機搭乗員をうしなった悲しみの方が大きかった。

再建後の初陣に、またまた機動艦隊としての機能をうしなってしまい、今後、襲いかかってくる米軍の進撃をいかに阻止するか、これらについて思うとき、日本防衛の前途はまさに危機に瀕《ひん》していたといえよう。

連合艦隊の夢やぶれたり

こうして、なんらなすところなく母艦とつばさを失ってわれわれが帰投したとき、わが駆逐艦群のなかには燃料をすべて消耗して、あと三十分の航海にしか堪《た》えられないというものもあった。中城湾に入港後、ただちに戦艦、巡洋艦からこれらの駆逐艦に燃料が補給された。そして二十四日にはあわだたしく出港し、翌二十五日に広島湾に入り、そして二十六日、なつかしい母港、呉軍港に帰投したのであった。約十ヵ月ぶりであった。

もとより、この「あ」号作戦は日本海軍にとって、文字どおり乾坤一擲《けんこんいってき》の作戦であった。万一にも作戦不成功の場合は、その後の作戦継続は不可能とされ、太平洋全域の制海・制空の両権は米軍の手中におちて、作戦の主導権は完全に米軍の手中に帰するところとなり、わが国存亡の岐路に立たされると見なされた。

そのためにこそ豊田司令長官は、この作戦に第一線級の兵力をすべて投入したのである。すなわち、新造空母の大鳳を筆頭に空母総計九隻、戦艦大和、武蔵、長門、扶桑、金剛、榛名の六隻、重巡十一隻、軽巡三隻、駆逐艦約三十隻、給油船八隻、それにトラック島、硫黄島、サイパン島、テニアン、九州、沖縄、台湾、フィリピンに展開していた基地航空部隊の全部を投入した。

そして、この記号にしめすように、いままでの頽勢をばん回して捷機の転機とし、「あ」から順次に勝ち進まんとする意向であったものと推察されるのである。

しかし、その結果は、日本の防衛をまったく絶望的なものとし、サイパンを救援するみちも途絶し、わが太平洋防衛線内にふかく、大きくくさびを打ち込まれることとなった。しかも遠く西南太平洋への進出部隊にたいする補給路まで遮断されるという、致命的な事態をまねいたのであった。

また、サイパン島の陥落も、もはや時間的な問題となり、遠からずここより日本本土が大型機の爆撃圏内に入るという、もっとも恐れた結果を生じることになってしまったのである。

針ねずみ「熊野」の再出発

さて、呉軍港に帰投したわれわれ第二艦隊（第一遊撃部隊）は、その戦備の復旧（あ号作戦の被害の修理）を〝七月中〟と限定され、修理整備が急ピッチですすめられることとなった。その在泊期間は最大十日として、そのあとただちに出撃し、ふたたび南方リンガ泊地において整備、訓練に従事せよ、と命ぜられたのである。

さいわいに「あ」号作戦において、第二艦隊はほとんど無傷であった。しかし、母艦飛行機隊の再建が絶望的となったいまでは、われわれは今後の作戦において頭上を飛行機で護衛されることはのぞむべくもなく、また、敵と堂々と機動作戦を展開することもできないであろう。

ここにいたって、われわれはみずからの力で、予想される敵の航空攻撃にたいして防御しなければならなくなったのである。そこで、この対策として急きょ、各艦の対空防御設備を倍加することが実施されたのだった。

わが熊野においては、対空用兵器として一二・七センチ高角砲八門のほかに、二五ミリ機銃三十二門を六十門に増備し、射撃用レーダー二基を改造、見張用レーダー二基を新設するなど、見張り能力、すなわち夜戦能力、対空防御力の増加がはかられた。もちろん、この増備工事は戦艦、巡洋艦、駆逐艦ともすべてにわたっておこなわれた。こうして呉における不眠不休、昼夜兼行の増備工事は終わったが、熊野にしても、十ヵ月ぶりの母港でゆっくりと戦塵を洗いおとすいとまもなかった。

予定の十日間はすぎて、七月七日、第二艦隊はリンガに向けて呉を抜錨した。

こうして幾多の将兵たちの、ふたたび故国の山河に相見ゆることのできない運命を乗せて、ある艦は工事が未完成のまま、ある艦は工員を乗せて工事を実施しつつ、じつにあわただしく故国をあとに、護国の大任を負って出港していったのであった。

最精鋭重巡「利根」サマール沖の突進

元「利根」艦長・海軍大佐　黛　治夫

昭和十八年一月一日、ガダルカナルの連絡参謀の仕事を終え、ラバウルを去った。その年は、防空と戦訓を生かした砲戦術の研究でいそがしい毎日だった。そのころ、南西方面の防空、防備を指導する砲術指導団の団長から横須賀海軍砲術学校に帰って間もなく、利根《とね》艦長の内報を受けた。

昭和十八年も十一月の末のある日の午後、かねがね工作手数の極端に少ない、しかも護衛中の輸送船団に来襲する敵の爆撃機にたいし、ある程度有効な射撃のできる高射装置の最後の具体案を練っていると、「教頭、海軍省から電話です」という。

「いま何をしている？　小型駆逐艦の高射装置を研究中だって？　それじゃ、艦長のいすは

黛治夫大佐

他にまわすよ」と中瀬人事局課長の声。

「いったい艦はなんですか？　え、利根艦長？　こっちの仕事はすぐ片づけますよ。ぜひ願います！」と頼みこんだ。

南西方面に出張中、東京から来た友人が、

「人事局では君を出張させて困っていたよ。たしか猪口大佐が胃潰瘍の手術をするので、高雄艦長にするんだった。出張させるんじゃなかったといっていた」

とのことだった。

この六月、徳山沖の戦闘射撃に委員で行ったとき、ガダルカナルの熱帯マラリアが再発して苦しんだのだが、筑摩の病室ではろくに診てもくれない。それにくらべ、利根ではいたれりつくせりの看病をしてもらった。こんな良い艦があるかしらんという印象の艦だ。

いつも利根、筑摩とまっ先にいわれる最新、最精鋭の重巡洋艦だ。しかも、クラスで重巡の艦長はこれがはじめてだ。満四十四歳、大の男もうれしくて、その日一日は仕事が手につかない。心は呉海軍工廠で入渠修理中の利根の戦闘艦橋に飛んでいってしまった。

主砲は二〇センチ（八インチ）砲八門で高雄級、妙高級より二門すくない。そして、六一センチ魚雷を片舷六射線うてる。砲塔は四つとも艦首に全部集めてある。これはワシントン会議後にできたイギリスの戦艦ロドネーとネルソン、フランスの戦艦ダンケルクやジャン・バールなどに採られた型式だが、重巡では最初の試みだろう。逃げるときは真後ろに射てない不便はあるが、だいたい勝負は同航戦だ。四つに組んで格闘するのだ。しかも防御もアメリカよりはるかに優れており、速力もずっと早いだろう。

だいいち戦略行動中、敵に会ったとき、主砲を射ちながら飛行機をカタパルトから射ち出せる。飛行機だって五機もある。いまは鈍重な長距離偵察用の水上偵察機だが、できたら二五〇キロ爆弾を積む水上爆撃機に換える見込みもあるだろう。

こんなことを考えると十門、八門など問題でない。さて、魚雷は世界無比の六一センチ（二四インチ）酸素魚雷だ。いまは炸薬量五〇〇キロ、雷速四十九ノット、射程四万メートルの普通のものと、炸薬量を八〇〇キロにした射程のみじかいものもできているはずだ。

射点に突っ込むまで防御砲火をうける時間は長い。危険も多い。「虎穴に入らずんば虎児を得ず」だ。否、大戦艦ミズーリ輩を一撃海底に葬るには、多少の危険は覚悟の前だ。よし呉に行ったら、すぐ八〇〇キロ魚雷と積み換えてやろう。

三十五ノットの最大戦速で、猛烈な敵の砲火をおかして突撃する利根。この進退、かけ引き、すべて艦長の判断によるのだ。この権限をあたえられたのだ。

薄氷をふむ輸送作戦

利根艦長になっての最初の任務は、陸兵一個大隊と兵器弾薬をニューアイルランド島のカビエンに輸送することだった。呉鎮守府は、トラックまで大発（上陸用舟艇）二隻を載せていってくれ、妙高と羽黒は一隻しか積んでくれないので困っているという。喜んで引き受けた。

第五戦隊司令官橋本信太郎少将は、将旗を妙高にかかげ、羽黒を率いて瀬戸内海の伊予灘で利根と会合した。カビエン輸送作戦の間、利根は第五戦隊の三番艦として行動することになった。

トラックで昭和十九年の元旦を迎え、カビエンに向かった。もちろん大発は他の船の大きいデリックで吊り下ろし、艦内には陸兵のほか、戦闘の邪魔になるものはない。途中、ガダルカナルあたりから定期的に哨戒している米重爆撃機に発見されることは覚悟しなければならない。また敵の航空母艦の飛行機の攻撃も、当然あるものと考えなければならない。

カビエンには充分な陸上防空砲台があるわけでもない。港外で荷役するところは、雷撃機もらくに近寄れる。たとえ錨を入れていなくても、大発などをたくさん横づけしているときに空襲されては、回避運動ができないから、爆弾も魚雷も百発百中に近い。

重巡は洋上で自由に逃げまわれるとしても、艦上雷撃機、急降下爆撃機多数に来られては、まず無傷ではすまない。だから荷役は最短時間に終わらせることだ。私は大隊長以下の陸軍将校を集めて、

「陸軍で御紋章のついている小銃を手から離さないように教育していることは知っている。しかし、カビエンの陸揚げは敵機の危険が多いので、ぐずぐずできない。

軍艦では小銃の何百倍も貴重な兵器、魚雷でも、主砲の弾丸でも、大型機銃でも、飛行機でもデリックやダビットで積み下ろししている。今回は小銃はわれわれがあずかって、束にして機械を使って大発に積むから、そのつもりでいてもらいたい」

と申しわたした。また便乗して来た数十人の海軍軍人には、

「みんなには新しい作業服をやるから、白い第二種軍装を脱いで荷役を手伝え」

と伝えさせた。艦の准士官以上には拳銃武装で荷役を監督させ、

「もし陸から来た大発や機帆船の船員が、空襲がこわくて勝手にもやいづなを解いたりしないよう、厳重に申しわたせ。陸軍の指揮官にも、有力な防空砲火のある利根をはなれては、ねらわれたら最後だと教えろ。

それでも従わない場合は、拳銃で射殺するといえ。必要があれば威嚇射撃をやれ。陸兵はできるだけはやく舟艇に移らせろ。一人、二人泳ぐくらい何でもない。舟艇の横づけ作業は早いほどよい。乱暴に近寄ってバルジを凹ませたり、水が入るくらい気にするな」

と、陸軍さんに聞かせたら、驚き、かつ怒るような思い切った命令を下した。もちろん、各部署では一部の乗員は防空配備につき、一部は陸兵の移乗および荷役にあたる準備と訓練をした。

昭和十九年一月三日未明、右から旗艦妙高、羽黒、利根の順で横陣でカビエンの港外に進入し、漂泊した。陸からは大発や機帆船が各艦の両舷にむらがった。電信室はカビエンの北東近距離に敵機動部隊があらわれたことを受信している。

舷側の各指揮官は、早く横づけさせるためメガホンで矢つぎばやに号令している。兵員も便乗の海軍軍人も、機械のように機敏に動いている。作業が順調に進んでいるのが艦橋からよく見える。

と、間もなく「敵大編隊近接中」の情報が入った。早く朝食をすませなければならない。若い将校の中には緊張のあまり食事しない者もいる。死にざまを美しくする武士のたしなみか？　陸兵を満載した大発などは、次から次へともやいを解いて陸に向かっている。

副長は、「作業終わりました。二十六分」と報告する。航海長は「信号兵、整備旗！」と叫んだ。

整備旗というのは、三角形の長い旗で藍色を細い白の縁でかこんだ、見るからにスマートなペナントであって、何でも作業する場合、整備を報告するときに揚げる。これを僚艦より一秒でもさきに開くことは、スマートネスをモットーとした海軍軍人の誇りとするところだった。

私は航海長に艦首を沖に向けるよう、「その場回頭」を命じ、砲術長、高射長にはまだ作業中で弱味をもっている妙高、羽黒を掩護するよう、主砲、高角砲に射撃姿勢をとらせた。もちろん、機銃は自衛のために備えさせた。機関長は「最大戦速即時待機」を報告してくる。「われ揚陸作業完了。対空警戒に任ず」と信号した。八門の主砲が大仰角で敵の来襲方向をにらんでいる姿は、じつに勇ましかった。

いらいら待つこと三十分、入港漂泊から五十六分でやっと妙高、羽黒も整備旗をひらいた。かと思うと前進を起こし、白波を立てて西に急いでいる。利根もこれにつづいた。「最大戦速」「急げ二分の一」で正常のピッチの二倍の早さで増速し、やっと定位置が保てた。

西から真っ黒なスコールがやってきた。敵の大編隊はすぐ近くまで迫っている。一刻もはやくスコールの下にかくれなければあぶない。妙高も羽黒も、三十五ノット以上は出しているると見えるくらいの超全速力。三隻相ついでやっとスコールの中に突入した。付近に他の艦船はいないだろうし、邪魔物はいない。視界の狭いのにもかかわらず、思い切った高速力で敵との距離をできるだけ開くため、西へ西へと突っ走った。

敵機は良いレーダーをもっていないのか、スコールを透してわれわれを発見できなかった。

「サ一号」作戦の後難

利根は、カビエン輸送を終えトラックに帰るとすぐ、第七戦隊司令官西村祥治少将の指揮下に復帰した。第五戦隊の各艦より半分以下の時間で揚陸作業を終わったことは、大いに賞められた。

艦隊はスマトラ、ボルネオから敵潜水艦の危険をおかし、はるばる送ってもらう重油を使いながらトラック環礁のなかで各種の戦闘訓練をしていた。しかし、航空兵力が足りないためジリジリと押され、いつ敵の機動部隊の奇襲を受けるかもわからないようになった。

二月八日、第七戦隊は旗艦熊野、鈴谷、利根の順に、南雲第一艦隊司令長官の指揮する敷島部隊の戦艦長門、金剛、榛名といっしょにトラックをあとに、シンガポールの南にあるリンガ泊地に回航した。思う存分訓練し、決戦にそなえるには、油の本場スマトラの南がいちばんよい。かねて、印度洋に圧力をくわえるということもいわれた。第一線の太平洋を去るのはいささか淋しいが、海上輸送力が低くなったためと聞かされれば、いたし方ない。

利根は二月十一日の紀元節をパラオで迎えた。パラオで行なわれた第七戦隊の角力競技でも優勝するし、回航中も極力洋上訓練に励んだ。印度洋で何がおきても必ず真っ先に出撃し、敵を撃沈できる自信と誇りをもって新配備についた。

リンガに投錨すると間もなく、「サ一号」作戦がはじまった。これはビルマ戦線に対し、敵がオーストラリア経由で印度洋上を補給するのを攻撃する、通商破壊戦である。

南西方面艦隊司令長官高須《たかす》四郎大将が指揮し、第十六戦隊司令官左近允尚正《さこんじようなおまさ》少将のもとに、旗艦青葉と、第七戦隊から筑摩と利根が臨時に第十六戦隊にくわわって、重巡三隻で出撃部隊を編成した。そしてジャワから南々西一千マイル以上、だいたいフリーマントルとマダガスカル島を結ぶ線あたりまで、敵の輸送船をさがし求めて出撃する作戦である。

敵の海上輸送を攻撃するのは、前からペナンを基地とする第八潜水戦隊の各艦が連続出撃してやっていたところだが、重巡三隻の出撃ははじめてである。

昭和十七年春、セイロン島あたりまであばれまわったわが機動部隊の作戦につぐ大規模なこのサ号作戦は、敵の有力な海上部隊をおびき出すチャンスともなりかねない。そこで、あらたに東正面から転進してきた第二艦隊が支援部隊としてリンガに待機し、陸上では有力な航空部隊も出撃部隊に協力するという段取りだった。

もの足りなかったのは、作戦打ち合わせ会議で、

「インド洋のはるか南方からでも、できるだけ敵船は捕獲回航しよう」

という利根の提案は、「欲がふかすぎる」として一蹴され、わずかにココス島の南二〇〇

砲塔４基を前部に集中配置し、後部を航空施設にあてた利根独自の艦型

マイルまでと制限されたことである。「泰山鳴動して鼠一匹」という古いたとえのとおり、スンダ海峡出撃後九日目、三月九日正午ごろ、利根だけはやっとイギリス武装商船（ビハール号）一隻を撃沈する戦果をあげた。

敵が傾きかけてから、高角砲の通常弾の実験射撃をやった。いままで対空用に準備した信管が敵の非装甲部に命中したとき、はたして完全に炸裂するか否かわかっていなかったので、実験したかったのである。

あらかじめ計画しておいたのだが、平素から名のとおり素直で温良な大塚淳少尉候補生は何をまちがったのか、敵の乗員が集まっている船の中央部の救助艇あたりへ最初の一発が弾着した。さいわいにして、人員の飛び散るのは観測されなかったが、第二発目からは全部ブリッジより前の船体を標的とした。

この結果は、望遠レンズのついた特殊のカメラで撮影しておいたので、呉海軍工廠砲熕部や砲熕実験部で大へん喜ばれた。魚雷艇や潜水艦が不意にあらわれたときでも、対空弾をそのままうち込めば完全に炸裂するという自信を得た。

敵船ビハールが転覆すると、ライフボート三隻に乗れない者は西瓜《すいか》を流したように無数に浮いている。「溺者はインド人のようです」という報告に二十倍の一二センチ双眼望遠鏡で見ると、なるほどライフボートにいるのは、金線の黒い肩章をつけた真っ白い夏服の士官が多勢。

「毛唐だけがボートか？　おかしなことをしているな」

と、艦橋に集まった士官は憤慨している。利根は救助用に備えていたカッター二隻をおろして、溺者を全部救助して艦内に収容した。

敵が「ＲＲＲ」と緊急信を送ったのを傍受できた。悪くすると、付近にいる航空母艦や護衛の巡洋艦などが現われるかもしれない。しかし、赤子の手をねじるようにして撃沈した敵だ。これに銃撃をくわえるがごときは、利根のいさぎよしとしないところである。

艦隊命令で船長など二、三名は情報を得るため捕虜とするよう書かれていた。俘虜は一一五名。高級船員、白人の乗客などと下級船員の印度人、シナ人とは別の区画に収容した。白人の女二人は、船長と機関長のそばに、信号の旗で仕切りをして柔道畳の上に寝られるようにした。便所も艦尾左舷に設け、男女別々にした。

食事は兵員のものをあたえることにした。ビスケットとかシチューとか、西洋人向きのものをまじえるという主計長永井邦夫主計大尉の報告だった。毎日の艦内巡視のとき、治療室をのぞくと、軍医長中橋光男軍医少佐は、砲弾の破片で腕などをやられた者を親切に治療しながら、

「みな感謝しています。さいわい軽傷ばかりです」といっていた。

三月十五日から十八日の間、バタビヤ入港中、副長三井淳資中佐の熱心な協力により、情報に関係のあるイギリス船長、シナ人の農学博士、イギリス婦人二人など、三十五名の陸揚げは許可を得た。

のこり八十名は乗せたままバタビヤを出港することになった。利根としては彼らにたいしては正当な待遇をしてきたつもりだ。別に誇るわけではない。国際法の規定する範囲で訊問し、ある程度の情報を得たことはもちろんである。

しかし、この俘虜のとりあつかいが戦時国際法に違反するとして終戦後、艦長、副長、砲術長、軍医長、主計長、大塚大尉など十名近くが巣鴨戦犯拘置所に入れられ、艦長は香港の英軍戦犯法廷の軍事裁判にかけられ、七年の重労働の判決をうける原因となったのである。

いわゆる「利根事件」(「ビハール号事件」)は、公判を開いてから判決までに四十日をついやした。利根乗員が、作戦中に俘虜にたいし適正、親切に処置したこと、また公判中の私にたいし正しい証言をしてくれたことが、私が絞首刑をまぬがれた大きな力となったものと、つねに感謝しているところである。

ブルネイ出撃の前夜

印度洋の通商破壊作戦は、敵に一大ショックをあたえずにはおかなかったであろう。が、敵主力の太平洋進攻作戦にたいする準備のため「サ一号」作戦だけで止められて、第七戦隊は第四戦隊とともに重巡四隻の完全な戦隊として、あらたに着任された白石万隆海軍少将の指揮のもとに、リンガ泊地で猛訓練をかさねた。

利根は作戦資料の調査、マリアナ、小笠原、硫黄島、南西諸島などに来襲する敵艦隊にたいする反撃戦術、敵をだますため使う発光装置の考案、魚雷艇対策など、とくに司令官から課せられた作業で多忙をきわめた。

六月十九日をピークとする「あ」号作戦は惜しくも大敗北となったが、第七戦隊は第二艦隊の主力とともに、ひとまず沖縄の中城湾に避退した。二十日の晩には、われわれを追撃中の空母二隻、戦艦二隻を基幹とする敵機動部隊にたいし、東に反転して夜戦を行なうことになった。

利根は偵察機一機をカタパルトで射出して発見、触接させる命令を受けた。暗夜、位置が確実でない遠距離にある敵の小部隊を発見することは不可能に近い。飛行長は、「発動機の調子が悪いから、射出をしばらく待って下さい」とたのんできた。口には出せないが、どうか故障が復旧しないようにと念じていたが、三十分ばかりで整備の報告が来た。搭乗員はいつものように元気で自信に満ちている。私は命令を下したあと、

「スコールもあり、発見の可能性は小さいのだから、命令どおりさがしていなければ、ヤップ島に着水し、何とかして艦に帰ってこい。決して無理するなよ」

とつけくわえ、ヤップの資料をくわしく説明してから、心をこめ武運を祈りつつ射出した。

何としても成立の公算のない夜戦に貴重、可憐な搭乗員を死なせたくなかった。彼らは命令どおり任務を遂行してヤップに着水し、七月中旬、利根をたずねまわったすえ、リンガ泊地でやっと舞いもどることができたのは何よりだった。

「あ」号作戦は無理に無理をかさねた作戦である。わずか三割ぐらいの航空兵力で勝てるわけがない。われわれ田舎武士はくわしいことは知るよしもなかったが、こっちの攻撃可能距離いっぱいの限度で奇襲し、各航空母艦群は分散して敵の眼からのがれようという、ひとり角力の戦術と感じていた。

いま思えばほかに良い案もなく、苦しまぎれの戦法だったにちがいない。結果論ではないが、作戦計画を聞いたとき、搭乗員の練度に応じ、下手は下手なりに思い切って肉迫して斬り込むのが日本古来の兵法だろうと不安に感じた。

十月十二、三日ごろ、台湾の東方海上に敵機動部隊が来襲し、わが基地航空部隊は大戦果をあげているという情報に、リンガ泊地で腕をさすっていた第二艦隊の将兵は大いに喜んだ。十六日には第一遊撃部隊である第二艦隊に「至急出撃準備をなせ」の電報命令がきた。利根は第七戦隊の各艦とともに、シンガポールにおける最後の補給を行なった。十八日午前一時にはリンガを出撃して二十日正午ごろ、ボルネオの北西にあるブルネイ湾に入港投錨した。

シンガポールでは例により各艦長は上陸して、水交社の施設に会合し、作戦の推移について意見をたたかわせた。人見（錚一郎）熊野《くまの》艦長は、

「日本の艦隊はフリート・イン・ビーイング（現存艦隊主義といい、潜在威力で敵を拘束する

戦略）を適当とする。最後まで自重し、大陸と内地の海上交通を確保すべきだ」

という。則満（宰次）筑摩《ちくま》艦長は、

「この作戦は思うとおりうまくは行くまい。だいたい沈められることとなるだろう」

と飾り気もなく、感ずるままをのべた。

リンガ出撃の直前、錨をまき揚げはじめたとき、隣りにいる摩耶に級友大江《おおえ》（覧治）艦長を訪ねてわかれを告げた。

ブルネイ出撃の前夜、作戦打ち合わせのはじまる前、最上艦長藤間《ふじま》（良）大佐と旗艦で会った。つねに豪放な彼も、

「大変な作戦にあたることとなった。扶桑、山城とスリガオから突入するんだよ」

と戦勢すこぶる不利と見ているらしかった。が、鍛えに鍛え、練りに練ったわが利根は、三倍の敵なら勝てるつもりだった。

戦争の勝敗はいかんともなしがたい。しかし、戦闘では思う存分働いてみせる。いわゆる必勝の信念に燃え、「恐いものなし」の心境である。何回も行なった図上演習、兵棋演習の研究では、レイテなどに来襲という情報で起《た》ちあがってリンガからはせ参じても、敵の輸送船団は一日、二日で荷役を終わって洋上はるか沖に逃げてしまう。上陸した部隊は弾薬、燃料をトラックに載せて海上からの有効射程外に片づけているだろう、という結論だった。

だから、レイテに突入する戦略的意義は、大した期待は持ち得ない。重巡艦長のごとき下級の指揮官としては、「進め」で進み、「引け」で退けばよいのだ。ただ勇戦奮闘し、すこ

しでも多く敵をやっつければよいのだ。ただ永年、兵学の研究をつづけてきた習慣で、一応は大戦略も論ずるだけだ。しかし、いざとなればどんな危険でもおかし、どんな邪魔物でもおしのけて敵に近迫し、最大攻撃力を発揮する責任感、度胸、腕前はどの艦の艦長も持っているのだ。

私は、「勝ち負けはやってみなければわからないよ。そうかんたんには沈められるものか。五倍までの敵なら何とかなるさ。ただ敵がいてくれるかどうかだけが問題だよ」と、いつものように思ったとおりをのべて艦に帰った。

なお、利根は武蔵から燃料補給を受けた後、翌二十一日の夕刻には栗田司令長官から作戦命令を受けとった。リンガ泊地での度重なる研究会で得た結論とは大いにちがって、山城、扶桑を基幹とする第三部隊が、第二艦隊の第一、第二部隊と分離別動して、スリガオ海峡からレイテ湾に侵入する計画だった。集中は兵術の鉄則だが、速力、補給などの関係でやむを得なかったらしく、命令とあれば致しかたない。

パラワン沖の災厄

さて、十月二十二日午前八時、艦隊は一斉にブルネイ湾を出撃した。

利根は第二部隊、第七戦隊の殿艦だから、蜿々長蛇の列をうしろから眺めることができた。じつに壮観である。しかし、どことなく淋しいものがあった。それは、航空母艦がこの艦隊の中に一隻もまじっていなかったからである。

いまさらどうにもならない。機動部隊は北から来るのだし、もし一緒でも戦闘機の戦力は不充分だから、それだけで安心はできない。火の粉の降る中を、ガソリンの瓶を入れた籠を背負って火事場に行くような心配のないのは、かえってありがたいわけだ。

戦艦は急降下爆撃ではなかなか沈みにくいものだ。雷撃は駆逐艦や巡洋艦ではたいてい阻止できるものなのだ。少なくとも遠距離発射を強制することができる。そんなことを考えているうちに、艦隊はいつのまにか外洋に出ていた。

南シナ海といえども、いつ敵の潜水艦から攻撃を受けるかわからない。一瞬も他のことは考えていられない。日常の訓練どおり警戒を厳重にして進むうちに夜となった。

パラワンと新南群島の間を通る第二航路は、二十三日未明あたりがいちばん潜水艦にやられる危険が多い。利根ではあらゆる補助機械の運転を止め、騒音の多いディーゼル発電機からタービン発動機に切り替えさせた。砲塔、発射管の操作を厳禁し、つとめて水中聴音機や水中探信儀の性能を十分に発揮させるように努力した。

単艦なら少なくとも二十四ノットを出したいところだが、燃料節約という艦隊全般の作戦上の要求で、速度は八ノットに制限している。これは敵の潜水艦にたいして非常に不利なのだが、水中測的には都合がよい。どっちにしても利根の思うとおりにはならない。いつもの黎明教練などのように音を出したり、見張りの眼の数を減らすようなことは絶対に禁物だ。

日出三十分前、利根艦橋の左舷見張員は、「愛宕、高雄に魚雷命中」を報告してきた。間もなく「愛宕沈没」と沈痛な声にみな色をなくした。ついで「摩耶轟沈」の報告に、見張望遠鏡をとってのぞくと、マストの二倍に達する薄茶色に白と灰色のまじった水柱と煙が一時に立ち上ったと見る間に、艦は波間に消えてしまった。

第二部隊はただちに反転したが、ふたたび元の針路にもどって、摩耶の沈没点を通過することとなった。沈没直後なら、敵が次発の魚雷をふたたび装塡する前に射界外に通過できるが、次発の準備ができているころにそこを通るのは、危険このうえない。しかし、敵は摩耶を沈めたのに満足したのか、魚雷を射ち尽くしたためか、幸いにして襲撃されずに通り抜けることができてほっとした。

見放された戦艦武蔵

二十三日は重巡三隻の犠牲でパラワン島の北に出て、二十四日は未明にミンドロ島の南を左に見て、やがてシブヤン海に入った。間もなくB24重爆一機が、モロタイの基地からと思われる南から艦隊の上空を北に横切った。敵は味方の行動を知ったに違いないと思う間もなく、第一次の空襲がはじまった。

第一次の空襲は、ほとんど第一部隊のみに向けられた。

利根は第二部隊の中心、旗艦金剛の左舷斜め後方二キロに占位し、針路はつねに金剛とほとんど平行にしていた。利根の前方には約二キロを置いて筑摩がすすみ、後方二・五キロに駆逐艦磯風がつづいていた。また、戦艦榛名は利根の右舷斜め後方約二キロに、駆逐艦浜風は利根の左斜め前方約二キロに占位し、いずれも利根と同じに金剛と同じ針路をとっていたから、味方同士衝突しないわけである。

第一部隊は利根の北方約十五キロから二十五キロに分散し、大和を中心として、輪形防空陣をつくっていた。戦艦は主砲や副砲をもまじえて、全対空砲力を発揮しているので、遠距離から眺めると、ちょうど砲塔の火薬庫が爆発したかのように見え、何度か胆をひやした。が、数秒後には煙が空に上がって、威風堂々たる巨艦の雄姿が現われてくる。

十二時ごろに行なわれた第二次の空襲にも、第二部隊は攻撃をまぬがれた。武蔵は四本の魚雷を艦首に受けて、速力が落ちたという打電を受けた。

第一部隊は武蔵を棄てたようなかたちで、サンベルナルジノ海峡をめざして、高速力をもって航行している。武蔵は第二部隊の北から、十四～五ノットとおぼしい低速力で近づいてきた。見るといくらか艦首を沈めているが、戦闘力の発揮ができないとは思われない。

武蔵は大和の姉妹艦で、新しいだけ大和よりも改良されている世界一の戦艦だ。開戦直前まで副長として艤装した大和と同じ最大最強の戦艦だと思うと、惜しくてたまらない。黙ってはいられなくなった。すぐ鈴木第二部隊指揮官の旗艦金剛にあてて、「参謀へ、武蔵を掩護する必要ありと認む」と信号を命じた。これは金剛の反対側に占位している第七戦隊旗艦熊野にも届くのである。

第二部隊司令部からは、「利根は至急武蔵の北方にありて、同艦の警戒に任ずべし」という命令になって返ってきた。

「利根一隻で何になるか」と参謀を怒鳴りつけたい気持はおさえがたかったが、すぐ「取舵一杯」と令し、速力を二十七ノットに増して武蔵の左舷艦首三千メートルぐらいに出て同航となり、速力も落としてあまり離れないようにした。

敵潜水艦にたいしては警戒上不利だが、いたし方ない。利根は武蔵の左舷前部から襲撃する敵の雷撃機にたいしては非常な障害になる。第一部隊では妙高、羽黒、能代の三隻の巡洋艦や二、三隻の駆逐艦が武蔵をとりかこんで対空掩護を行なったはずだ。

また、大和や長門の自分をまもる対空射撃は、間接には武蔵の対空戦闘に協力したことになっているわけである。それにもかかわらず不幸にして雷撃を集中され、落伍の憂き目にあっている。しかし、漫然と輪形陣の一環で多くの戦艦を掩護するのとちがって、いまは一隻対一隻で武蔵だけをまもればいい。しかも自分から出したやむにやまれぬ作戦上の意見の結果である。

最善を尽くして、これ以上の被害を受けさせないようにしなくてはならない。応急処置をして二十ノットでもよい。あとから戦場に馳せつければ、四六センチ砲九門は目に物見せるであろう。この絶望でもない戦艦を見棄てるとはなにごとであろう。

武蔵、ついに還らず

こうしているうちに午後一時半、敵の第三次空襲がはじまった。そして、武蔵はその集中攻撃を受けた。約八十機が来襲し、武蔵には三本の魚雷と四個の爆弾が命中し、速力は十六ノットにさがった。利根は最初武蔵に向かう敵機を撃っていたが、約三分の一が利根にかかってきたので、自分の頭の上の火の粉を払わざるを得なくなった。

二罐室の上の中甲板に二五〇キロ級の爆弾が一発命中したが、それは幸いに不発だった。これがもし貫通したら、罐は破裂したであろう。また炸裂したら致命傷となったであろう。艦橋より三層下の艦内防御指揮所に命中した三〇キロ程度の爆弾は炸裂したが、大した被害はなかった。

敵雷撃機五、六機が順撃のかたちで右舷斜め後方から近寄ってきた。これは航海長の回避が上手に行なわれて、いずれも右舷艦尾にかわすことができた。これは対空砲火がきわめて猛烈だったため、敵が恐れをなして遠距離発射をしたのも一つの原因である。発射は二五〇〇メートル以上で行なわれた。

この空襲でもっとも印象的だったのは、航海長阿部浩一少佐が左腰に梅の実ぐらいの破片を受けたが、平然と回避を指揮していた姿であった。

武蔵は午後三時二十五分まで行なわれた第五次空襲によって、さらに魚雷が四本、爆弾が十発も命中して左舷に傾き、六ノット以上の速度が出せなくなった。もう攻撃に参加することはできない。利根は島風、清霜とともに対潜警戒をしながら、末期《まつご》の水まで付き添わなければならない。武運に恵まれないのを嘆いた。

武蔵では砲術学校で職をともにすること最も長かった猪口艦長、兵学校の同級だった加藤副長、古鷹で一緒につとめた越野砲術長がいる。おそらく艦はダメかもしれないが、奇蹟的に応急処置の効果があるかもしれない。行って手伝いたいが、いかんともなすべき手段はない。

武蔵は左舷前部に傾いていた。その上艦橋、探照灯台、機銃砲台、砲塔天蓋など一面に武蔵、愛宕、摩耶の乗員が群がっている。多くは頭や腕に包帯をしていた。互いに寄り合って助け合っているのも見える。ただ火災が見えないので、人員は助かるものと思われた。

なお、利根が武蔵の対空警戒にあたったことは、第二艦隊参謀長小柳《こやなぎ》冨次氏の著書『栗田艦隊』にも載っていない。これは第二部隊指揮官が利根の意見にたいし、臨機の信号で命令した任務だから、艦隊司令部では関心が浅かったためと、各種の記録が終戦とともに焼却されたためであろう。アメリカ海軍のフィールド少佐の著書には、ちょっと仄《ほの》めかされてはいる。

最後の追撃戦

日没ごろ、豊田連合艦隊司令長官から電報が来た。「天佑を確信し、突入せよ」というものであったと記憶している。

第二艦隊は反転して、サンベルナルジノを目指して進んでいる。武蔵こそいないが、まだ堂々の陣形である。利根は心の中で武蔵の武運を祈りながら、信号もしないで武蔵をはなれて第二部隊に近寄った。反航だからすぐ信号距離に入った。

「決戦に参加せしめられたし」と第二部隊指揮官に嘆願した。しかるに、またまた意外の信号、「利根は現任務を続行すべし」と。

「何と武士の情けを解さない司令部ぞや」とかつ嘆き、かつ憤った。

武士の熱意が軍の神に通じたのか、たちまち、栗田司令長官から、「利根は原隊に復帰せよ」との信号。利根は艦長以下うれしさのあまり男泣きに泣きたかった。士気はふたたび天を衝いた。しかし、暗くなって間もなく、武蔵らしい火の塊を右舷艦尾の遠距離に認めたときは、しばし感無量であった。

サンベルナルジノ海峡は幸いに無事に通過できた。太平洋に出て、索敵隊形でサマール島の東を南に下った。二十三日、二十四日と二日間の悲惨と激闘に無神経な利根の幹部もいささか疲労し、艦橋で適当にまどろんだ。

二十五日黎明、第二艦隊はふたたび猛烈な空襲を予期して、輪形陣をつくりかけていた。

利根の艦橋左舷の見張りは、「敵の空母二隻」「その上に飛行機」「左四五度」「三〇〇〇」（三万メートルのこと）と矢継ぎ早に叫んだ。

手前より愛宕、高雄、摩耶。ともにパラワン水道で米潜により雷撃を受けた

せた。

「配置につけ」「戦闘」「全力即時待機」「急げ」と艦長の号令も矢継ぎ早だ。

副長はスピーカーで、「左四五度、三万メートルに敵の機動部隊が見える」と艦内に知らせた。

艦橋ではうれしさのあまり敵の方向に手を合わせて拝んでいる者もいる。それは武家時代の仇討ちが、目指す仇を前にして弓矢八幡に感謝する気持ちだった。

艦隊は早くも取舵に変針して、風上の東北東に向かった。敵空母は飛行機を発進させるため、風上に立っていたからである。空母数隻と護衛の駆逐隊らしい。他にも必ず優勢な部隊がいるにちがいない。第七戦隊は第五戦隊とともに突撃に移った。

利根は増減速標準と異なった増速をしたのだろうか、原因不明のままぐんぐん筑摩、鈴谷を追い越して、旗艦熊野の右舷正横付近まで出過ぎてしまった。遅れるよりはマシであったが、少しひどすぎる。思わず笑ってしまった。機関科の張り切りぶりが察せられたからだ。

敵の駆逐艦の煙幕で、空母はすぐ見えなくなった。敏捷《びんしょう》そのものである。いちばん近い駆逐艦は一万二千メートルぐらいに近寄った。利根の第一弾は同航の駆逐艦に向けられた。こういう駆逐艦は有効弾を得そうになるとすぐ煙幕の中に潜り込み、射撃が中絶するとまた顔を出す。そして、好機をとらえて魚雷発射を行なうのが常道である。

利根は二倍、三倍の重巡と決戦する覚悟でいた。したがって、駆逐艦に貴重な弾薬を浪費したくない。平素から砲術長谷《たに》鉄男中佐には意図を明示してあり、彼もまた沈着で細心の注意をはらって射撃を実施する射撃指揮官だから、敵前においてあらためて指令する必要はなかった。適宜の敵をとらえて射撃するよう命令した。ついでに弾薬の節約を念のために指示した。利根が主砲の弾薬を節約し、羽黒の半分の消費で同じ戦闘を行ないえたことは、砲術長の手柄というべきである。

煙幕に隠された米空母

戦闘開始後約三十分にして、旗艦熊野が右舷艦首から薄い煙を流しながら落伍していくのを認めた。あるいは蒸気パイプが破裂しているようにも見えたが、艦首付近にはそんなものはないはずだった。魚雷炸裂のときの煙が、舷側の破孔から洩れて流れたのであろう。たちまち熊野も鈴谷も見えなくなるほど、後方に落伍してしまった。筑摩の後につづいて、だいたい東方に進路をとっていたが、午前八時ごろ急降下爆撃機数機の来襲を受けた。利根は左に大回避を行なったので直撃をまぬがれたが、筑摩と五千メートルも離れてしまった。常距離は艦首から艦首まで六〇〇メートルである。その原因は、利根が回避のために三六〇度近くまで一つの円を描いたのに反し、筑摩は最初面舵《おもかじ》を取り、ついで取舵《とりかじ》に移ってS字を描いたからである。ところで、八時ごろに利根の前部に砲弾が命中して火災を起こし、艦隊の縦陣列から離脱したように書いている本があるが、火災は起こったことはない。回避運動を見誤ったものであろう。

利根は容易に轟沈されまいと信じていた。敵機は戦艦を主として攻撃するだろうからである。したがって、魚雷は最後の場面で敵の空母、戦艦、大型輸送船にたいして使う肚《はら》であった。重巡、軽巡は大砲で処分できるからである。

ところが午前八時前、副長や水雷科員がぜひ当面の敵軽巡洋艦に発射させてくれ、と熱心に頼んできた。その巡洋艦は煙幕展張の駆逐艦についで、午前七時半ごろからときどき砲撃をくわえた敵である。

最初に一発が艦橋の後部にあたり、気持よく破裂するのを望遠鏡で見た。たしかに単装の一三センチ砲か一五センチ砲を前部に三門、後部に三門有し、艦橋は四角で大きく、煙突は二本で垂直に近いことをはっきり記憶している。また、秋津洲《あきつしま》のごとく緑色や黒などでカモフラージュを施していた。軍令部の情報の写真でも見受けなかったので、新造艦かイギリス軍艦だろうとも考えた。あるいは防空巡洋艦ではないかとも考えた。

こういう敵に魚雷を発射すべきではない。けれども、なかなかよい機会はないので、四斉射分ある二十四本中の六本だけを発射させることにした。愛宕から救助され、利根に乗ってきた水雷長は、喜んで発射した。魚雷駛走の経過時間がすぎて、「命中」「轟沈」と副長をはじめ艦橋で大いに歓声を上げていたが、艦長は敵飛行機や僚艦の運動に注意を向けていて、残念ながら視認するひまがなかった。

午前八時前後、大和、長門は北の方に残され、金剛、榛名も進出が遅く感じていた。しかるに、「第七戦隊は速かに進出せよ」という鞭撻の電話がきた。

あるいは熊野、鈴谷が見えないので、こんな電話を送ってきたのかもしれないが、筑摩も利根も先頭に立っているのだし、これ以上どうにもならない。戦闘中とはいいながら愉快でなかった。

一方、利根の艦橋では、「艦長、煙幕に近寄りすぎて危険ではないですか」という士官があった。通信長野田宏大尉は、アッツ島沖の海戦の経験から、煙幕のかげから首を出して有効なるレーダー射撃や発射をする敵に対して不安を感じ、警告してくれたのであろう。

この場合、五千メートル以上はあったので、魚雷だけに注意していればよかった。強い奴が出てくれれば、願ったり叶ったり、雷撃をくわせればよいのである。

午前八時すぎ、筑摩に五千メートルも遅れたが、敵は相当に前後にのびて煙幕を張っているので、利根の対手がなかったわけではない。アメリカのフィールド少佐は、空母を南に追撃する八時前の記述で、利根が嚮導《きょうどう》し筑摩があとを追ったように述べている。しかしこれは全く逆で、九時ごろ筑摩が漂泊するようになるまで、筑摩が先頭に立っていたのである。

まさに百発百中の観あり

旗艦大和は二万メートルも遅れたらしい。司令官の旗艦熊野は落伍し、将旗を鈴谷に移しておられるらしく、ぜんぜん見えない。先任艦長の筑摩ともはなれている。陸戦隊の尖兵や単独の斥候のように、他の指令はいちいち受けない。艦長の独自の判断で行動するわけである。

あたりを見ると、筑摩は最先頭に立ち、利根は四千メートルも遅れているが、敵に近いことでは大差ない。第五戦隊は利根から四、五千メートル後方だが、敵との距離は適当のようだ。付近の友軍の戦闘状況を絶えず見ていなければ、適切な協同はできない。先輩や先任の同僚の戦闘ぶりは、長年の習慣で批判的に見てしまう。

追撃は速力差が何よりだが、敵は内線に運動しているので、容易に近寄れない。敵空母を五千メートルに迫って砲撃すれば、少なくとも二〇パーセントの命中率だろうと思うが、ひとり角力は許されない。そのとき、八時半ごろ、

「急降下」「左舷艦首、真上」「突っ込んでくる」

と叫び声を聞いたと思うと、右股付根あたりに猛烈な衝撃と激しい痛みを感じた。幸い爆弾の命中はないらしい。また右手の指もちょっと痛んで、双眼鏡を持つ手がふるえる。

信号兵曹が三角巾で股動脈あたりを縛ってくれるが、二本ともぷつりと切れてしまった。加納軍医大尉がやってきて、ズボンを鋏で断ち切り、ちょっと見て、

「大きい動脈は切れていません」

と言いながら大きなヨード・フォルム・ガーゼを金属の棒で押し込んで、包帯をしてくれた。あとから聞くと、深さ八十ミリから五十ミリ、掌の大きさの一三ミリ機銃弾による失肉創であった。

午前八時四十五分ごろ、利根は大型の改造空母を北西の方向七千メートルに見ながら、主砲を連続的に撃ち込んだ。まさに百発百中の観があった。これはあとから聞くと、護衛空母ガンビアベイとのことである。すでに筑摩、利根、羽黒、鳥海が射距離七千メートルぐらいで主砲を撃ち込み、落伍させた敵である。金剛が沈めたというのは八時二十六分だったそう

煙幕を展張し栗田艦隊の砲撃をかわして全力退却する護衛空母ガンビアベイ

だから、この艦ではないようだが、もし九時ころならば、これらの重巡と協同で沈めたことになる。

アメリカのフィールド少佐の著書には、午前九時沈没中とある。私は飛行甲板の後部などから敵兵が綱梯子を下げ、鈴なりにつながって上の者が下の者の頭や肩を蹴って海面の筏に急ごうとしているのがよく見えた。しかし、大口径の弾着は見なかった。

筑摩は午前九時ごろまで先頭に立って追撃の嚮導をつとめてきたが、ガンビアベイの一九〇度一万メートルに漂泊してしまった。敵機の雷撃のためである。利根はそれからは全軍の先頭に立った。追撃戦ではもっとも勇敢に敵に近迫しなければいけない。

午前九時十分ごろ、ふと後ろを見ると、羽黒に敵の中口径砲の徹甲弾が指向されていた。その射撃は拙劣であり、散布界、射撃中心の精度、射撃速度、いずれからいっても日本の駆逐艦や軽巡におよばないと観察された。

橋本五戦隊司令官は水雷屋であり、付近の先任将校でもあったので、利根はその後に入った。羽黒と並ぶと敵弾を受けるだろうが、むしろその敵と勝負したい衝動を感じた。

羽黒に対し、「統一魚雷戦を行なわれたし。われ三回分の魚雷あり」という意味の信号を送った。返事は参謀より、「効果なしと認む」とあった。

午前九時二十二分に反転することなく近寄れば、空母群に有効な雷撃ができたであろう。九時十二分、羽黒の後に入ってからは羽黒の嚮導に従った。敵の空母群は午前九時、利根からの距離一万メートルだったのが、一万三千メートルとなった（これは合戦を見た上での話である）。

利根に爆弾命中

午前九時二十二分の反転は、世界兵学界に問題を提供した。橋本司令官はのちに戦死されたので、その心境は確かめられない。

利根では、「敵主力北方にあり。これと決戦せんとす。集まれ」という電報を知った。九時二十二分、方向変換の少し前、利根艦長は、「追撃を続行するを有利と認む」と橋本司令官に宛てた意見具申の信号文を書き、航海長に渡した。

航海長は、「昨日、武蔵掩護の意見具申も、利根だけにやらされ、馬鹿な目にあいました。いま一隻で行かされても危ないだけで、あまり効果はないでしょう。主力は北に出た敵と決戦しようとしています。巡洋艦は少ないから引き返して、主力に合同するのが正当と思います」と意見を述べた。

兵理上、決戦の決心で新しい敵の主力に向かわんとする主将の意図に従うべきだと判断し、信号を止めさせた。九時二十二分に反転してからは、筑摩、鳥海を右舷それぞれ一万メートルと五千メートルに見たほかは、鈴谷に合同するまでの行動は全然記憶にない。何もなかったということであろう。

利根は午後十二時ごろ、鈴谷から白石（万隆）第七戦隊司令官を迎え、将旗をかかげた。サマール島の東を北に向かう輪形陣に加わっているとき、午後一時二十分から四時四十分まで四回にわたり敵の空襲を受けた。

午後一時四十分ごろか、利根の後部に二五〇キロ爆弾が命中し、艦橋にいた者は首が抜けるほどの衝撃を感じた。そのため舵機故障を生じ、面舵に取ったまま右回りに円を描きはじめた。しかも黄色の重油を海に流し、被害甚大を正直に示している。

是が非でも舵を修理しなければならない。補機部員や応急指揮官、操舵員の懸命な努力により間もなく復旧した。利根はすこしずつ速力を増して、三十ノットまで上げて主力に合同した。しかし、北方の敵との決戦は起こりそうにない。

戦艦は大雷撃を受けないかぎり沈まない、という平時の研究は実戦で確信を得た。その上、これからの作戦に役立つのは戦艦でなく、わが利根などの巡洋艦である。いままでのように補助部隊として、身を犠牲にして戦艦の対空掩護に奉仕しなくてもよいと判断した。

敵は二十六日には早くから追撃の空襲をかけ、疲れた利根は大いに悩まされた。一昨日いらい、あまりにも正確に意地悪な星占い女のように敵の来襲方向、機数を報告する電探担任の松岡候補生の顔さえ見たくなくなった。が、幸いに利根には被害がすくない。連日の戦闘指揮で体力、気力を消耗し、負傷の激痛に耐えてきたが、最後まで防空指揮に元気を出さなければならない。

気付け薬にと、爆撃をまぬがれた残りのウイスキーを飲もうとするのを、軍医大尉が見つけ、化膿の心配があるから止めろという。化膿もさることながら、利根を沈めないことの方がはるかに大事だ。元気に指揮するためだからと許しを得た。

三式弾の威力

最後の空襲はB24重爆の大編隊であったが、ほとんど被害はなかった。利根は高々度の水平爆撃は、回避すればほとんど命中しないという理論と経験から、安心して射撃と回避をおこなった。見張りの報告では十八機と聞いたが、二十七機との説もある。

金剛などと衝突しないように操舵に注意している瞬間、

「敵機墜落、空中分解」

と聞こえた。右舷の上空を見ると、発動機の数だけの四つに分解した敵機は、黒い煙をひき、真っ赤な火の玉となって落ちてきた。ついでさらに四機の墜落を叫んでいる。

大口径砲や二〇センチの対空砲弾は、零式弾という普通の榴弾と、三式弾という焼夷性榴霰弾兼榴弾の特性をもった特殊弾の二種があった。B24を墜としたのは三式弾である。これはたとえば四〇センチ砲の一トンもする弾丸でいえば、親指くらいの大きさの焼夷性の弾子（鋼のパイプ）約千個が敵前数百メートルで箒星《ほうきぼし》のように敵機に向かって飛ばされる。そうして残りの弾体四〇〇キロの鋼が、約五十キロの炸薬により敵編隊の真ん中で破裂するという着想のもとに作られたものである。

利根は日没ごろ、パラワン島の北から南シナ海に出るのを待って、勇敢に奮闘した学徒出身の石井少尉、佐藤少尉以下四十八人の勇士を水葬にした。

勇士の遺骸は戦友に抱かれ、短艇軍艦旗を身にまとって、海底深く沈んでいった。静かな海は紅く光っていた。信号兵の吹く「水漬く屍」に乗員一同は涙をそそられた。地点は日本商船の通る水路部推薦航路とリナパカン島の北の水路との交点に選んだ。

利根の被害は矢ヶ崎技術少将の鑑定を受け、最大速力を二十ノットに制限された。五十畳敷の大広間ほどの孔があいて、海底とつながったのが後甲板から青く見えた。修理は十一月十七日から舞鶴工廠で行なわれ、昭和二十年二月、利根は兵学校の練習艦を兼ねて本土決戦に待機するため、江田島に回航された。

七戦隊「鈴谷」サマール沖の最期

元「鈴谷」艦長・海軍大佐　**寺岡正雄**

眉宇にみなぎる決意

スマトラのリンガ泊地を出撃、途中、北ボルネオのブルネイで最後の補給を行ない、一路レイテ沖をめざして突進した艦隊は、わが海軍の虎の子の最精鋭決戦部隊である。なお、このほかに出撃直前、内地から山城、扶桑が急遽増勢され、第三部隊として最上および駆逐艦数隻とともに編入、わが部隊の別動隊としてスリガオ海峡を突破し、レイテ湾外に相呼応して殺到する手はずであった。

寺岡正雄大佐

わが部隊の基本的戦闘訓練は最高度の練度にあり、出撃直前における血のにじむような訓

かるい仰角に水平線の彼方を指向する三隈の後部三連装砲塔。後方は鈴谷

練は、主な目標として、とくに主砲電探射撃、対空戦闘、対魚雷艇戦闘、艦内防御などが課せられ、いずれもそうとう自信のあるところまできていた。

しかし、何といっても航空兵力がともなわず、しかも味方の陸上基地からの航空協力にも多くを期待できなかった。そんな状況で、敵空母群の跳梁する比島東方海面に突進することは、むしろ、無謀なことでさえあった。だから指揮官から一兵にいたるまで、悲壮なる覚悟をもって最善を尽くして戦わんかなの決意のほどが、だれの眉宇《びう》にもうかがわれた。

勇敢だった米軍

部隊はブルネイにおける燃料補給と最終作戦打ち合わせを終えて、十月二十二日朝、同湾を出撃した。第一、第二部隊は各群ごとに輪形陣をつくり、たがいに緊密な連繫をたもちながら、所定の之字運動を行ないつつ対潜、対空警戒を厳にした。

二十三日黎明時、前方正面で第一部隊の愛宕、摩耶が敵潜の雷撃をうけて沈没（摩耶は一瞬で轟沈）、高雄が落伍するにいたって、前途の多難が思われた。

二十四日早朝、ミンドロ島南方海面で敵大型陸上機の触接をうけ、主力艦の主砲でこれを南方に追い散らした。敵潜水艦の襲撃についで、敵機がわが艦隊の全貌を発見したことによって、敵はわが艦隊の動静と企図を的確に察知したにちがいない。

おそらく、わが部隊が比島線以東の海面に出る前の昼間に、敵は母艦航空機の全力をあげて来襲し、わが艦隊の消耗を企図すべく、とくに大和、武蔵の両艦は何としても屠らねばならぬと考えていることは、疑う余地がないと思われた（大和、武蔵の主砲威力にはどんな米艦も太刀打ちができず、絶対的脅威だった）。

そう考えて、おそらく二、三時間後あたりから敵の大規模空襲を予期していたところ、実際に昼前から第一回の編隊空襲をうけた。全軍の主砲、高角砲がいっせいに火ぶたを切り、空中に炸裂した。しかし、この雨のごとき防御砲火をくぐり、敵機はじつに勇猛果敢に急降下爆撃に、あるいは魚雷発射に転じ、その豪胆さは敵ながら天晴れ、こにくらしきかぎりである。

第一、第二部隊は各群ごとに輪形陣をもって高速回避運動を行なうが、敵機はほとんど全機が第一部隊を目標とし、大和、武蔵につっこんできた。わが軍の砲火の炸裂は、大空一面に点々として、幾百千の花火を同時に発火させたようなすさまじい景観である。このもの凄い弾幕をかいくぐり、一機一機ゆうゆうと急降下に入り、捨身の雷爆撃を敢行する敵の面《つら》にくさ。

だいたいB17のような大型機の高々度爆撃は、地上固定目標に対しては正確無比であるが、高速回避自在な艦艇に対してはまったく効果なく、この種目標に対しては、あくまで急降下爆撃によらねば効果は期待できぬものである。けれども、急降下を行なう際と攻撃決行後、機首を立てなおして急上昇退避するときは、対空防御砲火の威力発揮にちょうどよい時機である。

すなわち、被攻撃艦より見れば、目標面の移動がすくなく、射撃を容易にし、命中効果を大きくするもので、いわゆる虎穴に入らずんば虎児を得ずの境地である。米軍の飛行機搭乗員が、身の危険を意に介することなく、一機一機がつぎからつぎへとゆうゆう爆撃を敢行する剛胆さを眼のあたりにして、あなどりがたいものを感じた。

これに関連して後日感じたことであるが、敵が南東太平洋地域で反攻を開始してから、ツロア、マキン、ガ島、サイパンをはじめ、全島要塞化の硫黄島や難攻不落をほこった沖縄の攻防戦には、むろん飛行機、艦艇の無限の砲爆撃の力がこれを左右したものに相違ないが、肉迫戦の場合、前述の米国魂の頑強さも随所に見られたことであろうと思う。

第一波の空襲により、第一部隊の妙高が傷ついて落伍し、武蔵も微傷を負った。空襲はその後もひきつづき約五回におよび、最後において武蔵は艦首が沈下し、速力が出なくなった。

武蔵には護衛の駆逐艦をつけて戦場に放置し、艦隊は予定より数時間おくれ（空襲回避運動やその他にて）、サンベルナルジノ海峡最狭部を通過し、敵の哨戒艦艇の何ものにも遭遇することなく、東方海面に出た。

予定がおくれたため、わが部隊が翌黎明にレイテ湾外に到達することはのぞみなきこととなり、南方スリガオ海峡よりする別動隊とのレイテ湾外集結に齟齬《そご》をきたし、別動隊がいまごろどのような事態におちいっているかを考えると、暗然たらざるを得なかった。

全軍突撃せよ

サンベルナルジノ海峡を出たわが部隊は、いよいよ敵のむらがる海域にふみ込んだ。全身の神経を視力にあつめ、油断なく、ふいの会敵にもとっさに夜戦に応じられるようなかまえで夜間索敵序列をとる。

第一部隊、そしてその外側に第二部隊が並進し、サマール島に沿ってしゃにむにレイテ湾外にむけて急速南下した。二十四日の空襲による被害のため、残存勢力は、第一部隊＝戦艦大和、長門。重巡羽黒、鳥海。水雷戦隊旗艦能代《のしろ》および駆逐艦約六隻。第二部隊＝ほとんど空襲を受けず健在。

スコールがときどき来襲し、黒雲が空をおおっている未明、突如、雲の切れ間に敵艦上機を認め、ついではるか東方水平線のかなたに、飛行機をさかんに発進しつつある空母を発見した。また、その付近に相当の敵部隊があるのを確かめ、長官より「全軍突撃せよ」を令せられた。

これより先、大和の巨砲は距離約三十五キロでいち早くその第一斉射弾を、われわれの頭上を越えておくり、第二斉射でみごと敵空母に命中撃沈した。これは隊内超短波無線電話により、即刻全軍に報じられた。

各隊はそれぞれ所有戦力の全能を発揮すべく、全速力で敵に肉迫した。敵は濃密な煤煙幕を展張しながら全速力で退却をつづけ、必死になって大砲、魚雷の猛射をわが方にあびせてくる。

至近弾をくらう

また、未発進の母艦飛行機の全機がやっきとなって発進してくる。これらは母艦上空で編隊を組みながら、おいおいわが方に殺到してくる。中小口径の敵砲弾が艦の周囲におびただしく落下し、水面に炸裂するが、命中弾は一弾もない。わが方は砲弾、魚雷戦をととのえ（主砲砲戦開始距離にはまだ来ないが）、対空弾を徹甲弾に変更して供給準備をした。

主砲は射撃目標を艦艇として、飛行機にたいしては高角砲、機銃をあてることとし、また敵空母および巡洋艦以上にたいしては、そのときに応じて適時魚雷発射がで

七戦隊司令官・白石万隆少将

きるよう「魚雷戦用意」を下令した。

　発射準備の若干を完了し、待機の姿勢をととのえるなど、全速で敵方にむかって突進したが、敵は煙幕を濃く巧妙に張り、必死に遁走するらしく容易にその全貌がつかめない。散発的に敵少数編隊機、あるいは単機の爆撃をうけた。

　わが第七戦隊はこうしているうちに、一番艦熊野が艦首に敵爆弾（あるいは魚雷）を受け、その損傷のため十二ノット以上の速力が出せなくなり、白石司令官から二番艦鈴谷《すずや》に旗艦を変更したい旨の信号があった。

　しかし、鈴谷も熊野の損傷と前後して、艦尾左側方近距離に敵爆弾をこうむり、その影響で左舷推進機の高力運転に支障をきたした。また二十四ノット以上の速力では、艦の震動激甚で、大砲の照準発射に困難な情況にあり、かつ左舷燃料タンクの一部に相当量の漏油個所を生じたため、これを報告し、戦隊旗艦として任務を遂行するのに不適当である旨を申し出た（このような情勢だったから、司令官は三番艦筑摩艦長をして、三番艦筑摩および四番艦利根を指揮して突進を命じられた）。

　しかし、鈴谷は命令によって艦の航進をとめ、漂泊。そこへ司令官と幕僚が移乗してきた。ここで遅ればせながら支障のない最大速力二十四ノットで敵に突撃し、海上に漂っていた敵損傷巡洋艦に砲撃中、長官より「全軍集結せよ」の電命に接した。

　このとき、ふと見ると、はるかかなたに幾隻かの艦影があり、おいおい集結しつつあるようである。

炸薬に誘爆

だいたい集結指示地点であるその方向にむかったとき、数機の敵艦上機がまことに執拗に空襲してきて、連続回避運動をしたが、右舷中部艦側に至近爆弾一発をくらった。

その火炎が発射管室にせまり、ついに発射管室内で火災をおこし、猛烈ないきおいとなった。それでも、火災は局所的にとめることができたとほっとしたのもつかの間、轟然たる耳をろうするばかりの爆発音が艦をゆるがした。

しかも、室の真下の右舷機械室との通信連絡が絶え、突如として停止した。このため右舷機械を停止して情況をたしかめると、右舷発射管室で、魚雷頭部炸薬が火災のため誘爆し、その爆発の余勢が下方の機械室との間の隔壁をつらぬき、さらに舷側に破孔を生じ、浸水したという。

罐部先任分隊長は艦橋にのぼり、情況を報告するとともに、受持部の処置の指令を受けた。これに対しては防水隔壁の閉鎖を確かめたうえで、受持員を上甲板にあげ、命を待つよう命じ、一方、全艦に防火を督励し弾火薬庫につぎつぎと注水を下令した。

発射管室における炸薬の爆発はつぎからつぎへと誘爆をおこし、消火方法さえもうなかった。最上甲板の高角砲準備弾薬も引火誘爆し、猛烈な火炎に、ときどき炸裂音をまじえ、その悽愴さ、まったくいうことばもない。

静かなる最期

機械室の浸水により艦はようやく吃水を増し、適切な処置をとることはもはや不可能の状態となった。沈没の運命は刻々とせまってくる。この日まで艦とともにあった過ぎ来し方が思い出されて、断腸の思いがする。

ここで司令官は付近を航行中の利根をよび、旗艦変更の旨を令した。わが鈴谷の乗員は、退去するよう命令された。

救助収容のため、駆逐艦沖波が長官の命によって配置された。司令官が利根よりの迎えの短艇にて御真影とともに艦を去られた後、総員を上甲板に集め、艦橋からメガホンで最後の言葉をつげ、いまから艦を退去して警戒のため残留する駆逐艦沖波に移乗するように発令した。

利用できる短艇さえ一隻もなく、重油のうかんでいる海に飛びこみ、駆逐艦の近くまで行く以外に方法は

公試運転中の鈴谷。鈴谷はサマール沖海戦を戦い、至近弾による魚雷誘爆で沈没

ない。沖波は、待機して海上にある乗員をつぎからつぎへと救助している。

午前中、平穏だった海上も午後からはやや風が出て、波浪も高くなった。海面の波流と潮流の方向が違うため、海に飛び込んだ人たちと吃水のふかい鈴谷の位置は、すぐに開いて遠ざかり、退去を命じた午前十一時半ごろから約一時間のうちに、相当の距離がひらいた。

私は艦の最期を見とどけ、運命を共にするつもりで艦橋にがんばっていた。火災は高角砲座から艦橋下部にまでうつってきていた。このとき、艦橋はすでにもうもうたる煙で、火の粉がたえまなく飛来してきた。艦はいぜんとして爆裂音をとどろかせ、艦橋構造物は火炎にとりつかれ、浸水は刻々と増すばかりである。

艦に残っている生存者は前部弾薬庫に注水した。ついで艦内からありあわせの浮遊物をとり出し、海中にとびこむよう命じた。このとき通信長は、部下の一人が泳ぎに自信がないのかためらっているのを見て、「おれにつかまって、一しょに来い」とはげまし、手をとって重油の黒くただよう海面に飛びこんだ。しかし、ついに通信長は駆逐艦に救助されなかった。

総員退去から約二時間、ついに重巡鈴谷の最期のときが来た。最初、艦首を突き出し、つぎに横倒しになって、海底へ吸いこまれるようにして姿を没した。静かな、静かな最期であった。

駆逐艦沖波は漂流する人々を救うと、集合のためにピッチをあげはじめた。ときに、十月二十五日正午であった。

西村部隊「最上」スリガオ海峡の死闘

元「最上」高角砲指揮官・海軍大尉　輿石　辯

「本艦はこれより、予定のごとくレイテ湾に突入する。各員はいっそう警戒を厳にせよ」

静かな艦内に号令がながれた。〝いよいよくるところまできたな、よしやるぞ〟と、思わず武者ぶるいをした。

艦はさらにぐんぐんと増速していく。当時、レイテ湾は厚い雨雲がたれこめ、行く手は真っ暗であった。前続艦の航跡のみが、闇のなかに白くわきあがって見えた。

作戦としては、最上《もがみ》の水偵がレイテ湾上空に進入し、海上部隊と呼応しながら、空から敵上空に吊光弾を落とすことになっていた。

しかし、じっさいにはその作戦は実行できなかった。それというのも、偵察機は予定どおりレイテ湾上空に進入したものの、雨雲が厚くて高度を下げることができず、したがって、敵艦の位置を確認することができなかったからである。

全力公試中の最上。スリガオ海峡戦にて艦長以下戦死、味方魚雷で処分された

当時、最上の射撃練度としては、あるていどの電探射撃は可能であった。すなわち、電探によりおおよその敵艦の位置がわかった場合、まず敵艦の上空に照明弾を打ちあげる。そしてわずかなりとも敵影が確認され、一度でも測距ができたら、ただちに射撃を開始できる程度にはなっていた。

張りつめた状態のまま、どのくらいの時間が経過したのか。やがてはるか前方に閃光がみえ、ヒューというぶきみな弾道音がきこえた。同時に敵弾が落下し、後檣のアンテナが切れてしまった。不意に横っツラを殴られたようなものである。「くそ」とは思ったが、それにしても敵ながらあっぱれであった。しかし、電探射撃の能力差を思い知らされた一瞬でもあった。

敵弾はつぎつぎに命中した。まもなく火災がおこり、わが艦影は暗闇のなかにクッキリと浮かびあがった。戦艦扶桑も燃えあがった。この砲戦のあいまに敵魚雷艇が襲撃してくる。さらに敵駆逐艦の発射する魚雷も走る。そのたびに「赤々」「青々」と緊急一斉回頭による回避運動をおこなったが、これもはじめのうちで、やがて混戦になってくると、各艦ごとの回避運動にならざるをえなかった。

最上は見張りが優秀であった。艦の操縦性もよかったにちがいない。しかも航海長の操艦技術も抜群であった。そのため最上はついに一本の命中魚雷も受けなかった。

しかし、不運にも扶桑は被雷し、そのため船体は右に傾き、速力も落ち、しだいに落伍していった。また、駆逐艦山雲にも命中した。山雲は真ッ二つに折れ、火柱とともに沈んでいった。

落伍した扶桑は、大爆発により二つに折れたが、双方とも沈まずに真っ赤になって燃えつづけていた。

進撃する最上の付近の海面から、「助けてくれ」と悲壮なさけび声がきこえてくる。よく見ると、暗い海面を泳いでいるいくつかの頭がみえる。沈められた味方の駆逐艦の乗員にちがいない。しかし、いまは戦闘のまっ最中である。艦をとめるわけにはいかない。戦争とはじつに残酷なものである。

「ブイや円材など、浮かぶものはなんでも投げてやれ」と橋本副長がさけんだ。

「推進器に巻きこまれなければよいが……」と藤間《とうま》艦長が心配そうにつぶやいた。

ついに旗艦山城もやられた。連続して何本かの魚雷が命中したにちがいない。大きな火柱を噴き上げ、全艦が火の海と化した。わたしの記憶によれば、あの大きな戦艦はのたうちまわって沈んでいったように思う。

まもなく満潮もやられた。機械が停止して燃えあがっている。朝雲もやられ、艦首を切断されてあえぎながら動いていた。

修羅場と化した艦内

最上は魚雷戦にはいった。測距のできない敵艦隊にたいして、魚雷を射ちこむ戦法である。まもなく、

「右魚雷戦」と藤間艦長の号令がくだった。そして「取舵」と、中野航海長の甲高い号令が真っ暗いレイテ湾内にひびきわたった。やがて、「発射はじめ」と、山本水雷長の自信にあふれる号令がつづいた。

ザブンと右舷の魚雷が、獲物をねらう猟犬のようにいっせいに飛びこんだ。

「よし、見ていろ、こんどはこちらが戦果をあげる番だ」と、そんな気持で魚雷の行方を見まもった。しばらくして大きな火柱があがった。

「ざまあみろ」と思わず私はさけんだ。

ところで、私は右舷高角砲指揮官である。みずから攻撃兵器をもちながら、この夜戦においてはいまだ射撃をしていなかった。敵の弾は間断なくとんでくる。しかも敵の閃光はあんがい近距離にみえる。

艦橋からはなんの号令もこない。しかし、黙って敵弾にあたるのを待っているのも我慢で

きない。それで、私は高角砲の水上射撃を決心し、

「右砲戦、右〇〇度、閃光をねらえ」「〇〇（距離）」「射ち方はじめ」

と、矢つぎばやに号令した。高角砲の射撃は速い。敵の閃光にたいして数斉射うちこんだところで、艦が回頭したため、射てなくなった。そのため「射ち方待て」を命令する。これですこしは虫がおさまった。

艦橋に敵弾が命中したことは知っていた。しかし、私の耳には、航海長と水雷長のあのさきほどの号令が、あまりにも生々しく残っていたので、艦橋は大丈夫だ、と朝まで信じていた。だが、とつぜん、

「二分隊長は、火災現場を指揮せよ」

との命令がきた。そこで私は高角砲指揮所をはなれ、一人の下士官をつれて火災現場をまわっていった。火災でいちばん心配なのは魚雷の誘爆である。

そのため、残った魚雷を海中へ投棄しようとはかったが、なかなかうまくいかなかった。いたるところが変形し、鉄板はめくれあがっていて、重い魚雷はかんたんには動かなかった。

そうするうちにも、敵弾はわれわれの前後左右に落下する。その砲弾の破裂により、われわれの立っている甲板が大きくめくれあがり、思いきり反対側にたたきつけられた。そんなことを何回もくりかえしたが、ふしぎに私はカスリ傷ひとつ負わなかった。また一度は、燃えあがる火にかこまれて逃げ場を失い、下士官と二人で体を寄せあったまま立ちすくんだこともあった。

上甲板を歩いていると、戦死傷者がゴロゴロしているという感じであった。急いで歩くと、踏んだり、けつまずいたりするほどだった。とつぜん、若い兵隊が私にとびついてきた。

「分隊長、わたしは元気です」

「おお、元気か、よかったな、がんばれよ」

「はい」とみじかい会話をかわしたのは、測的分隊の上水だった。

また、歩いている私の足に手をかけたものがあった。腰を落としてよく見ると、重傷の兵隊である。顔面がひどい火傷で、だれなのか全然わからない。私の足に手をかけたのが精一杯の力であった。呼吸困難でことばも出ない。私は思わず彼を力一杯だきしめ、

「なにか言いたいのか？」

とたずねると、彼は二本の指をだした。

「よし、わかった。二分隊員だな。貴様の最後は分隊長が見とどけたぞ、かならず仇は討つからな。貴様たちを犬死はさせぬぞ」

といっている私の腕のなかで、彼は息をひきとった。

また、ある高角砲台のそばを通ったとき、「分隊長」と私を呼ぶものがあった。たくさんの負傷者のなかの一人である。

「おお、○○兵曹か、どうした」

「足をやられました。残念ですが動けません」

というので、見ると片方の足がブラブラしている。

「応急処置はできないのか、だれかおらんか」

「分隊長、わたしにかまわず行ってください」と彼はいった。日本海軍の強さはここにあった。下士官ともなると、本当にしっかりしている。

ちょうどそばに元気な兵隊が一人いたので、「おい○○水長、○○兵曹をたのむぞ」といって、私はそこを離れた。

燃えしきる艦のなかで、それぞれに悪戦苦闘がつづいていた。「本隊が湾内に突入したぞ、もうすこしの辛抱だ、がんばれ」と艦内に情報がながれた。

米軍のフィリピン奪還作戦を阻止すべく、日本海軍の総力をあげて戦ったのがレイテ作戦である。栗田艦隊の本隊が遠まわりして東側よりレイテ湾内に突入するのを、すこしでも有利にみちびくのがわれわれ西村部隊の役目である。そのため最初から全滅を覚悟で戦ってきたのである。

いま本隊がレイテ湾内に突入したとすれば、戦況は一変して、味方が優勢になることは確実である。本当にもうすこしの辛抱である。乗員一同は歯を食いしばってがんばった。

敵の攻撃も静かになり、艦内もようやく冷静をとりもどした。このころ、やっと東の空が明るくなった。急に疲労が感じられ、腹もすいてきた。

「うまいものでも食べようや」とだれかが言った。

それからは冷たくなった戦闘配食を食べるもの、ビールを飲むもの、缶詰をあけるものと、それぞれに一息いれていた。

少したったころ、「分隊長、ビールがうまいですよ」と一人の下士官がビールビンの口を割ってもってきた。私は元来アルコールに弱いタチであったが、「ありがとう」といってラッパ飲みをした。それはじつにうまかった。

艦橋の惨状

気がついてみると、艦橋があまりにも静かであった。気になった私は、「艦橋を見てくる」といって艦橋にあがっていった。その艦橋付近のすさまじさは、言語に絶するものがあった。ラッタル（階段）は血でドロドロだったため、手すりをしっかり握りしめながら、靴がすべらないように一歩一歩血のなかに足を踏みいれた。

艦橋の裏側にある旗甲板は、戦死者の山だった。前方にまわってみると、艦長と航海長が戦闘配置で倒れたままの姿だった。副長以下の戦死者は、旗甲板におりかさなっていたものと思う。

左前方の副長席には、血だらけの雨衣を着た砲術長が、ポツンと一人すわっていた。中央のコンパスのところに、航海科の山本兵曹がついていた。そのほか、両舷に一人ずつ信号員がいたような気がする。

私は、最上乗艦当初の配置が航海士であった。艦長付として、航海長の補佐として艦橋が私の戦闘配置であった。私の初陣、すなわちラバウルの対空戦闘のときは、この艦橋にあって航海長を補佐したのであった。艦橋は艦のなかでもっとも神聖な場所であり、艦の頭脳でもある。それがいま廃墟と化しており、私はその艦橋に立っている。まさに断腸の思いであった。

「砲術長、やられましたね」とうしろから砲術長に声をかけると、

「おお二番（二分隊長）、生きとったか」とふりかえって言った。そして、「艦の位置をだしてくれ」

しかし、海図ボックスはあったが、なかには海図も信号書も何もなかった。

「海図も何もありませんよ」と答えると、「そうか、しかたがないなあ」

砲術長もあきらめたようすだった。

このころ、敵機はすでに頭上にきていた。爆撃の開始である。

「右〇度、急降下」との声はするが、見張員もきわめて少ないので、報告も静かである。そのたびに「面舵《おもかじ》」と砲術長が落ち着いて号令する。それを「面舵」と、山本兵曹が伝声管につたえる。「面舵」と、司令塔の復唱がきこえる。

やがて艦が回頭する。

志摩清英中将

西村祥治中将

最上艦長・藤間良大佐

機銃が応戦する。ザブンと艦の近くに水柱があがる。バリバリ、バリバリと敵機が機銃掃射をしていく。静かな戦いである。私は艦橋にとどまり、砲術長を補佐することにした。

私がきいた艦橋の被害状況は、記憶によると、最上が敵艦から集中砲火をあびたとき、最上の電探では、敵影と島影とが分離できなかった。したがって、有効なる砲戦は困難との判断から、魚雷戦を敢行した。取舵《とりかじ》をとって右舷魚雷を発射した。

このときの号令が私の耳に強く残ったのである。しかし、その直後に艦橋に敵弾が命中し、一瞬にして艦橋は全滅した。生き残った信号員はわずかに四名で、舵輪をにぎっていた操舵員も、急に号令が出なくなってしまったので舵をもどすこともできず、艦は静かにまわっていた。

機械停止でうつべき手は一つ

そのころ、われわれ西村部隊の応援に急行する後続の五艦隊が接近してきた。五艦隊旗艦の那智は、燃えあがる最上はすでに機械を停止しているものと誤判断し、遠距離より敵方に魚雷を発射したのち、最上の艦首を横切るつもりであったという。

ところが、最上は止まってはいなかった。ゆっくり回頭していたのである。そのため那智は最上と接触した。回頭惰力があったので、ただちに離れはしたものの、五艦隊参謀はおどろいたであろう。

最上の艦橋をのぞいてみたが、だれも見えなかったので、「最上は幽霊艦か」と思ったそうである。まもなく司令塔から操舵長があがってきて、「生きている兵科士官をさがせ」ということになった。

トップでも、艦橋からの連絡がなくなったので、一人が艦橋におりてきた。そして艦長以下総員戦死の状況を砲術長に報告した。砲術長がトップからいそぎ艦橋におりてきた。艦首はとりあえず五艦隊にむけた。

砲術長は福士発令所長を艦橋によび、まず操艦用に予備のコンパスをとりつけさせた。この間にも五艦隊はみるみる遠ざかっていってしまった。やむなく砲術長が機関科の被害状況を確認する。

この被害状況のもとでこのまま避退するとしても、はたして安全水域まで到達できるであろうか、いっそレイテ島にのし上げて陸戦隊となるか、などと砲術長は大いに迷ったようである。そこで発令所長の意見をきいてみたところ、福士発令所長は率直に、

「陸上にのし上げてみたところで、まったくの徒手空拳です。陸戦隊としての戦力にはならないと思います。われわれは、海軍の軍人です。艦に乗ってこそ役に立つ人々です。できるだけ戦場からの脱出をはかり、艦を乗りかえてご奉公を期すべきであると思います」

砲術長もこの意見には賛成した。とにかく、スリガオ海峡を南に出ようということになり、艦位はハッキリしないまま針路を南にとった。完全に夜が明けたころ、ようやくスリガオ海峡を脱出し、ミンダナオ海にはいってきた。そのとき、はるか西方に敵機と交戦中の五艦隊を発見した。勇戦奮闘する友軍の姿を望見した者は、心強く感じたという。

まもなく、「護衛艦を送る、被害状況知らせ」と五艦隊からの信号があった。やがて五艦隊は見えなくなったが、駆逐艦の曙《あけぼの》が近づいてきた。朝になって私が艦橋にあがったのが、ちょうどこのころであった。

曙には司令がのっていた。そして「最上の燃料、真水の状況知らせ」ときいてきたので、ただちに機関科に聞くと、

「燃料はマニラに回航するほどあります。ただし真水は一時間半ほどしかありません」

ということであった。そこで砲術長も、ここより一時間半くらいの距離で安全な泊地があるだろうか、と考えた。

このような話をしているとき、機関長と機械分隊長とが艦橋にあがってきた。

「どうしたんですか、機関長?」とたずねたところ、機械分隊長の説明によれば、機械室に蒸気が噴出し、とうてい人間のはいれる状態ではないという。それでも「戦争だ、がんばれ」と最初は激励していたが、ついに一室は全員戦死、別の室でもバタバタと倒れる者が続出した。

分隊長もやむなく機械室をはなれることを命じた。機関長自身も倒れてしまったが、外にかつぎだされて息をふきかえしたということである。

「いま機械室にはだれもおりません。鑵分隊長が鑵室から蒸気の加減だけしております」

という報告である。

「それはこまったことだ、機関科として復旧の方法はありませんか」と聞いてみたが、「い

まの状態ではまったく不可能です」という返事である。話しているうちにほんとうに機械が停止してしまった。艦が動かなくなってしまっては、どうしようもない。

そんな最中、不運にも艦爆十七機が襲ってきた。もはや最上は動けず、しかも攻撃兵器はないにひとしい。敵側から見たら、まるで赤子の手をひねるようなものである。まず艦尾付近に一発命中、つづいて前部一番砲塔右舷に命中、この爆弾は重油タンクにまで侵入し、もうもうたる黒煙を吹きあげた。

まもなく大火災が発生し、総員必死の消火作業もなかなか進まず、猛火はおとろえる気配さえみせなかった。

「弾庫に火がはいります」と報告がきた。主砲の弾火薬庫が爆発したら、まちがいなく艦は轟沈である。砲術長はすかさず「弾火薬庫注水」と涙をのんで命令した。注水すれば艦の攻撃力はなくなるが、艦を救うための最後の決断である。

ところが、被害がはなはだしく、あらゆる設備は作動しない。

「注水できません」と報告がきたので、「手動ポンプ使え」と命令すると、「手動ポンプ使えません」とくる。

曙より、「最上はいかにするや」ときいてきた。最上はすでに自力で動けなくなってしまった。火災を消しとめ、機関科の復旧作業をする、というようなことは時間的に許されない。いまだ敵地にあるのである。しかも、敵魚雷艇の行動範囲内である。つぎの爆撃によりとどめを刺されることは確実である。最上としてはまったく進退きわまった状態であった。

「曳航たのむ」と砲術長が信号を発信した。重巡を小さな駆逐艦で引っ張ってくれというのである。

「曳航は不可能」と曙から返事がきた。まことに当然である。よくわかっていたのである。

「われ貴艦に横づけし、生存者のみ救助する」と曙から信号があった。

大丈夫かな、最上自身いつ爆発するかもしれないのである。また、いつ敵機が襲いかかってくるかもしれない、ほんとうに大丈夫だろうか、というのがそのときの私の実感であった。

砲術長もしばらく考えておられたが、事ここにいたっては、もはや打つべき手は一つしかない。

ついに友軍の魚雷で処分

「総員上甲板」と、海軍指揮官としての最後の号令がでた。すべては終わった。「総員配置をはなれて、すみやかに上甲板にあつまれ」という意味である。作業は急がなければならない。駆逐艦乗りはおもいきりがよいとはいっても、曙としても必死の救助活動である。

私は戦死した艦長と航海長に敬礼した。「最上の乗員をお守りください」と心のなかで祈りながら、曙の横付け現場へいそいだ。

曙は左舷後部の飛行甲板に横づけした。乗員は各分隊ごとにそれぞれの負傷者を背負い、あるいは担架に乗せて、つぎつぎと飛行甲板にあつまってきた。まもなく曙とのあいだに二枚の道板がわたされた。

「負傷者から先にわたせ」「注意して、急いでわたれ」と、私は各分隊員の迅速なる集合を督励した。しかし、戦闘中の軍艦は各防水壁が完全にしめてあり、各自の戦闘配置はこまかく分かれている。したがって、通信装置が完全に作動する状態においては問題ないが、各部故障だらけの状況においては、全員が連絡しあって集合するのは大変である。

それでも、「負傷者が終わったら、元気なものも移れ」と命令があった。そのときの心境、あるいは細かい状況などは、私自身いまは特別の記憶はない。とにかく一刻のゆうよも許されない。ただただ無我夢中であったと思う。

しかし、最近になって『最上乗員の手記』(重巡「最上」会発行)を読んでみると、むしろ負傷者の記録の中に、破壊された最上の無惨な姿が描写されている。こうしてみると、元気で作業に従事していた人たちは、感傷的な気分にひたっている余裕などなかったものと思われる。

砲術長は艦橋の手旗信号台から、後部の作業をジーッと見つめていた。砲術長の心中は察するにあまりあるものと思われた。ほとんどの人たちが移乗し終わったころ、航海科の信号員二人が軍艦旗をおろしにいった。砲術科の先任伍長が、艦橋に砲術長をむかえにいく。

私と罐分隊長(私と同期)は、最後に顔を見合わせた。最上の艦上に艦長以下たくさんの戦死者を残したまま、いまわれわれは最上を退艦しなければならない。なんとも申し訳なく、また情けない話である。しかし、われわれは軍人である。先輩の、戦友の屍をのりこえて、つぎの戦闘に参加しなければならない。「よし、オレたちも渡ろう」と二人は道板をわたっ

比島沖海戦に出撃した最上(上)と山城。写真は敵機を回避する最上最後の艦影

て、曙に乗りうつった。

「道板はずせ」「離せ」の号令とともに曙は最上から静かにはなれていった。そのとたん、「帽振れ」と私は大声でさけんだ。

「艦長、副長、航海長……、最上とともにここ南の海に安らかにお眠りください。われわれは艦を乗りかえて戦います。われわれの活躍をお見まもりください」といったような気持であった。

最上乗員は、まったく放心状態のまましばらくは帽子を振っていたが、わたしの劣《つた》ない筆先ではとうてい形容のできない場面であった。

気持の落ち着いたところで、私は曙の艦橋にあがった。

「七十期の輿石《こしいし》です」と曙の艦長にあいさつした。

「おお、七十期か、うちの先任と同期やな」と艦長がいわれた。曙の先任将校は、私と同期の水雷長の秋山だった。

「おい先任将校、最上の連中は疲れているだろう。握り飯でも食べさせてやってくれ」と艦長からありがたいことばをいただいた。

「おい輿石、最上乗員の人数を調べてくれ」と秋山がいったので、私は先任伍長をよんで、曙に移乗した人数を調べさせた。その結果、正確にはおぼえていないが、たしか九四〇名くらいはいたように記憶している。

正直言って私は驚いた。そんなにも沢山生きていてくれたのかと。被害はどうしても大きく感ずるものである、という教訓をこのとき実感として味わった。

最上はすぐにも爆発するかと思われたが、なかなか爆発はしなかった。曙は大きく最上のまわりをまわっていたが、いつまでも待っているわけにはいかない。

「司令、最上を処分してはいかがでしょうか」と曙の艦長が進言した。

司令はしばらく考えていたが、ついに決心をし、「よし、最上を処分しよう」といい、ただちに「われ最上を処分する」むねの電報を上級指揮官あてに発せられた。

水雷長の秋山が魚雷を発射することになった。秋山の心中を察するになんとも気の毒な気がした。全力疾走する夜戦において、敵艦隊に肉薄して発射する魚雷戦こそ、水雷長の腕の見せどころである。それが明るい静かな海に浮いている目標は、激戦のすえ刀折れ矢尽き、変わりはてた姿の最上である。

もうもうとあがる黒煙に、めらめらと火炎をのぞかせて燃えつづけている。「右魚雷戦同航」の合図をおくり、秋山は慎重にねらった。「最上よ、許してくれ」というのが、当時の秋山の心境だったという。

魚雷は照準どおり、罐室付近に命中した。艦橋よりもはるかに高い水柱があがり、水柱が消えたとき、まだ最上はいぜんとして浮いていた。

「最上は沈みませんね」と艦長がいう。

「大丈夫だ、そのうちに沈むよ」と司令が悲壮な声でこたえる。

やがて司令のことばどおり、最上は静かに沈んでいった。わずかに左に傾き、上甲板が海面に近づいたころ、水中爆発がおこり、左に横転して一瞬、赤腹をみせながら艦首から沈んでいった。これが重巡最上の最期である。

曙の艦上からジーッと見つめていた最上の乗員は、粛然として声もなく、あふれでる涙をぬぐう力もなく、いつまでもいつまでも挙手の礼をささげたのであった。

レイテ湾突入ならず

米戦略爆撃調査団に対する栗田長官の証言記録

当時第二艦隊司令長官・元海軍中将　栗田健男　述

シブヤン海の戦闘

問　二十四日（昭和十九年十月）朝の米機動部隊の空中攻撃については、どんな警報を受けていましたか。

答　最初は、アメリカ機がマニラ上空に飛来したという通報がありました。それ以後は、いよいよやってきたのをレーダーで捕捉しました。

問　二十四日は、何回攻撃を受けましたか。

答　攻撃を受けた回数は艦によって違いますが、私の乗艦の大和は、各攻撃ごとに四十機ないし五十機の編隊によって、計六回攻撃されたと思います（注、第三次二九機、第四次五〇

栗田健男中将

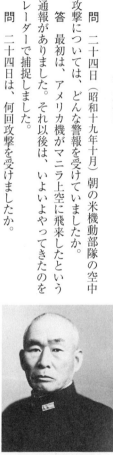

機、第五次八〇～一〇〇機より攻撃された）。
問　第一遊撃部隊の受けた損害は、どんなものでしたか。
答　重巡妙高が両舷シャフトに損害を受けてシンガポールに引き返しました。夕方、戦艦武蔵が沈みました。他の戦艦も、みな一発か二発の命中弾がありました。しかし、戦闘には支障はありませんでした。戦艦や巡洋艦で、魚雷の命中したものはなかったはずです。
問　二十四日中に、西村中将から攻撃を受けつつありという報告を受けましたか。
答　午前十時ごろに受けました。詳報ではありませんでしたが、西村部隊担任の作戦行動が順調に運んでいないという短いものでした。
問　第二艦隊のこうむった航空攻撃から見て、あなたは西村中将に、進撃を遅らせるよう発令しましたか。
答　最初の計画は変更しませんでした。
問　二十四日の午後、あなたは米機動部隊は、どこにいると思っていましたか。
答　サンベルナルジノ海峡の北東、約八〇～一〇〇マイルのあたりと判断していました。
問　サンベルナルジノ海峡から外海に出たのは何時ですか。
答　真夜中でした。計画によれば、午後六時に海峡を通過し終わるはずになっていたのですが、六時間遅延してしまいました。

サマール沖海戦

問　アメリカ部隊との最初の戦闘は、相手は何でしたか。

答　はじめて接触したのは飛行機でした。それは戦闘機だったと思います。一機か二機の戦闘機が飛来しました。やがて、敵艦隊のマストが見えてきました。そして東南方に航空母艦の艦影を視認しました。

問　栗田閣下、あなたがサマール島東岸に沿って南下したときの、つまり二十五日朝の日本艦隊の航行序列をスケッチしてください。

答　サマール沖海戦は午前七時に開始されました。右側には第五戦隊に羽黒が加わっていました。妙高は、その前日、行動不能になっていたので戦列にはいませんでした。中央には武蔵の欠けた第一戦隊、その後方に第三戦隊が続行しました。左側には第七戦隊が占位し、第二水雷戦隊は右側列の外方、第十戦隊は左側列の外方を進んでいました。各縦陣列の間隔は約四キロです。

問　その右側列のグループには、何隻の駆逐艦がいましたか。

答　右側にはたしか七隻、左側には四隻です。

問　サマール沖で戦闘がはじまる前、二十四日の夜になってから、もっと早くその日のうちに北方海域で起こった出来事について、小沢中将から何か戦況通報を受けましたか。

答　小沢艦隊の母艦機が敵を攻撃して、一部は洋上に不時着し、また大半はルソンの陸上基地に着陸したという電報をのぞいては、何の戦況通報も接受しませんでした（注：一般には小沢部隊の行動や戦況通報は一回も届かなかったと信じられている）。

問　その夜のうちに、あなたは豊田大将から、その後の情報かあるいは追加命令の無線通信を何か受け取りましたか。

答　「戦闘を続行せよ」という命令だけ受けたように思います。

問　午前七時ちょっと前に、日本艦隊は米空母群のマストを望見しました。それからどんなことになりましたか。

答　われわれは陣形の転換中で、まだすっかり形をととのえ終わっていませんでした。そのときに敵のマストを視認したのです。

当時、針路は二〇〇度でしたが、マストは東南方に見えました。直ちに基準針路を一一〇度に変えました。風向が北東だったので、敵の風上側に占位できるようにしたのです。でき上がった追撃陣形は、各戦隊を一本棒にした縦陣形でした。

発見当初の彼我の距離は、約三万五千メートルでしたが、われわれは敵を風下側に圧しながら距離を縮めようとしたのです。敵と遭遇したとき、米機動部隊の進行方向はハッキリしませんでしたが、反航対勢だったように判断しました。

しかし、敵は間もなく、右方に方向転換をしました。同時に、方向転換中に甲板上の飛行機が全部見えました。私は大和に主砲射撃を命じました。敵の巡洋艦と駆逐艦が煙幕を展張しはじめました。

問　では、米部隊が針路を変えてからはどうしましたか。
答　日本側は依然として一一〇度の針路と最大速力をつづけ、やっと風上側に出たところで近迫猛撃に転じた次第です。
問　その朝、何時に敵機の空中攻撃がはじまりましたか。
答　攻撃は二機か三機の小編隊で来襲しました。戦闘開始後まもなく、この編隊は日本の戦艦群を攻撃しました（注：午前七時十分から敵空母機の分散攻撃が開始された）。午前八時三十分ごろ、こんどは大規模の協同攻撃を受けるだろうと考えていたのですが、小編隊の空中攻撃がもはややってこなくなったので、私は分散した艦隊の隊形整頓を命令しました。米機群の烈しい協同攻撃に備えるためです。
問　では、そのとき、米空母群との戦闘を中止したのですか。
答　第十戦隊が、米空母群に対する発射運動を終了したところで、この戦闘は終わりを告げました。
　われわれは、北方にいる別の米空母部隊から攻撃を受けるだろうと思って、艦隊の再集合を下令しました。それは九時十分すぎでした。私はそれから、全艦隊を提げてレイテ湾に突入するつもりで、たったいま交戦したばかりの米機動部隊の沈没艦や、味方の損傷艦の間を通り抜けて西南方に進撃しました。
　私が駆逐艦に、海中の生存者を収容するよう命令を出し終わったところで、空中攻撃を受けました。

問　ではサマール沖における、敵空母部隊との戦闘で、日本側のおさめたと思われる戦果、また日本艦隊の被害状況は？

答　もうもうたる煙幕のため、ほとんど見えませんでしたが、大和艦上から艦橋をもった米空母の一隻がひどく傾斜しているのを確認しました（注：戦艦金剛の砲撃によって、護送空母「ガンビアベイ」が撃沈された）。

また、巡洋艦らしいものが一隻艦首を沈下させていました（注：これは大和に沈められた駆逐艦「ホエール」と思われる）。

この二隻が私の見たすべてでです。第一の水雷戦隊は、煙幕にさえぎられた敵部隊を雷撃して、空母三〜四隻を大破または沈没させたと報告しました（注：水雷戦隊の戦果報告は「敵空母一隻撃沈、一隻大破—沈没ほとんど確実、駆逐艦三隻撃沈」とあったが、これは架空の戦果であった）。

日本側の損害は、重巡熊野が魚雷を一発うけ

栗田艦隊の砲撃を受ける護衛空母ガンビアベイ。キトカンベイの艦上から撮影

て、スピードを十六ノットしか出せませんでした。駆逐艦の高速魚雷が命中しないで通過した後、速度ののろい魚雷が艦尾に命中しました。
それから鈴谷は命中弾一発と至近弾数発のため、艦橋付近に損傷、火災を生じて延焼し、戦闘が終わってからでしたが、ついに魚雷の大爆発を起こしました。火災が発射管室に延焼して、そこで魚雷が自爆したのです。鈴谷は沈みました。
重巡の鳥海と筑摩が、操艦不能に陥りました。両艦は機関がやられていたのか、砲撃を受けたのかわかりませんが、航行不能になったので、味方駆逐艦が処分しました（注：両艦は敵機の攻撃により損傷を受け落伍したが、救援のため派遣された駆逐艦藤波《ふじなみ》と野分《のわき》は助けることができず、自沈せざるを得なかった）。
問　日本艦隊がサマール沖で交戦した米空母はどんな型式でしたか。その識別がハッキリしましたか。
答　覚えていません。右舷にある艦橋の構造だけが見えました。充分に艦型を見定めることはできませんでしたし、偵察機からの正確な報告もありませんでした。
問　アメリカ側の煙幕展張は、日本側にとって非常に厄介なものでしたか。
答　まったく閉口しました。その煙幕の用法は戦術上すばらしく巧妙なもので、感服のほかはありません。
問　大和または他の艦からの報告を見て、射弾は命中していると思いましたか。
答　最初のうちは確かに有効でした。しかし、終わりごろになると命中率は非常に悪くなったようです。

問　その理由をご存じでしょうか。

答　われわれは不規則な蛇行運動をくり返している米部隊に猛追をくわえていました。その急激な方位、距離の変化が射距離を決定することをほとんど不可能にしたのです。また、米駆逐艦群の発射運動を絶えず回避するために、大艦部隊は次第に敵とはなれ、分散してしまいました。それも命中率を悪くさせた原因です。

問　敵との距離を縮めることは困難でしたか。

答　はじめのうちは彼我の距離はグングンと接近しました。日本側が針路を変えた後まで、距離の開きは、かなり小さくなったのです。ところが、その後は一向に追及がうまくいかず、好機にめぐまれないうえに、追撃部隊がバラバラに散らばってしまいました。いくら追撃しても、距離が縮まっていくとはもはや考えられなくなりました。

問　アメリカ側の巡洋艦や駆逐艦が実施した魚雷攻撃の模様を述べてください。

答　その発射運動は、煙幕の内側で行なわれました。魚雷の進路はほとんど平行で、雷跡はよく見えていました。雷速は大変遅くて、方向転換によって容易に回避できました。しかし、その回避運動が隊形をバラバラにする原因になりました。

問　この戦闘の間、日本艦隊は雷撃機や爆撃機の小編隊の攻撃を避けるために操艦したのですか。

答　そうです。私の知っている限りでは、雷撃機には攻撃されませんでした（注・熊野は雷撃を受けて落伍)。攻撃されるたびに、各艦はめいめいで針路を変えて爆撃を避けました。

問　日本艦隊が空母群との交戦を打ち切ってどのぐらい経ってから、第二回目の爆撃はやってきましたか。

答　午前十時ごろ、われわれは隊形整頓をやっていました。そのとき、第二回目の爆撃を受けました。その最初の攻撃は、集合が終わって輪形陣をつくる信号を掲げたときでした(注:栗田長官は午前九時、追撃中止を決意し、九時十分には全軍に集合を命じ、基準針路を北にすえた。隊形の整頓にはその後、約二時間を要した)。

問　この攻撃をこうむったとき、あなたはレイテ湾に向かって西方か南西方への針路をとっていましたか。

答　艦隊はレイテ湾に向針していました。その日に受けた攻撃状況や、われわれの対空砲火がその空中攻撃に対抗できないという結論から、もしこのままレイテ湾に突入しても、さらにひどい空中攻撃の餌食《えじき》になって損害だけが大きくなり、せっかく進入した甲斐がちっともないことを私に信じこませたのです。

そんなことならむしろ北上して、米機動部隊に対して小沢部隊と合同して協同作戦をやろうというところに落ち着いてきました。

北方へ反転して

問　何時ごろ、この決意のもとに反転して北上を開始したのですか。

答　十時か十一時ごろだったと思います。その頃から北に転進しました（注：北方変針は十二時五十五分であった）。

問　あなたは、湾内で猛烈な空中攻撃を受けるだろうと考えたと申されましたが、その攻撃基地はどこからだろうと思いましたか。

答　レイテの陸上基地です。

問　あなたは、この付近の他の米空母群についての情報を何かお持ちでしたか。

答　私は東航するマストを少なくとも一本以上、多分、数本認めたような気がしました。そうして別に確乎たる根拠はなかったのですが、別の空母群が、いるらしいと思っていたのです。南方の敵情は何も知りませんでした。

ちょうどそのころ第一回の空中攻撃が始まり、敵の通信を傍受しました。その通信文は「われ日本艦隊の攻撃を受けつつあり、至急救援を頼む」といった内容のものでした。そして「二時間後でなければ間に合わない」という返電がきました。われわれは飛行機による救援であろうと判断したのです。

問　あなたが湾内で攻撃されると思っていたのは、二時間以内を約束されたこの救援のことだったのですか。日本艦隊が湾内に突入しなかったのはその理由からですか。

答　そのとおりです。それはたしかに一つの理由でした。それに大変時間も遅くなってしまいました。というのは、追撃戦のため手まどって、予定より非常に遅れてしまいました。

問　その日の午前の戦闘の際、西村中将か小沢中将から何か報告か通知を受けませんでしたか。

答　受けませんでした。

問　それでは、あなたが北方に変針したころ、その前夜、スリガオ海峡でどんなことが起こっていたかご存じなかったのですね。

答　何も承知していません。私はどんな種類の通信も通報も受け取りませんでした。そこで、私は大和の観測機二機を派遣したのです。一機はスリガオ海峡方面に、他の一機は北方海面偵察のために。しかし、どちらも何の報告ももたらしませんでした。

問　あなたは、小沢中将の北方陽動作戦に関する通報を別の方面から入手しましたか。

答　時間のことは覚えていませんが、その日のうちに小沢中将からの発信文を受けていました。それは直接小沢中将から来たものではありませんが、どこかで中継してとどきました。その内容は、小沢艦隊は敵と戦って大損害を受けたこと、そして米部隊に対して夜間魚雷攻撃を企画していること、旗艦を変更する意図をもっていることなどでした。北方変針後のことです。

問　北方変針の方針は、原案に準備されていたものでしょうか。臨機応変の措置だったのでしょうか。

答　後者です。私は北方に変針したこと、そして小沢中将が計画中の夜間魚雷攻撃に協力できるだろうという通信を送りました。北上しても何も発見できなかったら、サンベルナルジノ海峡を通過して避退しようと肚《はら》を決めていたのです。

レイテ湾の方は損害ばかり多くなって、戦果は見るべきものがほとんどないでしょうが、北方では協同によって少なくとも友隊を増援する可能性があると判断しました。それに、狭い水域では艦隊が展開する余地がありませんが、外海では同じ攻撃を受けるにしても、進退に柔軟性をもった強力な戦闘部隊になれるという考慮も働いていました。

問　しかし、目標の選択も、そこには含まれていたのですか。

答　突入か反転かの問題が起こったときまでには、米軍の上陸はすでに確認されていました。そこで輸送船団攻撃のことは、上陸以前のように重大には考えませんでした。

問　（オフスティ少将）栗田閣下、あなたがサンベルナルジノ海峡を通過してこられたとき、なぜ途中で空母群と交戦して追撃戦に時間を費やし、そのためサマール海岸に沿って南下し、一路レイテに突入するよりもはるかに行動をおくらせたのですか。

答　私自身としては、実際に進撃した針路がレイテ湾への最良のコースだと信じていました。そして途中偶然、アメリカ部隊に遭遇したわけでした。というのは、海岸に近接していくことは必ずしもレイテへの最善の針路ではありませんでした。

レイテ還り「熊野」の孤独な戦い

元「熊野」航海長・海軍中佐　山縣侠一

昭和十九年十月十七日、米軍がレイテ湾に進入してきたとき、私たち熊野《くまの》の第一遊撃部隊は、スマトラのリンガ泊地で殴り込みの訓練をつづけていた。殴り込むためには、昼間は米艦載機の攻撃をくぐり抜けて、夜間に米輸送船団の泊地に突入する必要がある。そこでリンガ泊地では、対空戦闘と泊地突入の夜戦訓練に明け暮れた。

十月十八日に第一遊撃部隊はリンガを出発して同月二十日、ボルネオ島の北西端にあるブルネイ湾に入って燃料補給、作戦会議がおこなわれた。その結果、次のようになった。

一、レイテ突入期日は二十五日未明とする。

二、栗田中将直率の遊撃部隊主力は、サンベルナルジノ海峡を通って北方からレイテに突入。

三、西村祥治中将の指揮する戦艦山城と扶桑を中核する支隊は、スリガオ海峡を抜けて南方からレイテに突入すること。

かくて遊撃部隊主力は二十二日、午前八時十五分にブルネイを出発した。このころ、小沢治三郎中将の指揮する空母四隻を中核とする機動部隊は、米機動部隊を北方に引きつけて、第一遊撃部隊のレイテ突入を容易にするために、十月二十日に豊後水道を出て、ルソン島東方海面に向けて南下していた。

熊野は第七戦隊（熊野、鈴谷、利根、筑摩。司令官白石万隆少将）の旗艦で、榛名、金剛、第二水雷戦隊とともに遊撃部隊の前衛となった。

熊野の右舷後部、連装高角砲や水偵を望む

十月二十三日の早朝、パラワン海峡で米潜水艦の雷撃をうけて愛宕、摩耶が沈み、高雄が損傷をうけて戦列をはなれ、この突入作戦の前途に暗い影を投げかけた。

十月二十四日午前一時ミンドロ島を通過し、夜明け前にシブヤン海に出た。遊撃部隊はルソン島の東方海面に待ち受けている、米機動部隊の航空攻撃の圏内に入ったわけである。

この日はよく晴れた静かな日で、シブヤン海は朝なぎに青くよどんでいた。はたして、遊撃部隊は午前八時ごろB24に触接され、十時から午後三時四十五分まで、前後六回にわたって米艦載機約一千機による反復攻撃をうけ、多大な損害を出した。ことに、武蔵が魚雷二十本、爆弾十七発をうけて、ついに沈没したのはまことに残念なことであった。

熊野は前後三回、のべ四十機の急降下爆撃機の攻撃をうけたが、いずれもうまく回避して、損害は皆無であった。この日の対空戦闘では、熊野の砲員の士気はことのほか盛んであったので、砲、銃を合わせて、おそらく何千発という弾を撃ったことと思うが、撃墜機数は意外に少なく、わずかに四機であった。

十月二十五日、午前一時に遊撃部隊はサンベルナルジノ海峡を通過し、針路を南に転じてサマール島沖をレイテにむかった。夜明け前から雲が低くたれこめて、スコールが来そうな天気となった。

二十四日の対空戦闘では、あてにしていた味方陸上基地からの航空掩護はまったく得られず、遊撃部隊の上空は、ことごとく米艦載機に解放されて、遊撃部隊は彼らに殴られっぱなしであった。

夜が明ければ、二十四日よりもさらにはげしい米機動部隊の攻撃が予期されるが、はたしてこれをくぐり抜けてレイテ湾に突入できるであろうか。

私は二十五日の朝、まず米軍の航空攻撃ではじまるものと思っていたところ、午前七時ごろ、意外にも南東のうす暗い水平線に、空母をふくむ米軍部隊が発見された。

遊撃部隊は勇躍してこの敵に向かい、大和の四六サンチ砲もこの空母に向かって火ぶたを切り、たちまち、その一隻を沈めた。米軍部隊も、こんなに近くに日本艦隊が来ているとは、予想だにしなかったらしい。急いでわが遊撃部隊の攻撃をのがれるため、駆逐艦に煙幕を展張させ、母艦は搭載機を発艦させつつあるのがみとめられた。

敵駆逐艦の張った煙幕が、空母をおおってしまったので、第七戦隊はこの煙幕を突き切って敵との距離をつめるべく急追した。

そんな午前七時二十五分ごろ、熊野は敵駆逐艦のはなったと思われる魚雷を艦首にうけ、錨孔から前方を吹き飛ばされた。そこで艦を停めて防水処置を行なうとともに、白石司令官を鈴谷に送った。

熊野は防水処置を終えて、単独でひき返すこととなった。艦首を飛ばされてまくれができたので、航走中、ザワザワと白い波を立て、速力は十二ノット以上は出せなくなった。

あわやの航空魚雷を回避

途中、ほかに被害はなく、日暮れごろ、サンベルナルジノ海峡の機雷原にさしかかったとき、急降下爆撃機二十三、雷撃機十二の包囲攻撃をうけた。

大きく回避運動をすれば、知らず知らずの間に機雷原につっ込んでしまう。私はサンベルナルジノ灯台の方位をはかって機雷原につっ込まないように警戒しつつ、突撃してくる敵機の爆弾と魚雷をかわした。

最後と思われる雷撃機の魚雷を両舵一杯でかわしたため、機雷原に非常に接近した。そこで、これから遠ざかろうと、舵を中央にもどしてホッと一息ついたとき、一機が右側の島の頂上から飛び込んできて、アッと思う間もなく魚雷を発射した。

私はとっさに取舵一杯としたが、いままでの面舵の惰力が残っていたので、艦はなかなか左回頭をはじめない。私はポケットの八幡様のお守札をおさえて「南無八幡大菩薩」を念じつつ、艦が左回頭をはじめる舵角指示器の指針を見つめた。

そばにいた見張長は、「航海長、魚雷が近寄る」といって私のそでを引っ張った。指揮所にいたものもみな私の顔色をうかがっている。魚雷の航跡は一直線に熊野の艦橋に向かって進んでくるので、私はひや汗を流した。

そのうち、取舵一杯がきいて、艦は左に回頭をはじめたので、魚雷の航跡はわずかながら、艦尾の方にかわっていく。やっと、艦を魚雷と並行にしたとき、魚雷は右舷スレスレに白い航跡を残して通過した。私も見張長も、指揮所にいた者も、思わずホッとした。

これで二十五日の戦闘を終わり、前日の戦場のシブヤン海に向かった。ふと気がつくと西の方は夕焼けにもえ、海峡の西岸にそびえるマヨン火山がその美しい富士山に似た姿を夕焼けの空に浮き彫りにして、噴煙を南東の微風になびかせているのがまことに印象的であった。

爆弾三発が命中

十月二十六日は、ミンドロ島南端を通過したころに夜が明けた。この日はまだ米艦載機の攻撃圏を脱していなかったので、その攻撃を予期していたところ、午前八時十分から九時の間に急降下爆撃機七、戦闘機八、雷撃機十五の攻撃をうけた。

その中で八時半ごろ、太陽の方向から近寄ってきた急降下爆撃機の一隊（三機）があり、その行動を見張員にマークさせていた。ところが、ちょっと見失って、つぎに見つけたときは彼らが急降下に入る直前であった。すぐに舵をとったが、それでも回避が約三十秒おくれた。

一、三番機の爆弾は、艦橋までしぶきをかぶるほどの至近弾にかわすことができた。しかし、二番機の爆弾三発が艦橋左舷下部と煙突付近に命中して、ここにいた機銃員四十名をたおし、煙突の前半分をふき飛ばした。これがため罐室に損傷をうけ、航行不能となった。約一時間ほど漂泊して応急修理をおこない、十時十五分に航進をおこし、速力十ノットでマニラに向かった。

この漂泊中に、前記の雷撃機十五の攻撃をうけたが、熊野は二〇サンチ主砲と一二・七サンチ高角砲を雷撃機の前に撃ち込んで、水柱の幕を張るようにした。これが成功して、米軍機はいずれも五キロ付近から遠距離発射をしたので、魚雷は一本も当たらなかった。

午後四時五分、コロンに立ち寄り、油槽船日栄丸に横づけして燃料補給をおこなった。熊野掩護のため駆逐艦沖波が追いかけてきたので、これをともなって午後十一時半コロン発、十月二十八日午前六時、マニラに着いた。マニラには、熊野のほかに十月二十四日以来の戦で傷ついた青葉と那智が入ってきた。

熊野はサマール沖から帰還中の10月26日、ミンドロ島沖で米機の空襲により被弾

熊野はコロンで連合艦隊長官から、「熊野はマニラに回航、応急修理のうえ、内地回航に応ずる準備をなせ」との電命をうけていた。当時、マニラは連日、米軍の空襲をうけていたので、ここにながく留まっていると、修理ができる前に彼らに破壊される危険が大きかった。

したがって、熊野は内地回航に必要な最小限度の、つぎの修理を大急ぎでおこなうことになった。

一、艦首のまくれを取り、浸水の遮防を強化する。

二、罐四基を整備する（二十六日の爆弾による被害、罐八基のうち四基は破損して使用不能となり、残った四基も多少の損害があった）。

第一〇三工作部と、熊野乗員（とくに罐部員と内務科員）の必死の努力によって、十一月三日にマニラ湾内で試運転をおこなうところまで漕ぎつけた。これで速力は十五ノットまで出せて、艦首の波立ちかたも非常に少なくなったことを確かめた。

十一月一日に連合艦隊長官から、「熊野は青葉とともに適当な護衛艦を付し、または適宜の船団に加入のうえ、内地に回航すべし」との電令をうけて、十一月四日、南遣艦隊長官の命により青葉とともに、マタ三一船団に加わって高雄に回航することになった。

同船団の編制はつぎのとおりであった。

指揮官＝熊野艦長。護衛＝熊野、青葉、海防艦二、駆潜艇五。船団＝辰春丸、笠置山丸、道了丸、三十二、六十一、六十に播州丸。船団速力＝八ノット。

十一月五日午前一時半、マニラ発、午後六時半、マニラ北方六十海里のサンタクルーズ着。

曳航でサンタクルーズへ

十一月六日午前七時、サンタクルーズを出発。この日、午前十時十分ごろ潜水艦伏在海面に入り、十時四十八分までに四回にわたって潜水艦の攻撃をうけた。

十時四十八分には熊野は二隻の潜水艦に挟撃され、魚雷が二本命中した。一本はまたも艦首にあたって、今度は一番砲塔から前がなくなった。他の一本は一番機械室に命中して、二番機械室との隔壁を破ったので一、二番機械室は瞬時に満水となり、つぎつぎと三、四番機械室にも浸水して航行不能となった。

浸水量約五千トンに達して予備浮力の半分を失い、右へ約八度傾斜した。しかし、防水隔壁が完全であったためにそれ以上の浸水はなく、沈没はまぬがれた。

道了丸と駆潜艇一隻を熊野の警戒のために残して、船団は青葉艦長指揮のもとに、サンフェルナンド港に向かった。熊野は浸水防止につとめつつ、日没まで漂流をつづけた。しかし、幸いにその後は米潜水艦の攻撃はなかった。

午後七時半、道了丸（二二〇〇トン、一千馬力）に熊野を曳《ひ》かせてサンタクルーズに向かった。艦首がまくれ、その上、浸水して二万トン以上の重さとなっている熊野を、設備の貧弱な一千馬力の商船で曳航するのであるから、そうとう無鉄砲なことであった。針路を保つことはほとんどできなかったが、幸運にも北風が吹いていたので、一・五ノットの速力でサンタクルーズの方向に近づき、翌七日午後三時に入港した。

熊野は一番砲塔から前を削りとられて錨装置を全部失っているので、艦首で錨にかかることはできなくなっていた。そこでやむを得ず、マニラ港務部からもらって後甲板に積んだあった一・五トンの中錨を艦尾から入れ、これにかかった。

道了丸船長が、そのすぐ前にマタ三一船団が攻撃された潜水艦の伏在する海面を、一ノット内外の低速力で二十時間もかかって傷ついた熊野を曳航し、ついにサンタクルーズにたどりついたことは、まことに舌をまく剛胆さであり、みごとなシーマンシップであった。

四百名が艦と運命を共に

十一月九日、台風がルソン島に接近しつつあったので、朝から荒天準備にとりかかった。

機械室は水につかって主機械が全然使えないので、なんとかして錨にかかってがんばる以外に手段はない。困ったことには、錨がはなはだ貧弱であったことだ。

熊野は五・五トンの主錨二個を持っていたが、これを全部失って、いまは一・五トンの錨を艦尾から入れて、これにかかっているのであるから、この状態で台風におそわれたらひとたまりもなく錨がひけて、近くのリーフに坐礁してしまう心配があった。

さいわいマニラを出港するとき、熊野のホーズパイプ（約三トン）を切りはなして飛行甲板に積んでいたので、これにワイヤーロープをつけ、代用品として艦尾から投下した。さらに念のため、熊野の護衛のためにサンタクルーズに来ていた二十一号掃海艇を、熊野の艦尾から四〇〇メートルのところに投錨せしめ、これからロープをとり、熊野が走錨をはじめたら曳航させることとした。

夜に入ってからだんだん風が強くなり、午後八時ごろには風速三十メートルの暴風雨となった。はたして、熊野は南東の方向に約一千メートル流されたところで、艦尾の錨がきいてきて走錨が止まった。

これは錨の代用品として投下したホーズパイプが海底のリーフの間にひっかかったためと思われた。台風は切り抜けることができたが、いかにして内地にたどりつくかは、熊野に課せられた大きな問題であった。残された道は、

一、曳航されて、まず高雄または香港に向かう。

二、何とか手段をつくして一つの機械室の排水をおこない、主機械一つを応急修理のうえ、

自力航行で高雄または香港に向かう。

この二つであったが、二番目の道を選ぶことに決まった。

第一〇三工作部員と熊野機関科員の努力によって、十一月二十一日には四番機と四号罐が整備され、試運転をおこなった。その結果、速力は六ノットまで出せるが、蒸気が多く漏れて真水の消費量が莫大となるので、蒸気の漏れを止め、真水約五〇〇トンを積む必要があり、そのためなお約一週間を要する。

水雷長河辺大尉が真水搭載指揮官に任命され、十一月二十一日以後、毎日、熊野のカッターとランチで付近の川から水を運ぶ作業をつづけた。同大尉は明朗で人あつかいが巧妙であったので、仕事の能率を大いに上げて、一日真水三十トンを運んだ。

十一月二十五日は、午前八時からサンタクルーズ方面に米艦載機の攻撃が向けられた。午後三時半、熊野は約三十機の雷爆同時攻撃をうけて爆弾四発、魚雷三本が命中し、左舷に転覆して沈没した。この戦闘で人見艦長、真田副長をふくむ三九九名が熊野と運命を共にした。

熊野は十月二十五日のサマール島沖の海戦から十一月二十五日のサンタクルーズの対空戦闘にいたる期間、じつに爆弾七発、魚雷六本をうけ、ついにサンタクルーズ湾深くに沈んだのである。

歴戦艦「羽黒」マラッカ海峡に消ゆ

元「羽黒」砲術長・海軍中佐　浅井秋生

昨日の激戦の疲れからか、戦闘配置についたままグッスリ眠ってしまったが、夜明け前の肌寒さにふと眼が覚めた。指揮所のかこいの外は土砂降りの雨、窓を閉めていてもそのすき間からしぶきが吹きこんでくる。

今日はいよいよレイテ湾海上決戦の日である。艦隊は夜のサンベルナルジノ海峡を隠密に通過、南下している。そのうちしだいに夜も白みかかった。同時に烈しかったスコールも過ぎ去って、うすもやの中から太平洋が静かにひろがっていた。

今までせまいところに縮こまっていたわれわれは、申し合わせたように背伸びをして、おたがいに顔を見合わせた。そのとき、見張員の報告が一瞬にしてその場の空気を緊張させてしまった。

「左前方マスト！」

スラバラ沖海戦の砲撃で砲身の塗装が焼け落ちた羽黒の主砲塔

海上の戦闘では、マスト一本が重大である。「マストはたくさん見える」「マスト、左三〇度から六〇度までつづいている」

艦橋付近に配置された左舷の大型望遠鏡が、一斉にその方向に視線を向けた。

「漁船群にしては多すぎる」「輸送船団だろうか」

艦橋では軽い論議がかわされたが、「飛行甲板らしいものが見える」、つづいて「飛行甲板間違なし」ときた。

それはまぎれもない敵機動部隊である。昨日のあの死闘六時間、延べ六〇〇機との対空戦がなまなましく思い出され、憎しみとも敵愾心ともいえるものが身ぶるいとともに起こる。しかし、今度はちがう。敵空母群の手もとに切り込んだのである。水上戦闘ならわれわれのものだ。艦隊は戦闘隊形をとって、全速力で敵空母に突っ込んでいく。敵空母はしだいに大きく見えてくる。いよいよ決戦である。

このとき、旗艦大和にスルスルと信号が上がり、「全軍突撃せよ」が発せられ、まず大和の四六サンチの巨砲が咆哮して、全軍の士気をふるい立たせた。

針路を南にとって遁走する空母群と、これを追撃する日本艦隊。敵機動部隊は視界内の空母五隻に巡洋艦、駆逐艦多数――。味方は大和以下戦艦四隻、重巡六隻に軽巡、その他駆逐艦多数。この両軍が比島東方海上に遭遇し、ここに昭和十九年十月二十五日のレイテ沖海戦となって展開されたのである。

空母を仕留む

このとき、突撃に移った重巡は、羽黒《はぐろ》につづく利根、鳥海。

羽黒は目標をふたたび敵空母に向けて、寸刻の休みもなく射ちまくった。すでに眼鏡にうつる敵空母の船体は、被弾で蜂の巣のようになっているのがわかる。しかもなお、平然と南に向かって遁走しているではないか。徹甲弾が悪いのである。ブーゲンビルの夜戦で羽黒が米巡洋艦から受けた弾丸十発もみな不発であったように――。

しかし、ついにわが射撃のむくわれるときがやってきた。敵空母の艦首に、「ピカッ」と大きな火花を発したかと思うと、にわかに黒煙を吹きはじめた。

思わず、「命中！」と口走る。つぎの瞬間、空母は火炎を吹き上げて、右にかたむきはじめた。

これを見た照準発射の名手、緒方中尉は「空母がかたむきました。目標を二番艦にかえましょう」と砲術長にすすめたが、砲術長は「沈むまで射て。生きかえる」とその声の終わらぬうちに次弾は発射され、これまた命中炸裂。敵空母は見る見るうちに大きくかたむいたかと思うと、やがて艦尾から海中に沈んでいった。

伝令員は大声を上げて、「敵空母一隻撃沈」と、各部に通報していた。

このころには鳥海も落伍し、空母を追うものは羽黒、利根の二艦となった。いぜん、敵機は入れかわり立ちかわり来襲する。雷撃、爆撃をおわった敵機は銃撃にくるが、敵機もいまは爆弾、魚雷を使い果たしたのか、銃撃だけとなった。彼我の火線は、ワラブキ家の火事さながらに、火の子が縦横に飛び散った。

そこで羽黒、利根はもはや敵機がきても銃火を浴びせるだけなので、回避運動をやめて直進した。射つなら射て、いまは千メートルでも二千メートルでも敵空母との距離をちぢめ、徹底的に撃滅しようと覚悟したのである。

しかし、幾度か来襲する敵機のうちの一機から、ポツリと黒いものが離れた。

「爆弾！」

われわれは、完全に虚をつかれたのであった。つぎの瞬間、二番砲塔は轟然たる爆発とともに天蓋がふっ飛び、そのあとには火炎ともうもうたる褐色の煙がうず巻いた。

羽黒を救った水兵

一刻を争う瞬間であった。注水用のハンドルは上甲板にある。

このとき、二番砲塔の噴煙の中から一人の下士官があらわれた。その衣服は赤茶けてボロボロにやぶれ、顔は黒ずんで爆発の火炎のために焼けただれている。彼はヒラリと上甲板に飛び降り、その場から注水弁に走り寄った。そしてその勢いで、しがみつくようにして、弁をまわそうとするが、弁はまわらない。重傷の身では力が足らないのだろう。

ときどき艦橋を振り仰いでは、なにかを訴えている。「注水、注水――」と叫んでいるらしいが、そのうちにパッタリと甲板上に倒れた。

つづいて一人、おなじように黒焦げの下士官が飛び降りたが、彼はその場に倒れ、つづいてまた一人が飛び降り、また同じように倒れた。

そのとき、二人目の下士官がうごめきはじめ、動きかかったかと思うと、ジリジリと這い寄り、ようやく注水弁にたどりついた。彼も死力をつくして弁をまわしにかかったが、それでも弁はまわらない。なおも、まわそうとしてハンドルを握りかえようとするが、ただれた手の肉が弁の金具にくいついて離れない。そのまま彼は注水弁にもたれるようにしてその場にたおれた。

三人目の下士官はしばらくしてまた四つんばいになって動き出したが、彼もいまは力つきたか、右手は注水弁を指し、こぶしをしっかりと握りしめたまま息絶えた。激戦のまっ最中のため、ほどこすすべもなかったのである。

しかし、二番砲塔の火薬庫は爆発しなかった。それは、艦底に近い火薬庫での、ただ一人の水兵の懸命の奮闘があったればこそである。

砲塔の爆発とともに、その激動と火炎で火薬庫の四名は全員が気絶した。爆発ガスはますます充満してゆく。火薬庫爆発の危機は刻一刻にせまった。そのとき、火薬庫内にあった一人が意識をとりもどした。彼は海軍に入ってまだ一、二年にしかならぬ若い水兵であったが、送薬口から火薬庫へ、煙とともに火炎が音を立てて吹き込んでくるのを見た。

その火炎の下には、射撃のために準備された、はだかのままの装薬がおいてある。彼は愕然とした。装薬には伝火薬というものがわざわざつけてある。これはもっとも引火しやすい黒色火薬で、温度が高過ぎても自然発火するような危険物である。これに火がつけば、強力な装薬が一瞬にして爆発する。

一発でも爆発すれば、そこには何百の火薬がおいてあるから、たちまち誘爆する。そうなれば、いくら一万トンの重巡でも木っ葉みじんに粉砕される。戦艦陸奥の二の舞となるだろう。その危機が目前にある。何秒か、いや何分の一秒かに迫ったのである。

彼はとっさに、力まかせに送薬口の扉をピシャリと閉めた。これで火炎の侵入は止まった。つぎに一升びんにつめた四本の応急用の水を、はだかの伝火薬をつけた装薬の上からザンブリとかけ、「まず、これでよし」と、ひとりうなずきながらあたりを見まわし、ほかに異状がないかを確かめた。これにつづいて、火薬庫にも付けられた注水弁を力一杯に開いた。海水は艦底から奔流となって火薬庫に流れ込んできた。

これだけの処置を的確にやった後、彼はそこにたおれている三人を起こしてみたが、もはや身動きもしない。すでに息絶えていた。そこで念入りに、いま一度、火薬の状況や注水を確かめたのち、火薬庫の外に出たのである。激戦はまだつづいている。彼は平然としてつぎの三番砲塔の火薬庫に入り、そこでの作業を手伝っていた。

一方、羽黒、利根は一路遁走をはかる空母を追いつめて、距離一万二千メートルに迫って射ちに射った。しかし、いくら射っても徹甲弾のつつ抜けである。

目ざすレイテの山々が、うす黒く西のかなたに見える。味方戦艦部隊は、はるか北の水平線上にある。もはやここで敵空母の息の根をとめねばならぬ。

と、四番砲塔から、「弾丸がなくなった」と報告してきた。万事休す。

このとき旗艦大和から、「集まれ」を命じてきたのである。羽黒、利根は残りの魚雷全部を敵空母に向けてお別れのしるしとして発射し、反転した。追撃はここに終わったのである。

スパイの跳梁

さて、昭和二十年五月中旬といえば、終戦の三ヵ月前であった。羽黒、神風はスマトラ島から北にのびたインド洋中のアンダマン諸島に対する強行輸送を命じられた。

このアンダマン強行輸送に対し、羽黒に付き添うものは駆逐艦神風ただ一隻、それに羽黒の出港数日前、輸送艦として黒潮がカーニコバル島の兵力撤収のために出動、羽黒とその帰りに洋上で会合する予定であった。羽黒、神風の二隻は、輸送物資の量を増すために、もっとも重要な兵器であった魚雷発射管を撤去し、輸送品を中下甲板ところせましとばかりに搭載した。

当時、シンガポールには敵のスパイが入り乱れて活躍し、今度の出港が敵につつ抜けであり、敵の機動部隊に遭遇することは当然予想されていた。はたして、ペナンの沖合を過ぎたころから羽黒は、B24の触接を受けたのである。

五月十五日、はるか水平線上に駆逐艦黒潮《くろしお》のマストを発見した。しばらく近接するうちに、その上空に三機の小型機が飛んでいるのを認めた。急降下銃撃をくり返している。黒潮がそのうちの一機を撃墜した。

敵機動部隊が近くを行動していることは確実となった。そうなれば、もはやアンダマン行きは危険である。全速シンガポールにひき返し、再挙をはかるべきときであった。しかし黒潮がいる。黒潮は敵機の攻撃を受けて、いまは十二ノットしか出せない。

そこで、羽黒は黒潮を掩護しながら神風とともに東進、ペナンに向かった。ペナンが近づき、黒潮が無事に入港するのを見定むるとともに、羽黒は自由な身となった。高速で危険海面から脱出できるのである。

前途を阻むもの

黒潮とわかれた羽黒と神風は針路を南東にとり、速力を二十一ノットに落とした。

いまから全速でシンガポールに向かえば、夜のうちにマラッカ海峡を通過、味方の安全地帯に入れるのであるが、そこにはマラッカ海峡の中程に味方が敷設した機雷堰《せき》があった。

羽黒が全速で行けば、この機雷堰に到達するのが真夜中となる。暗夜に機雷堰の位置を示す小さなブイを発見するのはほとんど不可能なことであり、危険であった。そこで、やむなく機雷堰の位置に到着するのを夜明けとして計画された。

こうしてしばらく南東に進んで行くうちに、スマトラ島最西端の陸上見張所から、「敵戦艦、巡洋艦、東進中」の緊急電報を受け取った。

この見張所の位置は、羽黒のはるか後方にあって、敵艦隊のうち高速を出せる巡洋艦が追いつくとしても、深夜の一時か二時ごろと推定された。

しかし、羽黒には歴戦の将兵が乗り組み、しかも開戦いらい武運のつよい艦である。射撃用電探は十分信頼できる。飛行機にはかなわぬが、水上艦艇ならやってこいという自信があった。それに、よもや敵艦隊が味方機の攻撃圏内に侵入してくることはあるまい……とも考えられていた。

羽黒では、一応、会敵の予想時刻を十六日午後一時ごろとし、厳重な警戒をはらいながらマラッカ海峡を進んだ。ところが、この予測を裏切って、敵艦隊の駆

サマール沖に戦う羽黒。米機空襲を回避すべく回頭し、対空射撃で応戦中

逐艦四隻が別行動をとって羽黒の先まわりをしていたのであった。

午前零時四十分ごろ、突如、羽黒の艦内に「配置につけ」のブザーが鳴りわたった。就寝中の乗員が飛び起きて配置につくと、意外にも、四隻の駆逐艦が至近六千メートルに迫っている。艦橋では、橋本五戦隊司令官も、杉浦艦長も、ことの意外にしばし呆然となった。優秀な電探をそなえた羽黒が、こんなに近くまで敵を近づけるはずはないのである。なにか手違いがあったとしか考えられない。

艦長は即座に「左砲戦」を令したが、砲塔は旋回できない。運悪く、上甲板には輸送物資が山と積まれている。そこで、副長は手空きの乗員を督励して、急ぎこれらの物資を取りのけた。

砲数は八門に減っているが、駆逐艦は恐ろしい敵ではなかった。ただちに羽黒の主砲が閃光とともに咆哮し、敵艦もまた射撃をはじめた。

暗闇の中に、機銃の曳跟弾が交錯する。発射速度の早い高角砲がつるべ打ちに射ちこまれた。敵の一番艦は、主砲

五戦隊司令官
橋本信太郎中将

羽黒艦長
杉浦嘉十大佐

羽黒副長
大野格大佐

の二斉射目に大音響とともに砲塔が爆発を起こし、まっ赤な大火柱をふき上げた。そこで艦長が、「目標を二番艦に変え」と令した。

そのとき、すさまじい火柱が羽黒の前部一、三番砲塔水線下付近から上がった。艦橋にいた人々は、あたかも熔鉱炉に投げ込まれたかのように感じた。敵の魚雷が命中したのである。弾火薬庫も誘爆したのではないか、という疑念も乗員の脳裡をかすめた。これはもはや、致命的な被害となった。羽黒の速力は急速に落ち、グーッと左舷にかたむいた。約三十度の傾斜。ついで吃水線も低下した。電源も止まって艦内はまっ暗となり、動力も止まった。大砲も艦内各所間の通信装置も動かない。

敵の砲弾は、随所に絶え間なく命中する。それでも、羽黒は戦いを止めなかった。後部砲塔では、一分隊長花田大尉が指揮して「人力」に切りかえ、なんとか射撃しようと懸命の処置をつづけた。

左舷高角砲は傾斜のため、ついに砲口が水中に没した。右舷高角砲は俯角を一杯にかけてもまだ三十度の仰角となって空を向いている。さかんに発砲はするが、弾丸は敵艦上を飛び越えていたずらに遠くに水柱を上げるだけだった。ただ機銃群だけがひとり気を吐いていた。

なぶり殺しにあう

羽黒はついに舵の自由さえ失った。大きな旋回圏をえがいて、ゆるゆるとまわるだけとなった。花火のように、敵弾炸裂の火の粉を夜空に高くふき上げながら……。

そのうちに、機械室にも魚雷が命中した。羽黒は完全に航進がとまった。敵艦三隻は、苦痛にあえぐ羽黒を中心にして三千メートルぐらいの距離をたもちながらグルグルとまわって、はげしい砲火を浴びせてきた。敵は駆逐艦三隻。羽黒が無傷なときなら、軽く叩きつぶすことのできる敵である。たとえ敵が巡洋艦であっても……。

が、いまは砲弾炸裂によって、まったく攻撃力を失い、艦はいたるところ破壊され、鉄板はササラのようにまくれ上がっていた。このときになって、一方、後部砲塔員の奮闘は功を奏し、後部主砲四門が射撃を再開した。あくまでも戦うのだ。

そのうち、敵にはついに巡洋艦部隊が追いついた。敵巡洋艦は、照明弾を打ち上げて羽黒を照らし、集中砲火を羽黒一身に浴びせた。ポンポン砲の曳跟弾が火の帯となって艦全面に飛んでくる。満身創痍、足腰立たない羽黒を、寄ってたかってのなぶり殺し……。まさに、スラバヤ沖海戦のエクゼターの仇を、ここペナン沖で取られたのであった。

こうしてついに敵の一弾は、艦橋の羅針儀に命中し、艦橋の全員をなぎ倒した。司令官即死、艦長、副長重傷。艦橋は一瞬にして死屍るいるいたる修羅場と化した。

羽黒はさらに大きくかたむいた。しかしまだ砲撃はつづけていた。敵の重囲下に、いまは万策つきたと見た大野副長は、艦内総員に対し、

「日本人として、最後まで立派に戦え」

とつたえさせたが、やがて、みずからは胸に重傷を受け、羽黒もはや最後と見た副長は、まず、

「総員退去！」

退去を見とどけた副長は、ついで、かたわらにいた拵山一水を招き、急にキリリと形を改め、

「私は羽黒とともに行く。私をこの柱にしばれ」

「私にはできません」

「艦は沈む。早くしばれ。早くしばって退去せよ。お前はまだ若い」

「私も、副長とともに行きます」

「いけない！　早くしばれ。お前は生きのびるのだ。しばって早く行け」

副長の決意と重傷を見て、ついに、意を決した拵山一水は、近くにあった索で艦橋の柱に副長の体をしばりつけた。が、その後で彼は自分で自分の体を柱にくくりつけた。

「止めろ！　早く行け」副長の声がするどくひびく。

そのうちに羽黒は、またもや大きくかたむいたかと思うと一瞬にして波に呑まれてしまった。海中に飛びこんだ人々の耳に、このとき羽黒の前後からかすかに「万歳！」ととなえる声が聞こえてきた。午前二時ごろであった——。

軍艦「高雄」防空砲台となりて

元「高雄」主計長・海軍主計大尉　宮崎清文

軍艦高雄の最期

昭和二十一年十月二十七日の朝、シンガポール・セレター軍港を、曳船にひかれて出航していく一隻の艦があった。乾舷《かんげん》から上方にかけて、くまなくほどこされた茶褐色の迷彩もいまは色あせ、しかも艦が無残にも五メートルほど切断されたままという、うらぶれた姿となってはいるが、それはまぎれもなく、かつて連合艦隊のなかでも精鋭中の精鋭とうたわれた重巡高雄《たかお》であった。

昭和十九年の十月、レイテ沖へ出撃の途上、敵潜の雷撃をうけて中破し、セレターに係留されたまま終戦を迎えた高雄は、戦後は第十方面艦隊司令部に使用されていたが、その任務も終了し、英軍の手により海没処分されることになったのである。

高雄はパラワン水道で米潜の雷撃をうけて中破後、シンガポールで終戦を迎えた

艦内には、艦隊司令部水雷参謀・尾崎少佐を指揮官とする三十名ていどの作業員が乗り組んでいた。そのなかには、慶応出身の予備士官で航海士の小林俊雄中尉、通信科の斎藤進男上曹、機関科の高田富平上機曹、主計科の宮本徳四郎二主曹など、数名の元高雄の乗組員もまじっていた。

彼らは、その日から二日間をそれぞれ想い出の多いかつての私室や居住区ですごしたが、その胸中にはさまざまな感慨が去来していた。多くの者は、艦内の小部品やネームプレートを記念品としてはぎ取り、その代わりに別れの歌や、言葉を書きのこした。宮本兵曹は、私の居室である主計長室のネームプレートを外して持ち帰ってくれたが、それは、いまでも私の手もとに残っている。

二十九日の午後、介錯人《かいしゃく》ともいうべき英海軍の軽巡ニューファウンドランドと合同、その日の夕方の五時三十三分、高雄はマラッカ海峡の一尋礁付近、東経一〇〇度三六分、北緯三度六分の地点に投錨した。

投錨すると間もなく、機関科員によってキングストン弁（船底弁）がひらかれ、機械室に注水がはじめられた。艦底には、すでに十数個の爆雷がしかけられている。

作業員は、作業が終わると総員前甲板に整列し、艦橋に向かって敬礼して最後の別れを告げると、後ろ髪をひかれる思いで接舷中の第十七日東丸に乗りうつった。入れ代わりに英軍の作業員の手により、爆雷の導火線に点火がされた。

午後六時三十分――ちょうど第十七日東丸が高雄から二千メートルほど離れたころ、爆雷が破裂し、高雄から数条の白煙が立ち昇った。間髪を入れず、ニューファウンドランドの一五センチ砲が一斉に火をふき、九発中六発が命中した。その一発が艦橋直下の操舵室に当ったとき、第十七日東丸からかたずを呑んで見守っていた小林中尉は、自分自身に弾丸が撃ち込まれたようなショックを感じた。目からはとめどもなく涙が流れた。

高雄は、やや右舷にかたむきながら、艦尾よりしだいに沈みだした。海上は、夕なぎで鏡のように静かであった。そして、南方の大きな太陽が空を真紅に染めながら水平線に沈みはじめた。

やがてその太陽が水平線上で半円となったとき、高雄は急に錨鎖を引きずり上げながら艦首を天空に向け、一瞬そのまま停止したかと思うと、沈みゆく太陽とともにマラッカ海の波間に消えていった。

残映になお赤く染まった空と海に別れのラッパが悲しく鳴り渡った。作業員のだれもかれもが、涙で顔をぬらしながら敬礼をしつづけていた。ときに午後六時三十八分。大東亜戦争の緒戦時にはかくかくたる武勲にかがやき、その後も武運にめぐまれて幾多の苦しい戦いにも生きぬいた軍艦高雄の、あまりにもさびしい最期であった。

運命のパラワン島沖

昭和十九年十月十七日、米軍の大部隊がレイテ湾に進攻し、十九日にはタクロバンに上陸を開始した。連合艦隊司令部は十八日、「捷一号作戦」の発動を下令し、連合艦隊の主力である第一遊撃部隊（第二艦隊）は、シンガポール南方のリンガ泊地から前進根拠地であるブルネイ（ボルネオ）へ急行した。

高雄は、第二艦隊第四戦隊の二番艦である。当時、艦長は小野田捨次郎大佐、副長は堀内豊秋大佐であった。小野田大佐は海兵四十八期のクラスヘッド（首席）、海軍省、軍令部の要職を歴任し、戦争中は訪独連絡使としてドイツへ派遣され、十九年七月、伊二九潜で奇蹟的に帰還した人物である。

堀内大佐は、海軍体操の創始者として、また、セレベス島のメナドへ降下した落下傘部隊の隊長として有名であった。乗組員も、二ヵ月にわたるリンガ泊地での猛訓練で錬度はいちじるしく向上し、さらにこのような名艦長と名副長をいただき、士気もきわめて旺盛であった。

十月二十二日、第一遊撃部隊は二つの夜戦部隊（栗田艦隊と西村部隊）にわかれて、勇躍ブルネイを出撃した。目的はいうまでもなく、サンベルナルジノ海峡（西村部隊はスリガオ海峡）を突破してレイテ湾に殺到し、敵の水上艦艇と輸送船団を撃滅することである。

しかし、圧倒的な敵機動部隊の航空兵力のため、わが方の基地航空部隊の活躍がまったく期待できなくなったこの戦いは、裸で敵の制空圏内に殴り込みをかける結果となった。のちに「栗田艦隊の謎の反転」といわれるレイテ沖海戦の幕は、このようにして切って落とされたのである。

明くる二十三日の早朝、栗田艦隊はパラワン島の西岸にさしかかっていた。ちょうど黎明《れいめい》訓練が終わった直後で、太陽がパラワン島の島陰から顔を出そうとしていたときのことである。轟然たる音響とともに、高雄の前方を航行していた第二艦隊旗艦愛宕《あたご》の舷側に数本の水柱が立ちのぼった。

つぎの瞬間、高雄艦橋の見張員が右舷前方に雷跡を発見した。そのとき艦長は艦橋にいたが、航海長・長益中佐は、航海士・操田敏之中尉とともに、旗甲板で天測をしていた。とっさに副長が「取舵一杯」を命じ、二本の魚雷をかわした。

しかし、みながほっとしたのもつかの間、舵が中央にもどったとき、三本目の魚雷が艦橋後方の一番連管（魚雷発射管）直下に、つづいて四本目が艦尾の舵取室に命中した。時刻は午前六時三十二分である。艦は右に傾きながらゆっくりと弧をえがき、やがて停止した。

最初の雷撃で第三罐室および第四罐室が浸水し、下士官十五名が戦死した。罐室の真上の中甲板には、士官烹炊所がある。烹炊員の山下金二主長と宮本徳四郎上主は、最初の雷撃で床の上にたたきつけられた。

電源が切れた暗闇のなかで、彼らは無意識に通路への出口を探し出したが、雷撃のショックで扉がどうしてもあかない。そのうち、艦はしだいに傾きはじめた。彼らは、必死になって舷側の壁をよじ登り、上方からさし込むわずかな光をたよりに無我夢中で舷門に通じる排気孔をはい登り、かろうじて上甲板に脱出した。舷門では突然、排気孔から人間があらわれたのでびっくりしたらしく、後のちまでも語り草となった。

一方、艦尾に命中した魚雷により、舵取室では全員が戦死した。さらに後甲板にあった機銃群は、銃座もろとも吹き飛び、予備学生出身の機銃群指揮官一宮三郎、松原敬一郎の両少尉以下十七名の戦死者を出した。しかし機銃員のなかには、海上に吹き飛ばされながらも味方の駆逐艦にひろわれ、奇蹟的に助かった者もいる。

高雄にとっての不幸中の幸いは、火災が発生しなかったため、弾火薬や魚雷の誘爆がなかったことである。艦長、副長の冷静沈着な指揮と乗組員の必死の努力により、洋上を漂流しながらも応急修理が行なわれ、やがて浸水は止まり傾斜も復原した。

罐は三分の二が使用不能となったが、機械は健在であり、自力航行は可能である。しかし、真水タンクに亀裂が生じたため、かんじんの罐を焚《た》くことができない。そこで、まず真水タンクを修理して海水を蒸溜し、ついで罐を焚くという段取りとなったため、実際に艦が三ノットの速力で動き出したのはその夜の九時である。

そして、長波、朝霜の二隻の駆逐艦に左右を護られながら、十月二十五日午後五時、ぶじブルネイにたどり着くことができた。

この日は、開戦いらい武運にめぐまれ、ほとんど被害らしい被害をうけたことのない高雄にとって、文字どおり最悪の日であった。決戦場に到達する以前に戦列から脱落せざるをえなかったことに、艦長以下総員、無念やる方ない思いをしていた。もしこのとき傷ついていなければ、高雄も翌日からの戦闘に、僚艦におとらぬみごとな働きを見せたであろう。

しかし、レイテ沖海戦に参加した重巡十三隻のうち、終戦まで生きながらえたものがわずか三隻であったことを考えると、この日はべつな意味でも運命の日であったといえるかもしれない。

哀れなり防空砲台

十一月八日にシンガポールのセレターへ帰投した高雄は、修理が行なわれないままに年を越した。当時は損傷艦が多く、なかなかドックが空かなかったからである。

昭和二十年一月十一日午前、インドのカルカッタから飛来した二十数機にのぼるB29の編隊が、セレター軍港に空襲をくわえてきた。レイテ沖海戦に参加できなかったうっぷんを晴らすかのように、この日の高雄は、砲術長柚木《ゆずき》誠之少佐の「撃ち方はじめ」の号令で主砲、高角砲を撃ちまくった。僚艦の重巡妙高も、同時に対空射撃を開始した。

十一時二分、高雄の二〇センチ砲の一弾がみごと一機に命中し、被弾した敵機は、黒煙をひきながら対岸のジョホールバルのゴム林のなかに墜ちていった。空中で炸裂すると、五〇〇メートルの範囲に灼熱した鉄片が飛び散るという三式弾の威力である。思いがけぬ熾烈な対空砲火におどろいた敵編隊は、盲爆に近いかたちで爆弾を落とすと蒼惶《そうこう》として退避していき、セレターはもとの静けさにもどった。

こえて二月一日、B29はふたたび数十機でセレターに来襲したが、高雄、妙高の二十門の二〇センチ砲の威力におそれをなしたか、その後は目標をシンガポールの商港地区に転じ、終戦まで二度とセレター軍港をうかがうことがなかった。

私が第五戦隊司令部付から高雄に転任したのは、この二度目の空襲の直後である。配置は、最初は主計長職務代理で、のちに主計長となった。

そのころ高雄では、小野田艦長の英断で堀内副長以下多くの士官が内地へ転勤していき、私が乗艦してしばらくたつと、士官室士官、ガンルーム士官はいずれも六、七名という陸上部隊なみのさびしい陣容になってしまった。好むと好まざるとにかかわらず、高雄はしだいに「防空砲台」化していく運命にあったわけである。

高雄艦長・小野田捨次郎大佐

三月上旬、高雄は五万トン乾ドックに入渠して、待望の本格的修理を行なうこととなった。目的は、損傷した艦尾を切断して補強するとともに応急舵を取り付け、内輪二軸で十八ノットを出して内地まで回航することである。内地へ帰れるという期待から、乗組員がわれもわれもと積極的に協力したため、入渠中の工事はおもしろいようにはかどった。

しかし、三月下旬になると、第十方面艦隊司令部において、シンガポールを死守するため、海軍に協力して全力をあげて防衛力を強化するという方針が決定され、高雄の修理は中止となった。重油の貯蔵量が完全に底をついてしまった内地では、高雄のような損傷艦はもはや無用の長物でしかなかったからである。

それとともに、小野田艦長も第十方面艦隊参謀副長に転出し、後任には石坂竹雄大佐が発令された。内地へ帰れるという希望が打ちくだかれたうえ、信頼していた艦長までが退艦するという二重のショックを受けた下士官兵の失望落胆ぶりは、そばで見ていてもかわいそうなくらいであった。古参の下士官たちは酒に酔ったいきおいで、

「艦長は小野田捨次郎ではなくて、高雄捨次郎だ！」

などと悪口をいったりした。高雄の乗組員の士気が戦争中を通じていちばん沈滞していたのは、おそらくこのころであろう。

しかしながら、四月も半ばごろになると、そういつまでも意気消沈ばかりはしていられなくなってきた。高角砲を陸揚げして、防空陣地を構築する作業がはじまったからである。

陣地は、セレター軍港東端の港務部桟橋付近のゴム林がえらばれ、八門の一二・七センチ高角砲がすえつけられた。妙高も、水交社桟橋付近におなじように陣地を構築していた。

そして五月一日には、高雄自身が、港務部桟橋のかたわらに、艦尾をほとんど浅瀬にのし上げるようなかっこうで係留されることとなった。艦尾から陸岸までは二十メートルくらいの長さの桟橋がかけられた。もちろん、乗組員の大部分はいぜんとして艦内に起居していたが、このときいらい軍艦高雄は文字どおり動かぬ「防空砲台」となってしまった。

艦が防空砲台になるとともに、大部分の乗組員は陸戦隊編成となった。陸戦隊は三個中隊編成で、それぞれ陸揚げした機銃や現地製の迫撃砲を中心に、陣地を構築しはじめた。主計科も、私が隊長となって主計隊を編成し、ゴム林の中に地下烹炊所をつくることになった。資材が乏しいため作業は困難をきわめたが、高雄の陣地構築は、艦隊精鋭の名に恥じず、着々とすすめられていった。

その間も、地元の第一〇特別根拠地隊では、しばしば陸戦の講習が行なわれていた。陸戦といっても、大部分は刺突爆雷や蒲《ふ》団《とん》爆雷による対戦車肉迫攻撃であり、それは、きたるべき戦闘がいかに苛烈なものであるかを予想させるに十分であった。

東南アジア連合軍最高司令官マウントバッテンは、そのころになると、インド

昭和21年10月29日、海没処分直前の高雄

のデリー放送を通じて、

「連合軍は九月上旬、マレー半島に大兵を上陸させるであろう」

と宣伝をはじめた。

当時の兵力配備ではマレーの防衛は二ヵ月しかもたないといわれ、高雄部隊は水際陣地にはりつけられているから、十一月上旬には玉砕すること疑いなしである。しかし、玉砕が数ヵ月後にせまっても、現地の空気は意外にのんびりしていたし、われわれもかくべつ悲愴な心境にはなっていなかった。もちろん、そのころでも、われわれの戦意はいささかも衰えていなかったが、それだけで説明するのはかならずしも正確ではない。

人間は元来が楽天的なもので、土壇場にならぬと死というものを深刻に考えないためか、相つぐ玉砕のニュースに、死に対して鈍感になっていたためか、いずれにせよ当時のわれわれの心理状態は、それらが入り交った一種独得なものであったようである。

戦後に知った水中ゲリラ

七月三十日の夕方、私は、久しぶりに上陸してジョホールバルへ飲みに行こうと思い、第二分隊長石原靖夫大尉と小林中尉を誘った。

小林中尉はちょうど当直であったが、早大出身のおなじ予備士官である秋重悦二中尉が当直を代わってくれることになったので、三人は軍艦旗降下が終わると、桟橋のたもとにある車庫へといそいだ。しかし、車庫へきてみると、自動車のタイヤの空気がぬけている。私があわててタイヤに空気を入れていると、艦の方でズシーンというにぶい音が聞こえた。私は、内火艇でも舷側にぶつかったのだろうとあまり気にもとめなかったが、石原大尉は、さすがに海兵出の士官である。

「どうもおかしいぞ。艦にもどろう」といい出した。

石原大尉にせかされて、しぶしぶ桟橋までもどってくると、艦の上では大勢が走りまわっていて、ただならぬ気配である。それまで半信半疑であった私も、あわてて艦内へかけもどると、中甲板の主計科事務室へ飛び込んだ。

事務室のなかは、机の上のインクはひっくり返り、書類は散乱しているうえ、床にはどす黒い重油をふくんだ海水が一面にあふれ出ていて、目もあてられぬありさまである。庶務の下士官がひとり呆然と立っているので、

「おい、どうしたんだ」と声をかけると、

「どこかわかりませんが、艦底が爆破されたらしいです」との返事がかえってきた。

当直将校の秋重中尉は、軍艦旗を下ろすと、定位置である舷門付近へもどっていたが、爆破の瞬間、足もとがゆらぐような大きなショックを感じた。最初は何が起こったかわからなかったが、伝令が中甲板に浸水していることを報告してきたので、ただちに信号員に「防水」のラッパを吹かせ、艦内を点検させた。

そのうち、各分隊から報告が集まり、浸水箇所は下部電信室だけで、その他はまったく異常のないことが確認され、艦内は平生に復した。もちろん、死傷者は一人もいなかった。中

甲板の浸水も、海水の水圧で下甲板に通じるマンホールの口から一時的にふき出したものらしい。しかし、秋重中尉は、一時はびっくりしたらしく、

「あのときは、当直を代わったばっかりに、ひどい目に会いましたよ」

と後のちまで私にぼやいていた。

翌日、艦隊司令部、一〇根、軍法会議から関係者が調査にやってきたが、そのおかげで、私は、大学時代の友人高木文雄法務大尉（のちの国鉄総裁）に久しぶりに会うことができた。

その日、工作科の下士官が潜水服をつけて艦底へもぐってしらべた結果、浴槽大の爆雷が一個と小型の磁石爆雷が数個発見された。いずれも不発弾で、そのうち小型爆雷の一個だけが爆発し、下部電信室直下の艦底に一メートルくらいの穴を開けたものらしい。

われわれは、上甲板で爆雷が次つぎと引き揚げられるのを見ていたが、もしこれが同時に全部爆発していたら、おそらく艦は真っ二つに折れ、多数の死傷者を出していたであろうと思うと、あまりいい気持はしなかった。

ところで、原因はわかったものの、いったい誰がどのようにしてこのような大量の爆雷を艦底に仕掛けたかは、まったくの謎であった。したがって、関係者の間でも議論が百出したが、結局、イギリス系か共産系のゲリラが、対岸のジョホールバルから水道を渡って運んできたものだろうということに落ち着いた。

この事件が、英海軍のフロッグマンのしわざであることをわれわれが知ったのは、終戦後、現地の新聞ストレートタイムスにその記事が載ったときである。彼らは、豆潜水艦に乗り組

んで警戒厳重なジョホール水道を突破し、セレターに潜入してきたわけであるが、日本流にいうならば「特攻攻撃」にほかならず、そのときわれわれが抱いた感じも、「敵ながらあっぱれ」ということであった。

この攻撃に参加した一人が戦後、高雄を見にきたらしいが、私自身は会った記憶がないから、おそらく私が退艦した後のことであろう。したがって、決死的攻撃にもかかわらず、いぜんとして健在であった高雄を見て、彼がどのような感想を抱いたかは、ついにわからずじまいになっている。

八月十五日、高雄の陣地は、敵にたいし一発の弾も撃つことなく終戦を迎えた。

十月二日、英軍がシンガポールに進駐してくると、シンガポール所在の日本軍は司令部をのぞき、陸軍は南部マレーのレンガムへ、海軍は南部マレー西岸のバトパハに移動を命ぜられた。

終戦時の高雄の乗組員は八一七名。戦後、高雄が第十方面艦隊司令部に使用されることになったため、保管員として石原大尉以下一五七名が残留し、艦長以下六六〇名がバトパハに移駐した。

その後、二年間、バトパハでの兵舎の建築、農園の開墾、南方日本軍の集結地となった無人島レンパン島での設営、特別作業隊という名の英軍による強制労働など、高雄乗組員の歩んだ途は、苦難の連続であった。

そして、乗組員全員の内地還送を見とどけた私と小林中尉の二人が、南方最後の復員船「輝山丸」で佐世保に上陸したのは、昭和二十二年十二月四日のことである。

※本書は月刊「丸」に掲載された記事を再録したものです。
執筆者の方で一部ご連絡がとれない方があります。
お気づきの方は御面倒で恐縮ですが御一報くだされば幸いです。

単行本『重巡洋艦戦記』二〇一〇年一二月　光人社刊　改題

NF文庫

重巡洋艦の栄光と終焉

二〇一五年八月 十八日 印刷
二〇一五年八月二十四日 発行

著 者 寺岡正雄他
発行者 高城直一
発行所 株式会社潮書房光人社
〒102-0073 東京都千代田区九段北一-九-十一
振替／〇〇一七〇-六-五四六九三
電話／〇三-三二六五-一八六四(代)
印刷所 慶昌堂印刷株式会社
製本所 東 京 美 術 紙 工
定価はカバーに表示してあります
乱丁・落丁のものはお取りかえ致します。本文は中性紙を使用

ISBN978-4-7698-2903-4 C0195
http://www.kojinsha.co.jp

ＮＦ文庫

刊行のことば

第二次世界大戦の戦火が熄《や》んで五〇年――その間、小社は夥しい数の戦争の記録を渉猟し、発掘し、常に公正なる立場を貫いて書誌とし、大方の絶讃を博して今日に及ぶが、その源は、散華された世代への熱き思い入れであり、同時に、その記録を誌して平和の礎とし、後世に伝えんとするにある。

小社の出版物は、戦記、伝記、文学、エッセイ、写真集、その他、すでに一、〇〇〇点を越え、加えて戦後五〇年になんなんとするを契機として、「光人社ＮＦ（ノンフィクション）文庫」を創刊して、読者諸賢の熱烈要望におこたえする次第である。人生のバイブルとして、心弱きときの活性の糧《かて》として、散華の世代からの感動の肉声に、あなたもぜひ、耳を傾けて下さい。

重巡洋艦の栄光と終焉

修羅の海から生還した男たちの手記

寺岡正雄 ほか

潮書房光人社